Der alleinstehende, lärmempfindliche Kontrabassist Klaus Gronius träumt davon, endlich seinem Single-Dasein ein Ende zu setzen – und auch dem städtischen Krach zu entkommen, der ihn täglich umgibt.

Die Online-Partnerschaftsvermittlung scheint erfolgversprechend, aber auch die neue, allerdings verheiratete Orchesterkollegin beschäftigt Klaus doch sehr. Da trifft ein gänzlich unerwarteter Brief ein, und vollkommen neue Perspektiven tun sich im Leben des 51-jährigen Musikers auf. Ja, selbst die größten Träume können sich erfüllen; mitunter jedoch verkehren sie sich auch zu Albträumen.

Ständige Begleiterin des Protagonisten ist die von ihm heiß geliebte klassische Musik. Ob sie wohl seine einzige Begleiterin im Leben bleiben wird?

Tannbacher Idyll ist ein beschwingter Roman über die von Irrtümern und Verstrickungen geprägte Suche nach Lebensglück und über die Schwierigkeit, Stille zu finden in unserer lauten Welt.

Wolfgang Tzschaschel, 1954 in München geboren, in Paris, Bagdad und Algier aufgewachsen, zeigte schon früh Interesse an Musik und Sprache. Nach Jura-Studium und Promotion war er viele Jahre im Hochschulmanagement tätig. Er schreibt regelmäßig Musikkritiken und musiziert auch selbst gern – allerdings nicht mit einem Kontrabass, sondern mit der Oboe.

Wolfgang Tzschaschel

Tannbacher Idyll

Roman

© 2017 Wolfgang Tzschaschel
Umschlaggestaltung: Klaus Neunstöcklin
Umschlagabbildung © senticus/Shutterstock.com

Verlag: tredition GmbH, Hamburg

ISBN
Paperback   978-3-7439-6853-0
Hardcover   978-3-7439-6854-7
e-Book   978-3-7439-6855-4

Wie ist die Welt so stille,
Und in der Dämmrung Hülle
So traulich und so hold!
Als eine stille Kammer,
Wo ihr des Tages Jammer
Verschlafen und vergessen sollt.

Matthias Claudius

Dickes Schwein

Am Nachmittag kam ein leichter Frühlingswind auf. Er versetzte die zart begrünten Zweige der Laubbäume in eine sanfte Bewegung. Vom Luftzug erfasst, öffnete sich das angelehnte Fenster im Erdgeschoss des Hauses Tulpenstraße 8 und entließ die Geräusche des Wohnzimmers in den Garten. Dort hätte ein aufmerksamer Zuhörer nun weiterhin dem melodiösen Gesang eines Amselmännchens lauschen können. Er hätte zugleich aber auch Worte gehört, die so gar nicht zu diesem freundlich strahlenden Sonnentag passen wollten:

»Nein, verdammt! Doch nicht so, dickes Schwein!«

Der solchermaßen Titulierte ließ nur ein sonores Brummen vernehmen. Er war in der Tat etwas dick, dazu von dunkelbraunem Teint, und er hatte einen langen Hals, an dessen Ende vier ebenfalls einigermaßen dicke Saiten befestigt waren. Es handelte sich um einen Kontrabass aus dem 19. Jahrhundert, mit handwerklichem Geschick erbaut und über die Jahrzehnte von wechselnden Eigentümern sorgsam gepflegt. Inzwischen war er in den Händen des Orchestermusikers Klaus Gronius gelandet, der ihn überwiegend respektierte und schätzte, manchmal jedoch auch grob beschimpfte.

Zu Beschimpfungen kam es meist dann, wenn der Komponist eines gerade einzuübenden Stücks eine Bassstimme mit besonders hinterhältigen Passagen geschrieben hatte. Für Klaus Gronius schien es in solchen Fällen unausweichlich, anstelle des nicht mehr zu belangenden Komponisten das zweifellos mitschuldige Instrument mit seinem gerechten Zorn zu übergießen.

Die Bezeichnung »dickes Schwein« indessen war gar nicht allzu unfreundlich gemeint. Ihre Entstehung verdankte sie einem Zufall: Klaus war bei einer Polizeikontrolle in barschem Ton gefragt worden, was er denn »in dem unförmigen schwarzen Koffer« im Heck seines Kombis versteckt habe. Die aus einer Mischung von Übellaunigkeit und Frechheit entstandene Antwort »Ein dickes totes Schwein« trug damals zwar keineswegs zur Beschleunigung der polizeilichen Amtshandlung bei, sicherte dem einigermaßen wertvollen Musikinstrument jedoch fortan seinen Spitznamen.

Kontrabassist Klaus Gronius tat, was er von Berufs wegen täglich zu tun hatte: Er übte. Dies geschah an diesem Tag in einer Weise, die keinen Gedanken an die Frühlingssonne vor dem nunmehr offenen Fenster aufkommen ließ. Dazu war der von Johann Sebastian Bach knapp dreihundert Jahre zuvor ersonnene Basslauf nach Meinung des Übenden allzu heimtückisch. Beschimpft wurde diesmal allerdings eben nicht der Komponist, sondern das dicke Schwein. Und die Bassstimme dieses Brandenburgischen Konzerts klang einfach noch nicht so, wie sie bei der Orchesterprobe am folgenden Tag zu klingen haben würde.

Auf die Probe freute Klaus sich dennoch. Zum einen ging es um das Musizieren – ein Wort, das viele seiner Kollegen eher mieden, wenn professionell Musik zu produzieren, mithin ein »Dienst« zu verrichten war. Klaus Gronius hingegen hatte sich von Anbeginn seines Musiker-Daseins fest vorgenommen, sich die naive oder vielleicht sogar eher tiefgründige Freude an der Musik möglichst zu erhalten, wenngleich diese für ihn Mittel zum Zweck des Geldverdienens war.

Er war denn auch nach wie vor in der Lage, bei besonders aufwühlenden Musikpassagen jenen wohligen Schauder zu empfinden, bei dem man zur Zeit Johann Sebastian Bachs so bildhaft »Mich überläuft's« gesagt hätte. Die Mehrzahl seiner Kollegen blickte dagegen eher gelangweilt in die Noten, sofern die eigene Beanspruchung gerade keine Konzentration verlangte.

Klaus legte also Wert darauf, nicht »zum Dienst« zu gehen, sondern eben zum Musizieren. Und dies machte im Zusammenspiel des Orchesters allemal mehr Spaß als der einsame Notenkampf zu Hause.

Aber seit einigen Wochen kam etwas anderes hinzu. In der Orchestergruppe der zweiten Violine gab es einen Neuzugang: Carolin Grabeel war eine zierliche, fast unscheinbare Person mit halblangem dunkelblondem Haar und großen braunen Augen. Ihr Gesicht war schmal, mit etlichen Sommersprossen verziert, und das meistens bei ihr zu beobachtende Lächeln wirkte manchmal etwas spöttisch, überwiegend aber einfach nur stillvergnügt. Klaus hätte sich wohl sofort in sie verguckt, jedenfalls war er von der Geltung des Konjunktivs »hätte« fest überzeugt. Was ihn zumindest vordergründig davon abhielt, war der Umstand, dass Frau Grabeel verheiratet war, und zwar mit keinem Geringeren als dem Leiter des Orchesters, Henning Grabeel. Ihr Gatte hatte sie nach zahlreichen Versuchen endlich überreden können, in seinem Orchester mitzuspielen.

Trotz dieser familiären Verknüpfung der neuen Geigerin wusste der Mann am Kontrabass den erbaulichen Anblick zu genießen, und er freute sich über das eine oder andere freundliche Lächeln, das ihn am Rande der Probe traf. Solches war ja nicht verboten, und es lag darin gewiss keine Illoyalität seinerseits gegenüber dem Dirigenten.

Gründe gab es also genug, nicht nur gut vorbereitet, sondern darüber hinaus auch frohgemut der nächsten Probe entgegenzusehen. Und geübt war für heute genug.

»Ich lass dich jetzt in Frieden, dickes Schwein«, murmelte Klaus in versöhnlichem Ton.

Er überlegte kurz, ob das heitere Wetter nicht Anlass für einen Spaziergang sein könnte. Ein wenig körperliche Bewegung wäre eigentlich höchst angebracht gewesen. Man konnte Klaus gewiss nicht als dick bezeichnen. Aber er zeigte einen deutlichen Bauchansatz und wurde bei gelegentlichen Arztbesuchen stets auf die Notwendigkeit hingewiesen, wenigstens etwas Sport zu treiben. Jegliche Art von sportlicher Betätigung gehörte jedoch zu den »Zivilisationsverirrungen«, die Klaus von Herzen verabscheute. Zudem gab er vor, dass übermäßige Schlankheit mit seinem Berufsethos nicht zu vereinbaren sei:

»Als Bassist ist man auf einen gewissen Resonanzkörper dringend angewiesen«, gab er gern zum Besten. In Musikerkreisen nickte man zu dieser Aussage beifällig mit dem Kopf, dachte dabei allerdings mitnichten an Kontrabassisten, sondern vielmehr an Sänger in der Basslage. Bei denen diente natürlich, anders als bei Instrumentalisten, der eigene Körper ganz eindeutig der Tonerzeugung. Wer Klaus Gronius näher kannte, unterstellte ihm jedoch gern die gute Absicht, mit seinem Instrument wenigstens in Ansätzen solidarisch voluminös zu sein.

Für heute entschied sich Klaus jedenfalls gegen einen Spaziergang und blieb in seiner Wohnung, die ihn immerhin etwas vom allgegenwärtigen Straßenlärm abschirmte. Es lag ihm ja immens viel an der Natur, und deren zunehmende Belebung um diese Jahreszeit liebte er besonders. Aber was sollte er denn jetzt, ganz allein, mit Frühlingsgefühlen anfangen, die dort draußen womöglich aufkämen? Besser schien es, etwas für deren sinnvolle Kanalisierung zu unternehmen.

Also setzte er sich an den Computer und loggte sich bei AmorNovus ein. Es handelte sich dabei um ein einigermaßen seriöses Internetportal zur Partnerschaftsvermittlung. Wie der lateinische Name bereits vermuten ließ, sollten dort in erster Linie einsame Herzen mit akademischer Bildung angesprochen werden.

Klaus war in seinen bisherigen Liebesbeziehungen noch nicht an die Frau geraten, mit der es die gemeinsame Bereitschaft gegeben hätte, wechselseitig die jeweiligen Macken des anderen auf Dauer zu ertragen. Nun war er 51 und seit drei Jahren ohne feste Beziehung, da schien es ihm an der Zeit, dem normalen Kennenlern-Zufall etwas nachzuhelfen. Es erfüllte ihn auch zunehmend mit Wehmut, wenn etwa zur Orchesterprobe Henning Grabeel zusammen mit seiner liebreizenden Frau erschien und nach der Probe ebenso gemeinsam wieder nach Hause fuhr. Er, Klaus Gronius, hingegen musste sich stets mit der Begleitung durch sein dickes Schwein zufrieden geben.

Nun also der Versuch mit AmorNovus.

Eine neue Nachricht von Ingeborg wartete auf ihn. Der psychologisch geschulte Computer, wie Klaus sich die Kontakt-Maschinerie bei diesem Vermittlungsportal vorstellte, hatte einige Gemeinsamkeiten in den Persönlichkeitsprofilen der beiden entdeckt.

Dass Klaus Musiker war, hatte er gleich in der Selbstbeschreibung angegeben, und dass er Kontrabass spielte, war eine der Primär-Informationen, die er nach dem »Erstkontakt« preisgegeben hatte. Schließlich gehörte das dicke Schwein ja untrennbar zu ihm. Darüber hinaus hatte er versucht, sein Äußeres einigermaßen realistisch zu schildern: 184 cm groß, kräftige Figur, dunkelbraunes, fast schwarzes »unfrisiertes« Haar mit einer Andeutung von Locken, graugrüne Augen, markante, leicht gebogene Nase, kein Bart.

Und Ingeborg, nach eigener Beschreibung »langmähnige und -beinige« Erzieherin mit Freude am »Sonntagnachmittagskuscheln«? Die schrieb ihm nun, sie fände sein »Steckenpferd« hochinteressant, sie bekomme doch »bei Geigenmusik« immer feuchte Augen und freue sich schon auf ein Ständchen von ihm. Kopfschüttelnd klickte Klaus diesen Kontakt aus der ihm zugewiesenen Vorschlagsliste.

Vielleicht dann doch lieber spazieren gehen?

Geburtstagskonzert

Eine Woche später, es war der 28. April, stand das Geburtstagskonzert für Dr. Knab an. Dr. Erwin Knab war ein ortsansässiger Industrieller, der sich inzwischen zur Ruhe gesetzt hatte. In seiner beruflich aktiven Zeit hatte er nicht immer als Wohltäter seiner Mitmenschen agiert, war dabei aber zu beträchtlichem Reichtum gelangt. Knab war musikalisch niemals selbst aktiv gewesen, zählte jedoch zu den glühendsten Anhängern der Musik Johann Sebastian Bachs. Um dieser Leidenschaft kräftige Nahrung geben zu können und zugleich das eigene Renommee mit Ewigkeitsgarantie aufzuwerten, hatte er eine anständig dotierte Stiftung gegründet. Gelegentlich wies er denn auch »mit der gebotenen Bescheidenheit« auf die Parallele zu Alfred Nobel hin.

Die Erträge aus der Erwin-Knab-Stiftung waren es, die das sonst so Unwahrscheinliche ermöglichten: den Unterhalt eines durchaus angesehenen Bach-Orchesters in der kulturell im Übrigen eher durchschnittlich ausgestatteten Kreisstadt Krontal. Mit einigem Geschick hatte der Stifter zudem erreicht, dass die Kantorenstelle der evangelischen Kirchengemeinde am Ort aufgewertet wurde, sodass man in der Lage war, einen Kirchenmusikdirektor, bedeutungsschwer »KMD« abgekürzt, zum Leiter des Krontaler Bach-Orchesters zu ernennen.

Ein nirgends verbrieftes, aber allseits anerkanntes Zugeständnis an den großherzigen Stifter war das alljährliche Geburtstagskonzert des Orchesters für ihn – und zwar exklusiv für ihn allein. Das Konzert fand stets, etwas beengt, im Foyer der Knab'schen Villa statt, dauerte kaum länger als eine Stunde und hatte – wie konnte es anders sein – ausschließlich Musik von Johann Sebastian Bach auf dem Programm.

Der Jubilar, der das gesamte Publikum verkörperte, saß nun während seines Geburtstagskonzerts keineswegs andächtig lauschend auf einem Stuhl oder Sessel. Er hielt vielmehr eine Videokamera in der Hand, mit der er das komplette Konzert aufnahm. Auf leisen Sohlen schlich der illustre Kameramann durch das Foyer, gelegentlich auch auf die umlaufende Empore, um aus verschiedenen Blickwinkeln die Mitwirkenden in Szene zu setzen.

Den Mitgliedern des Orchesters blieb dabei nicht verborgen, dass Erwin Knab jeweils zu Beginn des Konzerts artig den Dirigenten und die Orchester-Totale ins Bild nahm, im weiteren Verlauf aber das Objektiv bevorzugt auf die jüngeren weiblichen Kräfte des Bach-Orchesters richtete. Standorte des Filmenden und Bewegungen des Zoom-Objektivs ließen kaum Zweifel daran, dass großzügige Dekolletés und frühsommerlich freigelegte Beine ihn dabei erheblich mehr interessierten als das Auf und Ab der Geigenbogen oder das Klappenspiel einer Oboe.

Natürlich wurde lebhaft über die Verwendung dieser Aufnahmen spekuliert. Und es gab ein paar respektlose Musiker, die, wenn sie unter sich waren, von Dr. Knab nur als dem »Wichser« sprachen. Klaus Gronius enthielt sich solcher Interpretationen. Ihm erschien es unanständig, vom Geld dieses Mäzens ausgehalten zu werden, um dann hinter seinem Rücken hemmungslos über ihn zu lästern. Mochte der einsame Alte sich doch an den Orchesterbildern erfreuen. Es gab ja auch wirklich einige sehr ansehnliche Musikerinnen im Krontaler Bach-Orchester, die im Übrigen – diese Erkenntnis behielt Klaus aber lieber für sich – offensichtlich nicht nur gern hören, sondern ebenso bereitwillig sehen ließen, was sie zu bieten hatten.

Das diesjährige Geburtstagskonzert wartete mit einer Besonderheit auf. KMD Grabeel musste sich wegen eines Venenleidens für ein paar Tage in stationäre Behandlung begeben, und einer dieser Tage war dummerweise jener 28. April. Ausfallen konnte das Konzert keinesfalls, und eine Verschiebung war zumindest aus Sicht des Jubilars fast ebenso unmöglich. Nun verfügte allerdings das Bach-Orchester über eine Konzertmeisterin: Patrizia Kurmeier aus der ersten Geige. Prinzipiell konnte zur Not auch sie ein Konzert dirigieren. Sie konnte es jedenfalls dann, wenn wie in diesem Fall ein nicht allzu wichtiger »Dienst« (wie die Orchestermitglieder es nannten) zu erledigen war. Die Bitte um würdige Vertretung des Maestros am 28. April war eine jener seltenen Gelegenheiten, bei denen Henning Grabeel seine Konzertmeisterin mit »Frau Kollegin« ansprach. Und selbstverständlich war Kollegin Kurmeier nur allzu gern bereit, diese ehrenvolle Aufgabe zu erfüllen.

Am Tag des Geschehens kam Freude auf. Und zwar bei einigen Orchestermitgliedern, die endlich eine Gelegenheit sahen, dem bei aller Großzügigkeit nicht sonderlich beliebten Mäzen zur allgemeinen Erheiterung einen Streich zu spielen. Die Musikalität Erwin Knabs stand nicht in wesentlich besserem Ruf als seine moralische Integrität. Und nun sollte sie einem fiesen kleinen Test unterzogen werden. Ein solches Vorhaben wäre mit dem stets korrekten Grabeel ausgeschlossen gewesen, war unter dem Dirigat Kurmeiers aber möglich.

Auf dem Programm standen drei von Bachs »Brandenburgischen Konzerten«. Offiziell. Und zwar zur Eröffnung das Konzert Nr. 5 in strahlendem D-Dur, nach der anschließenden obligatorischen Sektpause dann das viel gespielte Konzert Nr. 3 und zum Abschluss das weniger prominente Konzert Nr. 4. Alle drei Stücke wurden programmgemäß gespielt, jeweils vom ersten bis zum letzten Takt, ohne auch nur eine einzige Note wegzulassen.

Indes gab es eine nicht programmgemäße Ergänzung: Die Gruppe der Verschwörer hatte sich darauf verständigt, beim ersten sowie beim finalen dritten Satz des Vierten Brandenburgischen Konzerts, also im letzten Programmpunkt, einen Song der Beatles parallel mit zu intonieren. Während also die Aufmerksamkeit des Zuhörers natürlich seiner Kamera, aber daneben auch der solistisch hervortretenden

Flöte gewidmet war, spielte eine kleine Streicher-gruppe »Help!« aus der Feder von John Lennon und Paul McCartney.

Die Idee, gerade diesen Beatles-Song auszuwählen, hatte Klaus Gronius gehabt, nachdem er Joshua Rifkins originelle Version von »Help!« im Stil einer Bach-Arie gehört hatte. Was konnte also besser zur Verknüpfung mit einem Bach'schen Originalwerk passen? Es passte gerade beim ersten Allegro-Satz schon deshalb erstaunlich gut, weil die musikalischen Rebellen den Beatles-Klassiker nicht nur in übereinstimmendem G-Dur intonierten, sondern auch überdeutliche Reibungen durch Tonart-Modulationen, rhythmische Anpassungen und geschickt platzierte Pausen umgingen.

Wie kam nun dieses »Doppelkonzert« bei Erwin Knab, dem nach zwei Gläsern Sekt bestens gelaunten Musikliebhaber, an? Knab vernahm das Vierte Brandenburgische, das ihm nicht so vertraut war wie der vorangegangene Barockschlager, also das Konzert Nr. 3. Allerdings hatte er das Konzert Nr. 4 vor Jahren ebenfalls schon gehört.

Aber da war doch noch etwas, das er schon einmal gehört hatte! Und dieses »Noch etwas« ließ ihn immerhin seine Kamera absetzen, obwohl die aparte Flötistin gerade ausgesprochen vorteilhaft vor dem Objektiv saß. Doch, er kannte diese Musik, sie musste ja von Bach sein. Aber war sie es wirklich? Vielleicht hätte er das zweite Glas Sekt besser auf den Umtrunk nach dem Konzert verschieben sollen?

Es folgte der langsame Mittelsatz – ohne jegliche Zusätze, sodass die leichte Irritation des Jubilars verschwand und er wieder einen größeren Teil seiner Aufmerksamkeit den optischen Reizen des Soloparts widmen konnte.

Beim dritten, also letzten Satz jedoch wurde es ernst: Die Partisanengruppe spielte die Beatles-Melodie diesmal stur nebenher – ohne Rücksicht auf Dissonanzen und rhythmische Unvereinbarkeit. Die Gruppe spielte nicht allzu laut, aber es klang so schauderhaft, dass auch in Erwin Knabs Gehörgängen Alarm ausgelöst wurde.

Knab ließ erneut die Kamera sinken und blickte forschend zum Orchester. Eine leichte Röte breitete sich dabei inmitten des weißen Haarkranzes aus, der seinen Kopf zierte. Unruhig schob er die silbern eingefasste Brille mehrmals nach oben. Er erwartete eigentlich, dass den Musikern anzumerken sein müsste, wie sie selbst über den offenkundigen Missklang erschraken. Genau dies aber blieb gänzlich aus, wiederum zum Erschrecken Erwin Knabs. Da hatte er doch gedacht, er als Bach-Kenner hätte gleich mitbekommen, dass an der Darbietung etwas nicht stimmt, dass irgendjemand im Orchester sich fürchterlich verspielt haben musste. Aber nein, alles schien in bester Ordnung zu sein, sie spielten ungerührt weiter.

Da hatte wohl der alte Bach wieder einmal so ungewohnte, scharfkantige Musik komponiert, wie sie seinerzeit bereits den Ratsherren in Leipzig Anlass zu heftiger Irritation gegeben hatte! Mit dieser selbst ge-

gebenen Erklärung konnte Knab sich letztlich zufrieden geben. Er lehnte sich betont entspannt zurück und spendete zuletzt seinen nicht gerade enthusiastischen, aber doch zufriedenen Beifall. Der Test allerdings, dem er sich ungewollt und unbewusst unterzogen hatte, war insgesamt leider zu seinen Ungunsten ausgefallen.

AmorNovus

In Gedanken noch beim Geburtstagskonzert des Vortags, schaltete Klaus seinen Computer an, um sich erneut bei AmorNovus umzusehen. Es war schon eine spannende Angelegenheit, sowohl neue Kontaktvorschläge zu studieren als auch zu verfolgen, wie laufende Anbahnungsversuche sich entwickelten. Ein gewisses Suchtpotenzial schien da enthalten zu sein. Die bisherigen Kontakte, mit denen AmorNovus Klaus beglückt hatte, waren allerdings eher enttäuschend gewesen.

Bisher am meisten interessiert hatte ihn Lisa, Buchhändlerin aus Berlin. Schon äußerlich war sie eine aparte Erscheinung, und die elektronisch-verbale Vorstufe des Kennenlernens entwickelte sich rasch zu einem wahren Feuerwerk. Gegenseitige Sympathie war eindeutig vorhanden, und die Originalität der wechselseitigen E-Mails konnte auf eine Beziehung hoffen lassen, in der man sich jedenfalls nicht langweilen würde. Klaus merkte, dass er im Begriff war, sich in eine Frau zu verlieben, von der er einzig und allein einige auf seinem Bildschirm aufgetauchte Texte und ein in mäßiger Qualität übertragenes Foto kannte. Dass ihn dabei ein leises Unbehagen beschlich, war nur allzu berechtigt, wie sich bald zeigen sollte.

Klaus fuhr nach Berlin, wo er sich ohnehin schon längst einmal hatte umsehen wollen. Man traf sich in einem von Lisa kundig ausgewählten Café, und bereits bei der naturgemäß etwas unsicheren Begrüßung wurden beide von enttäuschender Ernüchterung erfasst. Nein, die Fotos hatten nicht gelogen, und ja, sie fanden sich gegenseitig durchaus attraktiv. Aber was auf der virtuellen Ebene so schnell funktioniert hatte, nämlich dass sie sich mächtig zueinander hingezogen fühlten, blieb in der Realität vollständig aus. Sie unterhielten sich freundlich, mit distanziertem Interesse, und Klaus genoss den köstlichen Apfelkuchen, den er in diesem Café serviert bekam. Zudem freute er sich, dass er am Abend ein Konzert mit den Berliner Philharmonikern hören würde – und letztlich auch darüber, dass er um eine wichtige Erfahrung reicher geworden war.

Ebenfalls vielversprechend hatte der AmorNovus-Kontakt mit Britta, der schwedischen Ballett-Tänzerin, begonnen. Klaus war von der elfenhaften Zerbrechlichkeit, die ihr Foto ausstrahlte, ebenso fasziniert wie von ihren Mail-Texten. Die zeigten zwar erhebliche Schwächen in der deutschen Orthografie, verzauberten den Kontakt-Interessenten aber gleichwohl mit ihrer poetischen Ausdruckskraft.

Man traf sich in einem Frankfurter Hotel, und nach einem gemeinsamen Restaurantbesuch mit mittelmäßigem Essen, jedoch reichlich genossenem Rheinhessen-Wein gehobener Qualität endete der Kennenlern-Abend einvernehmlich im Bett. Das hatte zwar für beide seinen körperlichen Reiz, war aber vor allem der verzweifelte Versuch, die wenig poetische

Realität zu kaschieren, dass sie von Angesicht zu Angesicht einander eigentlich nichts zu sagen hatten.

Nun gab es einen neuen Versuch von AmorNovus, Klaus Gronius mit einer Frau zusammenzubringen, die eine hohe errechnete Übereinstimmung in Eigenschaften, Gewohnheiten und Vorlieben mit ihm aufweisen sollte. Sie hatte den nicht ganz alltäglichen Vornamen Nele-Clara, ihr Familienname blieb wie üblich zunächst verborgen. Sie schien jedenfalls in der Gegend von Krontal zu leben, war 39 Jahre alt und hatte ihre Interessen so beschrieben:

Als Erstes MUSIK, dann ganz sicher erneut Musik,
und wenn noch Raum für ein Drittes ist: Gedichte.

Sie charakterisierte sich selbst als »meist zurückhaltend, aber dann streitbereit, wenn dem grünen Wald und dem blauen Himmel ihre Farben genommen werden sollen«.

Das war als politische Haltung nicht gerade originell, brachte in dieser Formulierung aber bei Klaus eine Saite zum Klingen. Er fand, dass zu Naturverbundenheit und Umweltbewusstsein Nele, also der erste Teil ihres Vornamens, ganz gut passte, während Clara eher den musikalischen Part abdeckte.

Aber was war es denn, was Klaus sich von einer künftigen Partnerin erhoffte oder erwartete? Wonach sehnte er sich beim Gedanken an Zweisamkeit?

Im Vordergrund stand zweifellos die erotische Anziehung. Dabei war es Klaus bisher allerdings nicht gelungen, das Geheimnis dieser Anziehung zu ergründen. Subjektiv empfundene Schönheit und sexuelle Attraktivität standen im Vordergrund, waren aber gewiss nicht alles. Der Geruch spielte wohl eine weitere Rolle, ebenso der Klang der Stimme. Aber es musste noch mehr sein: eine seelisch-geistige Verbindung, die schwer zu beschreiben, aber für eine Liebesbeziehung unerlässlich ist.

Ganz sicher sollte die für Klaus infrage kommende Frau eine ausgeprägte Affinität zur Musik mitbringen. Nicht, dass er etwa darauf erpicht war, sich privat mit einer Kollegin zu verbinden – ganz im Gegenteil. Aber emotional in die Musik eintauchen, sich von ihr mitreißen lassen, das wollte er schon gern zusammen mit einem geliebten Menschen. Und wenn dieser geliebte weibliche Mensch auch sonst so weit mit ihm harmonieren würde, dass das Ziel eines gemeinsamen Lebens unter einem Dach zu verwirklichen wäre, dann sollte dies möglichst für immer sein.

Die von AmorNovus nun ins Spiel gebrachte Nele-Clara hatte ihre Interessen immerhin schon mal so beschrieben, dass es Klaus danach drängte, sogleich eine Nachricht an sie zu senden:

Du könntest wohl eine Frau sein, die meine Widersprüche erträgt und mitträgt. Denn ich liebe die Stille, bin aber den lieben langen Tag geräuschvoll damit beschäftigt, deine ersten beiden Interessen zu bedienen. Ich suche die Ruhe und lass mich, wenn es sein muss, doch auch auf heftigen Streit ein – etwa dann, wenn es um deine Farben geht.

Auf deine Antwort freut sich
Klaus

Sein Foto wollte Klaus diesmal nicht gleich freigeben, das hätte die Behutsamkeit durchbrochen, die ihm hier angezeigt schien. Aus der Erfahrung mit Lisa, der Berliner Buchhändlerin, hatte er gelernt, dass es besser war, sich zunächst vorsichtig an ein potenzielles neues Glück heranzutasten, dann aber bei beginnendem Herzklopfen so schnell wie möglich eine reale Begegnung an die Stelle des virtuellen Überschwangs treten zu lassen. Nele-Clara sollte erst einmal die von Klaus angefertigte AmorNovus-Kurzbeschreibung, dazu seine knappe heutige Nachricht und nicht zuletzt seinen Vornamen auf sich wirken lassen.

Mit diesem seinem Namen war Klaus bisher eigentlich immer recht zufrieden gewesen. Geradezu mit Dankbarkeit erfüllte es ihn, dass seine Eltern ihm die Kombination »Klaus-Dieter« erspart hatten. Zudem hatte man ihn niemals mit der Lächerlichkeitsform »Klausi« gequält.

Hingegen war er selbst es gewesen – im tatendrängenden Alter von 17 Jahren –, der zu Veredelungsmaßnahmen gegriffen hatte: Nach Jahren der für alle Beteiligten zermürbenden schulischen Fehde mit dem Fach Latein hatte der Gymnasiast Klaus Gronius sein Faible für diese klassisch-edle und irgendwie auch vornehm-nutzlose Sprache entdeckt. Daran war sicherlich sein damaliger Lateinlehrer nicht unschuldig gewesen, ein Mann, der wiederum einen zu seinem Metier völlig unpassenden Namen trug, nämlich Knut Praschtl. Dieser Lehrer hatte zunächst versucht, mit verzweifelten Konstrukten wie »Knutus Prastulus« eine Harmonisierung zwischen seiner Person und seinem Unterrichtsfach herzustellen. So wenig ihm das gelungen war, so sehr gelang es ihm doch, sein halbwüchsiges Auditorium für Lebensart, Denkweise und eben auch Sprache der alten Römer zu interessieren, Einzelne, wie etwa den *discipulus Gronius,* sogar zu begeistern.

Der aber empfand just zu dieser Zeit zwar seinen Nachnamen verständlicherweise als überaus ansprechend, den Vornamen Klaus jedoch als allzu germanisch-plump. Er nahm daher einen kleinen Eingriff vor, indem er sich, wo immer möglich, »Claus« schrieb und, den öden Diphthong vermeidend, den Namen betont zweisilbig »Cla-us« aussprach. Letzteres verging ihm dann sehr rasch, als er mit der entzückenden Heike Beunter liiert war. Die hatte zwar ihrerseits keine Einwände, mit einem Cla-us zusammen zu sein. Klaus' Bruder Frank allerdings nutzte die Gelegenheit zur abgefeimten Bosheit, indem er vor versammeltem Freundeskreis verkündete, He-ike Be-unter wolle ihren Gladiator zu den Löwen schicken. In der Tat lag damals, wenn auch nicht auf gar so blutrünstige Weise, Trennung in der Luft. Und alsbald hatte unser Held nicht nur das zarte Glück mit Heike verloren, sondern zugleich die Lust an Cla-us'scher Zweisilbigkeit.

Geblieben war ihm indes die Gewohnheit, ab und an das Fehlen eines zweiten Vornamens dadurch zu verschleiern, dass er mit »Klaus A. Gronius« unterschrieb. Wofür dieses »A.« stehen sollte, war ihm selbst nicht klar, er fand aber, dass sein Name dadurch deutlich an Gewicht und Eleganz gewann.

Erbschaft

Nachdem Klaus seinen Briefkasten geleert hatte, machte er es sich zunächst am offenen Fenster bequem, um beim Sichten der Post die frische Frühlingsluft zu genießen. Er sprang aber sogleich wieder auf, denn das Gemisch aus gedämpfter Popmusik vom Nachbarhaus und ungedämpftem Auspuffknattern von mehreren vorbeifahrenden Mopeds ertrug er nicht. Mehr bekümmert als wütend schloss er das Fenster.

Krontal war zwar nur eine Kleinstadt, aber die akustischen Nachteile des jedenfalls städtischen Umfelds lösten bei Klaus, der als Musiker wohl lärmempfindlicher war als der Bevölkerungsdurchschnitt, immer wieder Verbitterung aus. Und zu Beginn der wärmeren Jahreszeit litt er darunter ganz besonders. Vielleicht sollte er doch irgendwann einmal einen Umzug aufs Land erwägen?

Post aus der Landeshauptstadt war gekommen, ein Brief von einem Notariat. Im Kopf unseres Musikers baute sich eine Assoziationskette auf: Justizbehörden – Amtsgericht – Vorladung – Zwangsgeld – Beugehaft – Handschellen ... Bevor seine Fantasie ihn noch am Schafott enden ließ, öffnete er schnell den Brief. Nach dem zweiten Lesen hellte sich die Miene des Delinquenten deutlich auf. Er war nämlich keineswegs ein solcher, sondern etwas erheblich Angenehmeres: ein Erbe!

Einige Wochen zuvor war Patentante Josefine nach kurzer, aber unbarmherziger Krankheit im Alter von 78 Jahren verstorben. Die Nachricht von ihrem Tod hatte Klaus zwar nicht allzu sehr erschüttert, ihn aber doch mit unbehaglichem Nachdruck daran erinnert, dass er den Kontakt zu ihr mehr oder weniger bewusst hatte einschlafen lassen. Sie war gänzlich unmusikalisch, und auch sonst hatten Patin und Patenkind sich kaum noch etwas zu sagen. Da war der Restbestand an Anhänglichkeit bald aufgebraucht, der aus jenen Tagen herrührte, als der kleine Klaus sich jeden Sommer darauf freute, bei Tante Josefine Himbeeren vom Strauch zu pflücken und diese dann im großen Hängesessel auf der Terrasse zu verspeisen.

Als Klaus von ihrer Krankheit erfahren hatte, war er fest entschlossen gewesen, die alte Tante einmal zu besuchen und ihr zur Anknüpfung an vergangene Zeiten eine Portion Himbeeren mitzubringen. Nun war es definitiv zu spät für diesen Besuch, er konnte allenfalls noch einen Himbeerstrauch auf ihrem Grab pflanzen. Bei dieser Überlegung fielen ihm die Birnen des berühmten Herrn von Ribbeck ein, und erneut gab es ein Versäumnis zu beklagen. Denn Klaus hätte der Tante ja eine Himbeere mit ins Grab geben müssen ...

Jetzt aber war der Gedanke an Himbeeren weit weg, denn auf dem Tisch lag die förmliche Mitteilung, »dass die verstorbene Frau Josefine Pentig Herrn Klaus Gronius durch Verfügung von Todes wegen ein

Wertpapierdepot zum gegenwärtigen Kurswert von 294.547,16 Euro vermacht« habe.

Bin ich jetzt reich, fragte sich Klaus, ungläubig staunend.

Seine Aufmerksamkeit wurde allerdings sogleich auf andere Aspekte des Ereignisses gelenkt: Da war zunächst ein eher beiläufiger Hinweis auf die fällige Erbschaftssteuer. Klaus nahm sich vor, gleich am nächsten Tag beim Finanzamt seines Vertrauens nachzufragen, welcher Anteil ihm denn nach Entrichtung dieser Abgabe am Ende bleiben würde.

Nur graduell weniger beunruhigend war das zweite in dem Briefumschlag befindliche Stück Papier, eine Kopie des von Tante Josefine handgeschriebenen Testaments. Was der Notar mitgeteilt (und obendrein mit einer konkreten Zahl versehen) hatte, stand dort auch, war allerdings noch mit einem Zusatz versehen:

Meinem Patensohn Klaus vermache ich alle meine Wertpapiere. Dafür soll er für mich beten.

Auf dem Karussell in des Erben Kopf zirkulierten jetzt drei grell beleuchtete Fragen: Darf ich ohne ernst gemeintes Gebet das Geld überhaupt nehmen? – Was lässt das Finanzamt mir übrig? – Was kann ich Sinnvolles mit einer so großen Summe anstellen?

Nach ein paar Minuten stoppte Klaus das Kopf-Karussell. Immerhin die Steuerfrage würde sich doch ziemlich schnell über das Internet klären lassen. Also tastete sich unser Großerbe durch die Katakomben des Erbschaftssteuerrechts, wobei er nicht recht wusste, ob er es bedauern oder vielmehr heilfroh darüber sein sollte, kein Jurist geworden zu sein. Schließlich konnte er aber doch das einigermaßen sichere Ergebnis ans Tageslicht hieven, dass er ein knappes Drittel des Geldsegens dem Staat zu überlassen hatte. Na ja, der hatte sich womöglich intensiver um Tante Josefine und deren Wohlbefinden gekümmert als das treulose Patenkind.

Nun stand also eine nach wie vor verführerische Zahl im Raum: Zweihunderttausend. Für Klaus war von vornherein klar, dass er eine solche Summe niemals leichtfertig verjubeln, sondern mit Bedacht ausgeben würde. Es müsste doch möglich sein, mit so viel Geld das eigene Leben auf Dauer spürbar zu verändern, ihm eine neue Richtung zu geben oder zumindest einen höheren Grad der Sorgenfreiheit.

Vielleicht könnte es ein Häuschen im Grünen werden?

Aber da gab es noch diese religiöse Auflage, die Klaus geradezu als demütigend empfand. Der Notar hatte diesen Passus in seinem Schreiben gar nicht für erwähnenswert befunden. In der Tat handelte es sich dabei weder um eine rechtsverbindliche Bedingung, noch war ein Gebet für den Juristen ein irgendwie beweis-, widerleg- oder erzwingbarer Sachverhalt.

Klaus indessen fühlte sich moralisch in arger Bedrängnis. Gebetet hatte er zuletzt als Kind, der allabendlich wiederkehrende Text war ihm völlig präsent:

Lieber Gott, nun schlaf ich ein,
Schicke mir mein Engelein,

Dass es treulich bei mir wacht
Durch die ganze lange Nacht.
Schütze alle, die ich lieb',
Alles Böse mir vergib.
Kommt der helle Morgenschein,
Lass mich wieder fröhlich sein.

Das hatte damals für die »ganze lange Nacht« etwas zutiefst Beruhigendes und Tröstliches – mindestens so wirksam wie später das gelegentliche Glas Bier oder Rotwein. Nun, dem Wunsch von Tante Josefine konnte man wohl kaum dadurch Genüge leisten, dass man auf ihr Wohl ein Glas Wein leerte. Aber ein Gebet aus seinem Munde käme Klaus gegenwärtig unecht und damit von vornherein ungültig vor.

Gerade deshalb, weil er spürte, wie unverdient der in Aussicht stehende Reichtum war, hatte er gewaltige Skrupel, die Patentante posthum auch noch zu hintergehen. Und genau das täte er doch, wenn er die zwar nicht rechtlich, aber ganz gewiss moralisch bindende Auflage missachten würde, mit der die großzügige Zuwendung belastet war.

Neidvoll dachte Klaus an seinen Bruder Frank. Der hätte als regelmäßiger und überzeugter Kirchgänger mit Gebeten aller Art keine Not. Und obendrein wäre Frank mit dem für ihn zuständigen Pfarrer als kundiger Beratungsinstanz in religiös angehauchten Moralfragen gesegnet. Nun gut, weder ein Theologe stand Klaus zu Gebote noch überhaupt ein entsprechendes geistliches Umfeld, aber er hatte immerhin seinen Bruder. Den würde er um Rat fragen, auch wenn dies bei einem solchen Thema kein reines Vergnügen zu werden versprach.

Familie

Einen drei Jahre älteren Bruder zu haben, war für Klaus schon immer ein Glück mit einigen Macken gewesen.

Die Eltern gaben sich redliche Mühe, ihren beiden Söhnen – weitere Kinder gab es nicht – gleichermaßen gerecht zu werden. So musste im Gegensatz zu anderen Zweitgeborenen Klaus so gut wie nie die Kleidung auftragen, die sein Bruder abgelegt hatte. Frank fand im Alltag allerdings andere Gelegenheiten, Vorrechte des Erstgeborenen für sich zu reklamieren – etwa wenn es um die Wahl des Zimmers beim Wohnungswechsel oder des Sitzplatzes bei Autofahrten ging. Wurde es jedoch ernst, zum Beispiel bei Raufereien im Schulhof oder später bei Verbalangriffen von außen, stand er verlässlich an der Seite des Jüngeren.

Während eines Familienurlaubs in der Bretagne – die Jungs waren siebzehn und vierzehn Jahre alt – fuhren die Eltern zu einem Konzert in die nächstgrößere Stadt, wo sie dann auch übernachteten. Frank, der eigentlich gern ins »Bistro Plage« gehen wollte, hatte die Weisung, bei seinem kleinen Bruder zu bleiben. Kurzerhand interpretierte er das elterliche Gebot jedoch um und nahm Klaus mit in die Kneipe, in der sich einheimische und touristische Heranwachsende trafen. Klaus, der mit Abstand Jüngste in dem Lokal, langweilte sich entsetzlich, zumal er kein Französisch sprach und seinen »Aufpasser« erst gegen Mitternacht wieder in seiner Nähe hatte. Der seinerseits hatte im »Bistro Plage« für den Kleinen nun wahrlich keine Zeit, da er unbedingt seine Fremdsprachenkenntnisse mit der tags zuvor erst kennengelernten Françoise vertiefen musste.

Am späten Abend war Klaus kurz eingenickt. Die Cola, die Frank immerhin für ihn bestellt hatte, war längst ausgetrunken, und nun begann eine Jazz-Combo zu spielen. Mit solcher Musik war Klaus zuvor nicht in Berührung gekommen, nun taugte sie ihm wenigstens als Mittel gegen die Langeweile in der Kneipe. Er postierte sich in der Nähe des Kontrabasses, den er nicht nur wegen dessen Größe am interessantesten fand. Die tiefen gezupften Töne empfand er wie eine Kopfmassage, zugleich spürte er ihre Schwingungen im ganzen Körper. Allmählich schwand sein Groll darüber, dass der große Bruder ihn ins »Bistro Plage« verschleppt hatte. Dass hier an der französischen Atlantikküste der Grundstein für seinen späteren Beruf gelegt wurde, ahnte Klaus damals allerdings nicht.

Zu Hause waren die Brüder oft unter sich. Die Eltern betrieben gemeinsam ein Architekturbüro – mit stark schwankendem Erfolg. Da wurden die Söhne frühzeitig in die Haushaltsführung eingebunden, durchaus mit der Maßgabe, die zu erledigenden Arbeiten möglichst gleichmäßig aufzuteilen. Diese Gleichmäßigkeit wusste Frank indes durchaus zu seinen Gunsten auszugestalten. So ergab es sich, dass Klaus etwa zum

Zwiebelschneiden und Kartoffelschälen komman-
diert wurde – unter der verantwortungsvollen Aufsicht des Älteren, der seinen eigenen Part eher darin
sah, großzügig gute Ratschläge zu erteilen.

Mehr oder weniger gute Ratschläge waren ohnehin ein Markenzeichen des Frank Gronius. Kein Wunder, dass im Familienkreis schon früh die Überzeugung wuchs, für diesen jungen Mann könne als Be-
rufsziel nur Lehrer infrage kommen. Dies wurde
dann zum Selbstläufer, sodass Frank sich letzten En-
des tatsächlich für das Lehramt an Gymnasien entschied. Und während eine gewisse Oberlehrerhaf-
tigkeit den Familienmitgliedern gelegentlich auf die
Nerven ging, war Studienrat Gronius später sowohl
bei seinen Schülern als auch im Kollegium der Schule
ausgesprochen beliebt.

Als ihn vom Status des Studienrats noch zwei
Staatsexamina trennten, kümmerte Frank sich aller-
dings mehr um größtmögliche »Beliebtheit« bei sei-
nen Kommilitoninnen. Insgesamt kann man seine
Studienjahre ohne Übertreibung als Lotterleben be-
zeichnen, welches aber immerhin rechtzeitig vor den
Abschlussprüfungen einem hinreichend strebsamen
Lebenswandel wich.

Selbst in seiner wildesten Zeit schaffte Frank es
dennoch, seinem jüngeren Bruder als leuchtendes
Vorbild präsentiert zu werden. Dafür gab es einen
einfachen Grund: die Studien- und Berufswahl. Die
Eltern Gronius sahen es mit uneingeschränktem
Wohlwollen, dass ihr älterer Sohn Lehrer wurde, hingegen mit Skepsis und Sorge, dass Klaus sein Leben

als Musikant fristen wollte. Aufnahmeprüfung und Einschreibung an einer renommierten Musikhochschule konnten zwar die elterliche Stimmung merklich aufhellen, aber der Beruf des Orchestermusikers blieb für die beiden eine bestenfalls halbseriöse Angelegenheit.

Besuche des Musikstudenten bei den Eltern verliefen gleichwohl in einer insgesamt harmonischen Atmosphäre. Klaus vermied es, von seinen (durchaus lukrativen) »Auftritten« in der Fußgängerzone seiner Hochschulstadt zu erzählen. Stattdessen berichtete er von den Klausuren etwa über Musikgeschichte oder Harmonielehre, um die Ernsthaftigkeit seines Studiums zu unterstreichen.

Wenn gelegentlich die Brüder gemeinsam zu Besuch kamen, herrschte im Hause Gronius meist eine gewisse Anspannung. Die rührte zum Teil von der räumlichen Enge in der kleinen Wohnung des Architektenpaares her. Sie wurde aber auch von Franks subtilen Sticheleien genährt, mit denen er das Seriositätsgefälle zwischen Gymnasiallehrer und Musikus thematisierte. Die zwei Alten brachte er damit häufig in Verlegenheit, denn einerseits beschäftigte dieses vermeintliche Gefälle sie ja ebenfalls, andererseits sollten beide Söhne gleichermaßen und ohne Ansehen des künftigen Berufs die elterliche Liebe erfahren.

In der Zeit der Examensvorbereitung sah Klaus seine Eltern selten. In deren Mietwohnung konnte er nicht auf seinem Kontrabass üben, da die Sorge übermächtig war, womöglich Ärger mit den Nachbarn zu bekommen. Das vielstündige Üben bestimmte Klaus'

Tagesablauf in dieser Zeit jedoch auch an den Wochenenden.

Um dennoch seine Sehnsucht nach Familienkontakt zu stillen, stattete er Frank, der nicht allzu weit vom Hochschulort entfernt wohnte, öfter mal einen Besuch ab. Der große Bruder gab sich durchaus Mühe, emotional zum Examenserfolg beizutragen. Aber er konnte es sich doch nicht verkneifen, dem Kandidaten so viele gute Ratschläge zu erteilen, dass dieser ihm einmal ironisch vorschlug, am besten an seiner Stelle die Prüfung zum Orchestermusiker abzulegen. »Der Herr Schulmeister wird es vermutlich sogar hinkriegen, dass er es sein wird, der die Prüfer examiniert und benotet«, giftete Klaus hinterher.

Als kurz nach Abschluss des Musikstudiums erst sein Vater und ein knappes Jahr später die Mutter starb, begann Klaus sich dessen bewusst zu werden, dass er inzwischen definitiv als erwachsen zu gelten hatte. Zur Trauer über den Verlust gesellte sich zudem eine gewisse Empörung darüber, mit Ende zwanzig bereits der ältesten Generation seiner Familie anzugehören.

Sein Bruder Frank war nun der einzige Angehörige, von dem Klaus sagen konnte, dass er ihm seit seiner Geburt stets nahe war – was sich keineswegs nur mit angenehmen Gefühlen verband. Als der Sarg seiner Mutter in das bis dahin nur vom Vater belegte Familiengrab hinabgelassen wurde, entfuhr ihm im Stillen der Stoßseufzer: Ihr könnt mich doch mit diesem Bruder nicht allein lassen!

Die beiden Waisenknaben entwickelten allerdings nach dem Tod der Eltern ein zunehmend entspannteres Verhältnis zueinander. Dass der »kleine Bruder« erwachsen geworden war, nahm auch Frank zur Kenntnis – mit der Folge, dass die einseitigen Belehrungen seltener wurden, das wechselseitige Vertrauen dafür ausgeprägter.

Geerbt hatten die Brüder von ihren Eltern nichts Nennenswertes. Das Architektenpaar war stets darauf bedacht gewesen, dass es den Söhnen an nichts fehlte. Aber die »hohe Kante« blieb leer, und dementsprechend beschränkte sich auch der Nachlass auf die nicht sonderlich wertvollen Gegenstände, die sich im Laufe der Jahre in der bescheidenen Wohnung angesammelt hatten.

Nun aber war Klaus also mit einer üppigen Erbschaft bedacht worden – und zwar er allein. Die immerhin denkbare Überlegung, brüderlich zu teilen, blendete er von vornherein aus. Nicht, dass ihm etwa das Ideal einer innerfamiliären Solidargemeinschaft fremd gewesen wäre. Aber Frank war bisher finanziell erheblich bessergestellt gewesen als sein jüngerer Bruder – nicht so sehr wegen des Beamtengehalts, sondern vor allem durch seine Heirat mit einer Bankierstochter, die als »Mitgift« ein properes Einfamilienhaus mit weitläufigem Garten in die Ehe eingebracht hatte. Da bedeutete der Nachlass von Tante Josefine im Grunde nichts anderes als einen Schritt in Richtung eines gerechten Ausgleichs.

Es wäre zudem recht verwunderlich gewesen, wenn die Verstorbene beide Neffen bedacht hätte. Sie hatte es stets als ihre Aufgabe angesehen, den jüngeren der beiden Brüder in Schutz zu nehmen und ihn gegenüber dem älteren zu stärken. Deshalb war er es auch gewesen, für den sie die Patenschaft übernahm.

So blieb für Klaus nun nur noch zu entscheiden, ob er Frank über die Höhe seiner Erbschaft ins Bild setzen sollte. Er beschloss, den Betrag nicht von sich aus zu nennen, bei entsprechender Nachfrage aber kein Geheimnis daraus zu machen.

Gebetskunde

Die geschwisterliche Zuneigung, die Frank Gronius zu seinem jüngeren Bruder empfand, hielt ihn nicht davon ab, ihm bei Bedarf dessen Ungereimtheiten und Widersprüche um die Ohren zu hauen – da war er ganz Pädagoge. Ein hierfür ergiebiges Feld öffnete sich bei der Frage »Wie hältst du's mit der Religion?« In diesem Fall war es ja nicht Faust, der antwortete, sondern ein Kandidat, der sich deutlich unsicherer präsentierte als Goethes große Dramenfigur.

Klaus fragte sich selbst gelegentlich, wie sich der von ihm gelebte Widerspruch je auflösen lassen sollte: Auf der einen Seite sah er sich als Agnostiker, wenn nicht Atheist. Er glaubte eigentlich mit allem, was der Verstand hergab, zu wissen, dass es etwas wie einen Gott, dass es Auferstehung, gar ewiges Leben nicht geben konnte.

Andererseits gehörte Klaus zu denjenigen, denen die eigene und generell die menschliche Beschränktheit und Begrenztheit vor dem Hintergrund des überschaubaren Teils einer nicht begreifbaren Unendlichkeit sehr bewusst war. Obendrein erlebte er immer wieder diese andächtige Ehrfurcht vor der sakralen Baukunst, die erschütterte Ergriffenheit beim Hören etwa von Bachs Matthäus-Passion – und ganz besonders der Choräle, dieses Inbegriffs gottesfürchtiger Musik!

Aber vielleicht war das ja nur ein scheinbarer Widerspruch, und es bewegten sich seine Ehrfurcht und

Ergriffenheit auf einer mitnichten spirituellen, sondern »nur« ästhetischen Ebene. Diese zutiefst demütigen Empfindungen galten ja lediglich sinnlich erfahrbaren Erzeugnissen *menschlicher* Genialität. Und um ebensolche von Menschen gemachte Konstrukte handelte es sich nach Klaus' Vorstellung ja auch bei den (mehr oder weniger) diversen auf dem »Markt« befindlichen Gottheiten ...

Aber hier und jetzt gab es ein ganz handfestes Problem, zu dessen Lösung Klaus den großen Bruder am Telefon nach dessen Meinung fragte. Nachdem er die maßgeblichen Fakten und seine ganz persönlichen Kümmernisse mit diesen Fakten geschildert hatte, fing Frank am anderen Ende der Leitung an, schallend zu lachen:

»Sieh an, unser Atheist hat auf einmal Angst, ins Fegefeuer zu geraten!«

Klaus selbst fand sein Dilemma längst nicht so komisch: »Bitte, Frank, sei jetzt nicht albern! Natürlich weiß ich, dass mir absolut überhaupt nichts passiert, wenn ich Tante Josefines Geld einstreiche, *ohne* mit dem lieben Gott zu plaudern.«

Man konnte es fast hören, wie Franks Augenbrauen himmelwärts strebten.

»Verdammt noch mal – äh – na ja, also, entschuldige den Ausdruck, aber ein Gebet ist doch nun wirklich kein Plauderstündchen! Und deine kindliche Vorstellung vom *lieben Gott*, vermutlich als Onkel mit Rauschebart oben im Himmel geht mir etwas auf die Nerven.«

»Jawohl, Herr Lehrer. Aber was soll ich tun?«, insistierte der Jüngere.

Endlich wurde Frank konstruktiv: »Du kannst ein Gebet auch als eine Art Selbstgespräch interpretieren. Und das mit dem Rauschebart-Onkel habe ich aus gutem Grund gesagt. Die Instanz, die du beim Beten ansprichst, kann beliebig abstrakt sein, du kannst dir dabei zum Beispiel dein Gewissen vorstellen – so etwas scheinst ja sogar du zu besitzen – oder die menschliche Güte als sittliche Kategorie; oder meinetwegen das Schicksal, das deine Patentante ereilt hat.«

»Das klingt schon besser«, erwiderte Klaus. »Aber wie soll das dann gehen, dass ich *für Tante Josefine* bete?«

Erneut hoben sich Franks Augenbrauen. »Sei doch nicht so fantasielos! Unter *deinen* Voraussetzungen kannst du ihrem Wunsch bestimmt dadurch Genüge leisten, dass du dich in eine kontemplative Stimmung versetzt – was übrigens ganz hervorragend in Kirchen funktioniert – und zehn Minuten intensiv an die gute Tante denkst. Das sollten dann schon freundliche Gedanken sein. Aber dies wird dir wohl nicht allzu schwerfallen, nachdem sie dich zu einem der reichsten Männer der Tulpenstraße gemacht hat.«

Frank wusste, dass die Straße, in der sein Bruder wohnte, nicht gerade zum Millionärsquartier von Krontal gehörte. Aber dieser letzte Halbsatz in Franks Belehrung erzeugte in Klaus bereits jetzt, außerhalb der »Gebetsstunde«, ein warmes, dankbares Gefühl für die tote Tante.

Er zweigte davon einen kleineren Teil für seinen Ratgeber ab, dem er zugleich in Aussicht stellte, dass dieser sich »etwas Anständiges« wünschen dürfe, sobald die geerbten Wertpapiere übertragen, verkauft und versteuert sein würden.

»Klingt nicht schlecht«, meinte Frank, »aber hoffentlich verlangst dann nicht auch du von mir, dass ich für dich bete!«

»Ich dachte, das tust du sowieso jeden Abend«, sagte Klaus lachend. Er war nun wirklich erleichtert, hatte Frank ihm doch einen zweifellos respektablen Weg aufgezeigt, mit heiler Seelenhaut dem befürchteten moralischen Debakel zu entrinnen.

Nach dem Telefonat mit seinem Bruder setzte Klaus sich ans offene Fenster und freute sich über den »Blick in den Frühling«, wie er es nannte. Die weißen Blüten des Apfelbaums im benachbarten Garten leuchteten fröhlich vor dem tiefblauen Himmel, und an vielen Büschen zeigte sich bereits zartes Grün.

Einer der reichsten Männer der Tulpenstraße! Diese Formulierung ging Klaus nicht mehr aus dem Kopf. Sie passte so gar nicht zu seinem bisherigen Leben, in dem er finanziell meist nur einigermaßen über die Runden gekommen war. Nun sollte es also eine Wende geben, deren Tragweite ihm zunächst gar nicht bewusst gewesen war. Sie war ja auch vollkommen überraschend eingetreten. Wer rechnet denn ernsthaft damit, durch den Tod einer weitgehend aus den Augen verlorenen Tante mit einem sechsstelligen Geldbetrag beglückt zu werden?

Das Amselmännchen auf dem Dach eröffnete sein Abendkonzert. Für Klaus gehörte solcher Gesang zu den herrlichsten Begleiterscheinungen des Frühlings. Traurig nur, dass Straßen- und sonstiger Lärm diese wunderbare Naturmusik so oft übertönten!

Eine der Amseln in der näheren Umgebung beherrschte die ersten sechs Töne von »Happy birthday to you«. In dieser »vogelwilden« Interpretation klang das abgedroschene Geburtstagslied längst nicht so öde wie in der sonst üblichen, meist mehr gegrölten als gesungenen Komplett-Fassung. Eines der wenigen Details aus dem gymnasialen Biologie-Unterricht, die Klaus sich gemerkt hatte, war die erstaunliche Fähigkeit der Amseln, von Menschen erzeugte Melodien gelegentlich zu imitieren. Schulischen Lernstoff auf so eindrückliche Weise von der Wirklichkeit bestätigt zu finden, war doch immerhin ein Pluspunkt für das Bildungssystem des Landes!

Im Moment dachte Klaus jedoch weniger über das Bildungssystem nach als vielmehr über seinen demnächst veränderten Finanzstatus. Er nahm sich sogleich fest vor, den neuen Wohlstand so wenig wie möglich in sein Alltagsbewusstsein dringen zu lassen. Zu sehr fürchtete er, den Sitz von Geldbeutel und EC-Karte sonst allzu locker werden zu lassen. Eine solche Veränderung des Lebensstils war ihm nicht ganz geheuer, um nicht zu sagen unsympathisch. Außerdem wollte er die Chance nicht verspielen, mit dem geerbten Geld auf nachhaltige Weise einen großen und bewussten Schritt in die eigene Zukunft zu gehen.

Nele-Clara

Es war an der Zeit, wieder bei AmorNovus vorbeizuschauen. Klaus war froh, dass Frank ihm nicht diese lästige »Na, was macht die Liebe?«-Frage gestellt hatte. Dass er auf der Suche war, konnte sich jeder denken, der ihn gut kannte. Dass er sich aber nicht oder jedenfalls nicht vollständig auf den romantischen Zufall verlassen wollte, sondern elektronisch-systematische Hilfe in Anspruch nahm, scheute er sich zuzugeben. Ihm selbst schien in solchen Fällen der Verdacht nahezuliegen, dass sich hier die verzweifelt Erfolglosen tummelten – zu denen er aber selbstverständlich nicht gezählt werden mochte.

Klaus legte Wert auf eine strikte Unterscheidung: Auf der einen Seite die ausgesprochen rationale Methode, seine potenzielle Partnerin nicht unter den wenigen auszuwählen, denen er zufällig begegnete, sondern unter den vielen, die ebenfalls jemanden suchten und die obendrein nach sinnvollen Kriterien »vorsortiert« waren. Davon unbehelligt sollte der entscheidende zweite Schritt bleiben, der Vorgang des Sich-Verliebens. Der musste bei ihm als AmorNovus-Kunden genauso von Irrationalität geprägt sein dürfen und die gleichen Gefühle erzeugen wie bei denen, die in Discos, Vereinen oder im Büro jemanden kennenlernen.

Astrid, mit der er bis vor drei Jahren seine letzte ernsthafte Beziehung gehabt hatte, war Klaus buchstäblich über den Weg gelaufen, als er seinen Zahnarzt aufsuchte. Sie war dort ebenfalls zur Untersuchung angemeldet, und über die Verwunderung darüber, dass beide im Wartezimmer das gleiche Buch lasen, ergab sich ein Gespräch. Die daraus entstandene Liebesgeschichte bedeutete für Klaus eine spürbare Steigerung seines Selbstwertgefühls. Er bewunderte Astrids dunkelbraune Lockenpracht ebenso wie ihre Lebhaftigkeit und ihren Witz. Dass diese Frau sich in ihn verliebt hatte, betrachtete er als Auszeichnung.

Trotz anfänglicher Leidenschaft hielt die Beziehung jedoch nur ein knappes Jahr. Astrid wurde zunehmend dadurch frustriert, dass Klaus bei dem Tango-Kurs, zu dem sie ihn überredet hatte, viel schnellere Fortschritte machte als sie selbst. Erst später hörte Klaus davon, dass gemeinsame Tanzkurse wohl bei erstaunlich vielen Paaren Beziehungskrisen heraufbeschwören. Die Freude am Tango-Tanzen blieb Klaus erhalten, trotz der Trennung von Astrid, mit der es damals nach den Tanzabenden immer häufiger zum Streit kam.

Statt Zahnarztbesuch nun also AmorNovus.

Im Posteingang lag eine Antwort von Nele-Clara, der Musikbegeisterten, die für grünen Wald und blauen Himmel stritt. Geradezu irritiert bemerkte Klaus ein deutliches Herzklopfen, als er die Nachricht öffnete. Er las halblaut.

Hallo Klaus,

dein Text hat mich berührt, so kurz er auch war – oder vielleicht sogar gerade deshalb. Man trifft sonst auf so viele Schwätzer.

Was für ein wundervoller »Widerspruch«: Die Stille zu lieben und Musik zu machen! Ich selbst bin keine Berufsmusikerin. Meine Sorge war allzu groß, dabei die kindliche Freude an der Musik zu verlieren. So bin ich Chemikerin geworden und kratze auf meiner Violine als Amateurin in einem Kleinstadt-Orchester.

Welches Instrument spielst du denn? Vielleicht Fagott – ich finde, das könnte passen.

Ich würde mich freuen, wieder von dir zu hören,
Nele-Clara Borig

Wie kam diese Frau, von der Klaus bereits jetzt fasziniert war, auf Fagott? Ihre Vermutung schien ihm nicht abwegig, auch das Fagott war ein Instrument in tiefer Lage und hätte ihn als Alternative zum Kontrabass damals ebenfalls gereizt. Aber vor allem als Jugendlicher war Klaus – nach dem Erstkontakt in der Bretagne – auch ein wenig an Jazz interessiert gewesen, und da wäre er als Fagottist nicht weit gekommen.

Einen großen Vorzug hätte das Blasinstrument immerhin gehabt: Es war viel weniger voluminös und dazu noch zerlegbar. Darin lag ein Vorteil im Allgemeinen, für Klaus Gronius jedoch in ganz besonderer

Weise. Denn er war überzeugter, nach Meinung seines Bruders sogar fanatischer Gegner des Autoverkehrs. Fahrrad, Bus und Bahn waren »seine« Verkehrsmittel. Aber das dicke Schwein ließ ihm keine andere Wahl als das Herumkutschieren mit dem einigermaßen geräumigen Kombi, den er schweren Herzens bei einem Gebrauchtwagenhändler erstanden hatte. Um die Unvermeidlichkeit seines Tuns nach außen deutlich zu machen, prangte denn auch am Heck seines Wagens ein nicht zu übersehender Aufkleber mit dem Hinweis »*Instrumententransport*«.

Ob er Nele-Clara das alles schreiben sollte? Er beschloss, erst einmal eine Nacht darüber zu schlafen, schließlich sollte aus der ersten Kontaktaufnahme nicht gleich ein Mail-Bombardement werden. Erstaunlich im Übrigen, dass sie sich gleich mit ihrem vollen Namen gemeldet hatte. Und fast noch erstaunlicher war, dass diese Frau offensichtlich bisher keinerlei Spuren im Internet hinterlassen hatte. Denn natürlich recherchierte Klaus sofort, fand aber absolut nichts über Nele-Clara Borig.

Dr. Knab

Der Nachmittag schaute freundlich zum Fenster herein, also beschloss Klaus, seine Gedanken auf einem Spaziergang ein wenig zu sortieren. Nicht weit von der Tulpenstraße entfernt führte ein Fußweg auf eine leichte Anhöhe, weshalb er etwas großspurig als »*Höhenweg*« ausgeschildert war. Man lief erst an mehreren Schrebergärten vorbei und konnte dann zwischen Maisfeldern, Wiesen und kleineren Waldstücken einige Kilometer auf Wirtschaftswegen bis zur nächsten Ortschaft zurücklegen. Ganz so weit pflegte Klaus sich nicht zu bewegen – das hätte sich womöglich schon wie *Sport* angefühlt! Aber er mochte den Höhenweg, gerade zu dieser Jahreszeit, in der es an manchen Stellen nach Holunderblüten duftete und am Wegesrand die eine oder andere Wildblume erfolgreich den Herbiziden auf den angrenzenden Nutzflächen trotzte.

Getrübt wurde diese Beschaulichkeit allerdings durch die in zwei Kilometer Entfernung verlaufende Bundesstraße, deren Geräuschkulisse beständig daran erinnerte, dass Krontal ein florierendes, mitsamt seiner Umgebung gut erschlossenes Mittelzentrum war. Glücklich diejenigen, denen es mühelos gelang, auf einem solchen Spazierweg einfach nur die verbliebenen Angebote der Natur wahrzunehmen!

Als Klaus ein Jahr zuvor Besuch von seinem Bruder bekommen hatte, liefen sie ebenfalls auf dem Höhenweg.

»Hörst du das?«, fragte Klaus, als sie sich für eine kurze Rast auf eine Bank gesetzt hatten.

»Die Amsel? Ja, das liebe ich so am Frühling!« war die Antwort, die Klaus etwas nachdenklich machte.

»Ja, sicher, den Gesang der Amsel mag ich auch. Aber der Verkehrslärm ist doch schrecklich!«

Frank zuckte gleichmütig mit den Schultern: »Der ist doch ziemlich weit entfernt. Man muss ja nicht hinhören.«

Klaus wiederholte ungläubig: »*Man muss nicht hinhören? –* Aber ich kann in meinen Ohren doch keinen Filter einschalten, der das Amsellied und meinetwegen noch deine seltsamen Äußerungen durchlässt, aber den Autolärm ausblendet.«

Frank legte seine Nasenwurzel in Falten: »Wie nett, dass meine ›seltsamen Äußerungen‹ immerhin mit dem Frühlingslied der Amsel verglichen werden! Nein, die Ohren haben gewiss keinen Filter, aber das Bewusstsein hat einen. Nicht alles, was du physisch hörst, muss dein leidender Kopf auch registrieren. Sonst wird man doch verrückt!«

Im Stillen hatte Klaus entgegnet: Vielleicht bin ich das ja schon.

Jetzt jedenfalls hörte *und* registrierte er Vogelsang *und* Bundesstraße ohne Franks Begleitung. Letzteres war ihm durchaus lieber, denn er war ja losgegangen, um für sich allein die Gedanken zu ordnen und nicht, um über Ohren- oder Bewusstseinsfilter zu streiten. Und doch brachte die Erinnerung an jene Debatte mit seinem Bruder den Gedankenfluss auf eine begradigte Bahn.

Diese Bahn führte allerdings nicht zu AmorNovus und Nele-Clara, sondern zum Nachlass von Tante Josefine. Das Häuschen im Grünen stand doch am Horizont der Möglichkeiten! Und warum könnte das nicht zugleich ein »Häuschen im *Stillen*«, in einem kleinen Idyll fern von allen Bundesstraßen sein? – Wenn es denn so etwas in Deutschland, nein, in einer von Krontal aus erreichbaren Nähe überhaupt noch gab. Aber es käme wohl auf einen Versuch an.

Versuch – das bedeutete *Suche*. Dies wäre dann schon das zweite große Suchprojekt! Aber warum nicht? Klaus beschloss, sich auch auf diesen Weg zu begeben. Er musste aber darauf Acht geben, dass für die Musik, also seinen Beruf, genug Zeit und Kraft übrig blieb.

Er war auf dem Höhenweg noch nicht lange unterwegs, als er einen älteren Mann überholte, der ihm sogleich bekannt vorkam.

Er wandte sich nach ihm um, worauf der andere rief: »Ah, guten Abend! Kennen wir uns nicht?«

»Doch, ich glaube schon«, musste Klaus antworten, obwohl er sehr viel lieber schweigend seines Weges gegangen wäre. Der ihn angesprochen hatte, war kein anderer als Dr. Erwin Knab, der ungeliebte Wohltäter des Bach-Orchesters. Klaus blieb stehen und schüttelte die mit freundlichem Lächeln entgegengestreckte Hand.

»Guten Abend, Herr Knab, das ist aber eine Überraschung, Sie hier zu treffen!«

»Ich mache neuerdings jeden Abend hier meine Runde. In meinem Alter muss man ja aufpassen, dass man nicht im Sessel verfault. Und jetzt weiß ich wieder, wo Sie hingehören: Sie spielen doch in meinem Orchester, Herr ...?«

»Gronius«, ergänzte Klaus, der es trotz aller Großzügigkeit der Erwin-Knab-Stiftung doch etwas anmaßend fand, dass Knab von »seinem« Orchester sprach. »Ich spiele im Bach-Orchester den Kontrabass.«

Knab hatte die Richtigstellung offenbar verstanden: »Verzeihen Sie, dass ich ›mein‹ Orchester gesagt habe. Es ist nicht so sehr wegen meines materiellen Beitrags, sondern eher, weil ich mich Ihnen und Ihren Kollegen ganz besonders verbunden fühle.«

Das war aber schön formuliert, dachte Klaus. Er fand jedoch, dass gerade in diesem Fall die »Kolleg*innen*« hätten erwähnt werden müssen. Ganz wohl war ihm übrigens nicht bei dieser Begegnung. Er musste mit einem gewissen Unbehagen daran denken, dass er beim letzten Geburtstagskonzert für den Mäzen zu den undankbaren Verschwörern gehört hatte.

Indes wurde das Lächeln des Alten noch freundlicher. »Herr Gronius, denken Sie bitte nicht, dass ich Ihnen aufgelauert hätte. Aber es trifft sich wirklich ganz ausgezeichnet, dass ich gerade Sie hier treffe. Darf ich Sie etwas Persönliches fragen?«

Klaus erschrak. Sollte er nun wegen des Schabernacks in der Knab'schen Villa zur Rede gestellt werden? Dazu wollte allerdings der warmherzige Gesichtsausdruck des Fragenden nicht so recht passen.

»Ja natürlich, Herr Knab«, antwortete Klaus notgedrungen.

Der Stifter begann etwas umständlich: »Ich muss Ihnen gestehen, dass meine musikalische Begabung längst nicht so ausgeprägt ist wie meine Begeisterung für die Musik. Das wird Sie vielleicht überraschen.«

Keineswegs, dachte Klaus, sagte dazu aber nichts.

Knab fuhr fort: »Aber ich habe einen Großneffen – Maximilian heißt er und ist elf Jahre alt –, der wohl ein sehr gutes Gehör hat und genau von *Ihrem* Instrument schwärmt. Jetzt wird Ihnen sicher klar, warum ich von unserer heutigen Zufallsbegegnung so beglückt bin.«

»Na ja, ich kann den Maximilian gut verstehen«, erwiderte Klaus, der langsam ahnte, worum es gehen sollte.

Erwin Knab wurde konkret: »Nun möchte ich Sie zwei Dinge fragen: Geht das überhaupt, dass so ein Knirps auf solch einem riesigen Gerät spielt, das er ja nicht einmal selber tragen kann?«

Klaus musste lachen. »Also, bei einem sogenannten Dreiviertelbass, wie ich ihn spiele, oder gar einem noch größeren Vierviertelbass müsste man den Knaben allerdings auf eine Leiter stellen. Und dann wären immer noch seine Hände zu klein, um die Saiten richtig zu greifen. Aber es gibt extra für Kinder auch kleinere Kontrabässe, etwa den Halb- oder Viertelbass. Sogar Achtel- und Sechzehntelbässe kann man bekommen. Ich hätte keine Bedenken, einen Elfjährigen damit anfangen zu lassen, wenn er sich wirklich für das Instrument interessiert.«

»Das ist schon mal wunderbar, Herr Gronius«, fuhr Knab fort. »Aber ich hatte Ihnen ja *zwei* Fragen angedroht. Wie Sie wissen, bin ich in der glücklichen Lage, etwas Geld von meinem Privatkonsum abzweigen zu können.«

Das ist ebenfalls wunderbar, dachte sich Klaus. Falls *ich* wider Erwarten einmal stinkreich werde, sage ich auch: »*Ich kann etwas Geld von meinem Privatkonsum abzweigen.*« Aber mal sehen, ob er *für mich* etwas *abzweigen* will.

Nun wurde Frage Nummer zwei konkret: »Da meine Nichte ebenso wie ihr geschiedener Mann finanziell wesentlich knapper ist, möchte ich Maximilian ein Instrument kaufen und ihn auf meine Kosten unterrichten lassen – und zwar möglichst durch Sie!«

Klaus zeigte zunächst ein höflich-interessiertes Gesicht und überlegte kurz. Sein erster Gedanke war, auf die Musikschule zu verweisen, an der er selbst unterrichtete, da wäre er dann zwangsläufig Maximilians Kontrabasslehrer geworden. Der zweite Gedanke, für den er sich im Nachhinein etwas schämte, war die Erwartung, dass Knab wahrscheinlich einen wesentlich höheren Stundensatz zahlen würde als den, der über die Musikschule auf Klaus' Konto landete. Warum dann also den Umweg wählen?

Er nickte also und sagte: »Grundsätzlich kann ich mir das schon vorstellen. Wichtig für den Lernerfolg gerade bei einem Musikinstrument ist aber zunächst, dass Lehrer und Schüler gut miteinander auskommen.«

Auch mit dieser Antwort war Erwin Knab sehr zufrieden, und die beiden vereinbarten, in Kontakt zu bleiben, um die Einzelheiten zu regeln.

Nachdem sie sich voneinander verabschiedet hatten, ging Klaus nach Hause zurück. Sein Spaziergang war zwar nun kürzer ausgefallen als geplant, hatte dafür aber zu einer interessanten und am Ende vielleicht einträglichen Begegnung geführt.

Doppelsuche

Klaus verbrachte in diesen ersten Maitagen erheblich mehr Zeit am Computer, als er es bisher gewohnt war. Es änderte sich aber noch etwas anderes: Im Zuge der Besichtigung von Häusern, die zum Verkauf angeboten waren, erschlossen sich ungeahnte Möglichkeiten. Klaus lernte nämlich die Umgebung von Krontal intensiver kennen, als er es je erwartet hätte.

Für ihn als Musiker gab es für einen Umzug ein unabweisbares Argument. Und dafür kam keinesfalls ein Reihen- oder Doppelhaus, sondern nur ein frei stehendes Haus infrage. Dies wurde ihm erst jetzt bewusst, wo ihm die entsprechende Gelegenheit plötzlich zugewachsen war: Er hielt sich bisher strikt an die mit den anderen Hausbewohnern vereinbarten Übezeiten, was seinem Tagesablauf zwar Struktur gab, ihn zugleich aber doch sehr einengte. Dennoch hatte er ein latent schlechtes Gewissen, weil er wusste, dass die tiefen Frequenzen des Kontrabasses wirklich in jedem Winkel des Hauses und gedämpft sogar im Nachbarhaus zu hören waren – obwohl Klaus ganz eisern selbst bei Sommerhitze nur mit geschlossenen Fenstern spielte.

Zur ständigen Mahnung hing, eingerahmt an der Wand neben dem Notenständer, das von Robert Gernhardt ersonnene *Elfte Gebot*: »Du sollst nicht lärmen«. Dieser großartige Text war insgesamt für Klaus ein Credo, verlangte ihm allerdings ein gewisses Maß

an Selbstironie ab. Denn Gernhardt rechnete zu den
»unreinen Instrumenten«, also denen, die unange-
messen laut tönen, auch den »Brummbass«.

Die Vorstellung, zur Spezies der Krachmacher gezählt zu werden, die ihm selbst doch zutiefst verhasst
waren, entsetzte Klaus. Zudem versagte er sich jede
moralische Berechtigung, etwa die alte Dame im
Stockwerk über ihm darum zu bitten, ihren allabendlich durchs Gemäuer dröhnenden Fernseher leiser zu
stellen. Da versprach nun der Geldsegen von Tante
Josefine mehrfache Erleichterung.

Klaus hatte schnell ein geeignetes Internet-Portal für
die Immobiliensuche gefunden. Seine Suchkriterien
waren ebenfalls rasch definiert: frei stehendes Haus
mit Garten; Lage, von Krontal aus betrachtet, im Umkreis von 50 Kilometern; ruhige Umgebung; Preis ma-
ximal 250.000 Euro – die Schuldenlast sollte erträglich
bleiben.

Das entsprechende Angebot war überschaubar,
doch immerhin waren ein paar Objekte dabei, die einen Besichtigungsausflug wert schienen. Bei diesen
Touren bedauerte Klaus es besonders, dass er solche
Termine nicht zu zweit wahrnehmen konnte. Die
»Was meinst du?«-Frage immer nur an sich selbst
richten zu können, machte ihm das Alleinsein
schmerzlich bewusst. Dass die Finanzierung mit nur
einem Gehalt und *einem* Sparkonto keinen Palast er-
möglichte, fiel demgegenüber nicht besonders ins Gewicht. Der Luxus eines eigenen Hauses erschien

Klaus gegenwärtig so unermesslich, dass ihm besondere Ausstattungswünsche gar nicht in den Sinn kamen.

Bei einigen Verkaufsinseraten, vor allem wenn sie von Maklern formuliert waren, schien der Palast dann aber doch in greifbare Nähe zu rücken. Dies versprachen jedenfalls manche Formulierungen. Lärm wurde gern in »Lebhaftigkeit« uminterpretiert, Baufälligkeit in »ein reizvolles Objekt für Heimwerker«, Lichtmangel in »Heimeligkeit«. Und bei den abgebildeten Fotos konnte man oft die Kunstfertigkeit bewundern, mit der genau die Perspektive gewählt worden war, die alle eigentlich ins Auge springenden Scheußlichkeiten verschwinden ließ. Klaus lernte bald, dass – ähnlich wie in Reisekatalogen – die Angaben und Bilder stets nur Anhaltspunkte waren. Die Wirklichkeit der angepriesenen Immobilien zu entdecken, war dann immer ein spannendes Abenteuer.

AmorNovus war als virtueller Begegnungsort nun vor allem wegen Nele-Clara interessant. Sonstige Kontaktanfragen behandelte Klaus nur noch halbherzig, sie dienten ihm nicht zuletzt auch als Unterhaltungsprogramm.

Nicht ernsthaft interessiert, aber umso mehr amüsiert war er etwa bei der Initiative von Birgit, Inhaberin des »meistbesuchten Friseurladens am Ort«, irgendwo im Hessischen. Sie berichtete kaum etwas über sich selbst, beschrieb aber in allen erdenklichen Details ihre vier Hunde, von denen selbstverständlich sofort entzückende Fotos präsentiert wurden.

Oder Vera, freie Journalistin, die sich die Freiheit nahm, in diesem Portal, das ihr doch letztlich einen Liebespartner verschaffen sollte, zunächst einmal vehement über die Schlechtigkeit der Männerwelt zu lamentieren. »Der Widerspenstigen Zähmung« ist wohl das Mindeste, was man bei dieser Kandidatin zu bewältigen hat, dachte sich Klaus, bevor er seinen längst als Kopiervorlage gespeicherten Absagespruch losschickte: »*Da ich inzwischen näheren Kontakt zu einer Frau aufgenommen habe, möchte ich vorerst keine weiteren Kontakte vertiefen. Ich wünsche dir/Ihnen alles Gute.*«

Das war bewusst in geschäftsmäßigem Tonfall gehalten, denn auf einer menschlich-emotionalen Ebene wollte Klaus keinesfalls mit mehreren potenziellen Partnerinnen zugleich verkehren. Sich ausgerechnet in Liebesdingen zu verzetteln, war für ihn eine unerquickliche Vorstellung.

Mit *einer* indes wollte er den Kontakt sehr wohl vertiefen. Er schrieb:

Liebe Nele-Clara,

tiefe Töne sind es tatsächlich, die ich mit meinem Instrument produziere. Aber ich muss dich dennoch enttäuschen, denn es schreibt dir kein Fagottist, sondern einer, der den dickbauchigen Bruder deiner Violine traktiert. Und du kannst ruhig gleich erfahren, dass es nicht das Münchener, sondern nur das Krontaler Bach-Orchester ist, in dem ich spiele. Nebenher unterrichte ich an der örtlichen Musikschule und bin damit insgesamt ganz zufrieden.

Es bleibt mir genug Zeit, um Musik auch zu hö-
ren (Barock bis Jazz), Bücher zu lesen (mit Begeiste-
rung vor allem Krimis, wenn nicht allzu viel Blut
aus den Seiten tropft) und gelegentlich Tango zu
tanzen. Außerdem koche ich ganz gern, was aber
noch viel mehr Freude machen würde, wenn jeweils
zwei Teller zu füllen wären.

Und du? Bist ja zum Glück keine professionelle
Kollegin, sodass die Fachsimpelei zwischen uns
nicht ausufern muss. Aber was treibt denn eine Che-
mikerin in ihrem Berufsalltag, wenn sie nicht Che-
mielehrerin ist?

Ich freue mich auf deine Antwort,
Klaus

Ein Foto schickte er auch diesmal noch nicht mit. Er
wollte den Unterschied zwischen Partnersuche und
Immobilienmarkt gern hochhalten. Dazu kam, dass
Klaus sich selbst zwar nicht unbedingt hässlich fand;
seine äußere Ansehnlichkeit schien ihm aber jedenfalls nicht auszureichen, um als unwiderstehliches
»Werbeargument« dienen zu können.

Führungsrolle

Zwei Tage nach der Begegnung auf dem Höhenweg nahm Klaus telefonischen Kontakt mit Dr. Knab auf. Wie bei dem Spaziergang vereinbart, wollte er mit ihm die Einzelheiten der Kontrabass-Stunden für den Großneffen besprechen. Der baldige Beginn einer lukrativen Unterrichtstätigkeit war ihm höchst willkommen – gerade angesichts des kostspieligen Vorhabens, das sich für die nahe Zukunft abzeichnete.

Nachdem er am anderen Ende der Leitung ein mürrisches »Ja bitte!« vernommen hatte, sagte Klaus vergnügt: »Guten Morgen, Herr Knab, hier ist Klaus Gronius.«

»Ich kenne keinen Klaus Kronius«, war die unwirsche Antwort.

Klaus ließ sich seine gute Laune nicht verderben: »Verzeihen Sie: *Gronius*. Wir trafen uns doch vorgestern auf dem Höhenweg. Es geht um den Unterricht für Maximilian.«

»Na, das hätten Sie doch gleich sagen können, junger Mann! Aber ist ja gut, dass Sie anrufen. Haben Sie sich entschlossen, dem Jungen die Bassgeige beizubringen?«

»Ich bin sehr daran interessiert, Herr Knab. Am besten wäre es, wenn ich Ihren Großneffen demnächst einmal treffen würde, damit wir uns gegenseitig ein wenig beschnuppern können.«

»Na, dann schnuppern Sie mal. Ich gebe Ihnen die Telefonnummer der Mutter, mit der können Sie alles vereinbaren. Onkel Erwin bezahlt!«

Er gab Klaus die Adressdaten von Frau Triese, die mit ihrem Sohn ebenfalls in Krontal wohnte. Beiläufig erwähnte er zuletzt den Betrag, den er pro Unterrichtsstunde zu zahlen gewillt war und der nicht allzu weit unterhalb der Dreistelligkeitsgrenze lag.

Als Klaus noch Luft holte, um sich angemessen für dieses wahrhaft großzügige Angebot zu bedanken, hatte der Alte schon aufgelegt.

»Na, vielleicht kann ich ihm ja eine Ansichtskarte von meinem künftigen Wohnort schicken«, kam Klaus in den Sinn. Aber so weit, dass er sich auf die Suche nach solchen Karten machen konnte, war er ja noch nicht. Hingegen hatte er die Telefonnummer von Maximilian Triese und dessen Mutter auf dem Tisch liegen. Das sprach dafür, aktiv zu bleiben und gleich erneut zum Telefon zu greifen.

»Hier Triese«, meldete sich eine Frauenstimme, die wesentlich freundlicher klang als die des Onkels zu Beginn des vorigen Telefonats.

»Guten Tag, Frau Triese, mein Name ist Gronius. Ich bin der Kontrabassist, den Ihr Onkel Erwin Knab als Lehrer für Ihren Sohn Maximilian engagieren möchte.«

Verwirrtes Schweigen war die erste Reaktion. Dann fragte Maximilians Mutter nach: »Herr Gronius? Ich weiß nicht, ob es hier ein Missverständnis gibt. Max soll im Herbst auf das Krontaler Gymnasium wechseln, von einem Privatlehrer war nie die

Rede. Hoffentlich hat mein Onkel da nicht irgendetwas Merkwürdiges angerichtet!«

Klaus seufzte. Ganz so leicht ist die Kohle des alten Knaben nicht zu verdienen, dachte er. Geduldig setzte er Frau Triese über die Pläne ihres Onkels ins Bild.

Zum Glück nahm sie die Sache gelassen: »Ich hoffe nur, dass wenigstens Max etwas von seinem musikalischen Bildungswunsch weiß. Sobald er von der Schule nach Hause kommt, werde ich mit ihm darüber sprechen.«

Der designierte neue Lehrer hinterließ seine Telefonnummer und wurde mit dem Versprechen verabschiedet, dass er noch in derselben Woche zurückgerufen würde.

Schon wieder ein neuer Anfang, dachte Klaus nach Beendigung dieser Telefongespräche. Es kam ihm so vor, als würden sich auf mehreren Ebenen gravierende Dinge in seinem Leben verändern. Dabei waren es, bei Lichte besehen, lediglich künftige, ja sogar bloß erwünschte Veränderungen. Weder war bisher eine neue Partnerin aufgetaucht noch ein zu erwerbendes Eigenheim. Und was den neuen Schüler betraf, war gleichfalls noch nichts entschieden. Klaus merkte aber, dass diese mehrfache Bewegung hin zu neuen Ufern ihm einigen Schwung gab.

Er nahm sich vor, diesen Schwung auch seinem Hobby, dem Tangotanzen, zugutekommen zu lassen. Seine Aktivität auf dem Parkett war etwas erlahmt, nicht zuletzt weil ihm eine feste Tanzpartnerin fehlte.

Die Abneigung gegen jegliche Art von Sport spielte hingegen keine Rolle, denn Klaus empfand den Tanz trotz intensiver körperlicher Bewegung nicht als sportliche Betätigung.

Woran er sich anfangs erst hatte gewöhnen müssen, war die eindeutige Führungsrolle, die ihm als Mann beim Tango zukam und die nicht recht zu seinem Verständnis von Gleichberechtigung passen wollte. Das Führen überhaupt war etwas, das Klaus nie angestrebt hatte. Als Orchestermusiker kam er bestens damit zurecht, dass diese Aufgabe niemals er, sondern stets der Dirigent zu erledigen hatte. Lediglich beim Unterrichten war von ihm eine klare Führung gefragt. So gesehen, gab es zwischen seiner Arbeit als Kontrabasslehrer und dem Tangotanzen sogar einen Berührungspunkt.

Seit Klaus den durch Astrid initiierten Anfängernebst Aufbaukurs absolviert hatte, gehörte er einem lose organisierten Tangoclub in Krontal an. Dort wurden mindestens einmal monatlich Milongas, also Tanzabende (die meist bis spät in die Nacht dauerten), veranstaltet. Dem Club gehörten nicht nur Paare an, sondern auch einige Singles kamen dort tänzerisch auf ihre Kosten. Gerade aber wegen des erotischen Aspekts, der grundsätzlich zu dieser argentinischen Tanzform gehört, fand Klaus es manchmal problematisch, ausschließlich mit solchen Frauen zu tanzen, zu denen er keine sexuelle Verbindung hatte – oder wenigstens anstrebte.

Gespannt war er, ob Nele-Clara sich in ihrer nächsten Nachricht zum Tangotanzen äußern würde.

Er hatte diese Aktivität zuletzt ihr gegenüber erwähnt. Klaus fand es für eine Liebesbeziehung keineswegs notwendig, ja nicht einmal erstrebenswert, lauter gemeinsame Interessen zu haben. Es durfte ruhig auch wichtige Bereiche geben, in denen man sich ganz unabhängig von der jeweiligen Partnerschaft bewegte. Man konnte dann immer noch etwas Interessantes zu erzählen haben. Gemeinsames Tangotanzen indes hätte er gewiss alles andere als unangenehm gefunden.

Geständnis

In Lanzenheim, einem Nachbarort von Krontal, saß zur gleichen Zeit eine junge Frau, nennen auch wir sie getrost Nele-Clara Borig, an ihrem Computer. Sie hatte sich zunächst in einem Portal für unbekannte Lyrik aus dem 19. Jahrhundert umgesehen und war beglückt darüber, was es alles an wunderbaren Gedichten zu entdecken gab. Sie liebte diese literarische Gattung und nutzte das leise oder halblaute Lesen eines gefühlvollen Gedichts bei Bedarf auch als Tröstungsmittel bei Kümmernissen aller Art. Zudem begeisterte es sie als Hobby-Musikerin besonders, dass Komponisten wie Mendelssohn, Schumann oder Schubert einige der schönsten lyrischen Schmuckstücke zusätzlich durch ihre Vertonungen veredelt hatten.

Bevor sie sich sodann ihrem Account bei der Partnervermittlung AmorNovus widmen konnte, musste sie auf eine unüberhörbar gereizte Intervention aus dem Nachbarzimmer reagieren:

»Bist du immer noch bei deinen romantischen Gedichten? Du solltest jetzt besser auch schlafen gehen!« Der so sprach, war – ihr Ehemann.

Die Antwort war nicht weniger unwirsch: »Stör mich nicht beim Recherchieren, ich komm später.«

In der Tat war diese Frau verheiratet, und aus diesem Grund gab es jemanden, dem sie wohl demnächst etwas zu erklären haben würde. Kaum hörbar bewegten sich ihre Lippen, als sie mit einem weichen Lächeln um die Augenpartie die neueste Nachricht von Klaus las. Plötzlich hielt sie inne. Die Worte »*sondern nur das Krontaler Bach-Orchester …*« ließen sie beide Hände vor den Mund legen.

Sie blickt zur Decke des Einfamilienhauses und murmelte: »Das darf doch nicht wahr sein, der Klaus Gronius ist das!« Sie spürte, wie sie vor Nervosität feuchte Handflächen bekam. Im Spiegel hätte sie die passende bleiche Gesichtsfarbe sehen können. Es wurde ihr bewusst, dass AmorNovus bisher für sie eher eine virtuelle Spielerei gewesen war. Doch jetzt, wo sie es mit einem realen, ihr sogar bekannten Menschen zu tun hatte, bekam diese Spielerei mit einem Mal einen ernsthaften Charakter.

Sie kannte den Bassisten des Bach-Orchesters nicht näher, aber es hatte einen Blickwechsel zwischen ihnen beiden gegeben, der ihr überdeutlich im Gedächtnis geblieben war. Bei ihrer ersten Probe im Orchester hatte irgendjemand in ihrer Anwesenheit angedeutet, Klaus Gronius sei möglicherweise schwul. Nun waren das ihrer Meinung nach oft die sympathischsten Exemplare in der Männerwelt, aber man erwartete natürlich nicht, sie im Hetero-Revier von AmorNovus anzutreffen.

Sie fühlte sich auf einmal wie eine Verräterin – nicht so sehr ihrem Ehegatten gegenüber, aber gegenüber Klaus, den sie durch ihre AmorNovus-Teilnahme in den Glauben versetzt hatte, sie wäre »frei«.

Er wusste zwar nicht, wer sie war, sodass es nun möglich gewesen wäre, ihm einfach eine Absage zu schicken (»*da ich inzwischen anderweitig ...*«). Aber auf diese Idee kam sie gar nicht, das wäre ihr feige vorgekommen.

Nicht ohne einen gewissen Reiz erschien ihr die Möglichkeit, weiterhin mit »Tarnkappe« zu agieren. Das wäre allerdings nicht fair gewesen, sondern gewissermaßen voyeuristisch, denn sie hätte ihn, etwa bei den Orchesterproben, in Kenntnis seiner Amor-Novus-Identität beobachten können, ohne dass ihm dies bewusst wäre. Nein, den Ansprüchen, die sie an sich selbst stellte, entsprach es mehr, dem Versteckspiel ein Ende zu bereiten, wie auch immer sich die Sache danach weiterentwickeln würde.

Vernehmliches Schnarchen aus dem Nachbarzimmer gab ihr die nötige Ruhe, eine passende Antwort zu formulieren.

Lieber Klaus,

deine letzte Nachricht hat mir offenbart, dass wir uns jedenfalls flüchtig kennen. Es ist deshalb an der Zeit, dir ein doppeltes Geständnis zu machen, denn ich möchte dich nicht an der Nase herumführen.

Zum einen muss ich dir sagen, dass ich verheiratet bin und auch nicht von meinem Ehemann getrennt lebe. Nun wirst du mit Recht fragen, was ich dann bei AmorNovus zu suchen habe. Das ist allerdings gar nicht so leicht zu beantworten.

Das Hauptmotiv, ich muss es unumwunden zugeben, war eine eher spielerische Neugier. Ich wollte mal ausprobieren, wie das geht mit einer solchen elektronischen Lonely-Hearts-Börse, wollte herauskriegen, was für Männer einem da angeboten werden. Du kannst jetzt natürlich fragen, wie diese Neugier zu einer verheirateten Person passen soll. Ich kann dir darauf leider keine stichhaltige Antwort geben.

Vielleicht fragst du dich auch, wie es um meine Ehe bestellt sein mag, wenn ich mich auf den Markt der Einsamen begebe. Dazu allerdings möchte ich mich schon deshalb nicht äußern, weil du meinen Mann kennst. Da wäre es ihm gegenüber unanständig, dich Dinge wissen zu lassen, von denen er annehmen muss, dass sie nicht nach außen dringen – wie auch immer man dieses »außen« definieren mag.

Der zweite Teil meines Geständnisses betrifft meinen Namen. Du hast dich vielleicht gewundert, dass ich gleich zu Beginn unseres AmorNovus-Kontakts meinen vollen Namen genannt habe. In Wahrheit bin ich allerdings keineswegs besonders leichtfertig, sondern im Gegenteil eher vorsichtig. Du wirst jetzt schon ahnen, was kommt: Ich heiße nicht Nele-Clara und auch nicht Borig. Meinen Wunsch, inkognito aufzutreten, habe ich mit einer Spielerei verbunden und aus meinem Vor- und Nachnamen ein Anagramm gebastelt. Mehr brauche ich dir dazu vermutlich nicht zu sagen, du wirst sicher schnell herausbekommen (oder bereits wissen), wie ich tatsächlich heiße.

Nun hoffe ich sehr, lieber Klaus, dass du nicht allzu enttäuscht bist. Wenn du den Kontakt mit mir *jetzt abbrechen möchtest, kann ich das verstehen und respektieren. Viel schöner fände ich es aber, wenn wir uns zu einem Gespräch verabreden würden, in dem ich dir vielleicht etwas besser als mit der Computer-Tastatur meine Handlungsweise erklären könnte.*

In jedem Fall wünsche ich dir alles Gute,
C.

Carolin Grabeel, wie die Anagramm-Bastlerin in Wirklichkeit hieß, war erleichtert, ihr Geständnis in Worte gefasst zu haben. Mit dem Absenden der Mail zögerte sie aber doch. Lieber erst eine Nacht darüber schlafen, dachte sie, nicht ahnend, dass sie dann noch mehrere Tage mit sich ringen würde, bevor die geheimnislüftende Nachricht mit dem Kommando »Senden« versehen werden sollte. Zugleich beschloss sie jedoch, ab sofort den Namen Nele-Clara Borig nicht mehr zu verwenden, auch wenn sie sich eingestehen musste, dass das Anagrammieren ihr großes Vergnügen bereitet hatte.

Bassmax

Bereits am nächsten Tag erhielt Klaus den versprochenen Anruf von Frau Triese, der Mutter des elfjährigen Kontrabass-Aspiranten. Eigentlich hatte er ganz andere Dinge im Kopf, schließlich wartete er auf eine Antwort von »Nele-Clara« – und auf das Erscheinen seines Traumhauses am Immobilienhorizont. Als er aber hörte, dass Maximilian wegen des von Onkel Erwin spendierten Kontrabass-Unterrichts einen Freudentanz vollführt habe, rührte ihn das doch. Und er erklärte sich auch gern bereit, beim Kauf des Instruments beratend mitzuwirken.

Zunächst aber sollte zum Zweck des Kennenlernens ein erstes Treffen im Hause Triese stattfinden – zur Kaffeezeit. In diesem Zusammenhang bekam der designierte Kontrabass-Lehrer die Frage nach seinem bevorzugten Kuchen gestellt. Dass ihn dieser Bestechungsversuch noch ein klein wenig fröhlicher stimmte, als er ohnedies bereits war, sei am Rande erwähnt.

Am 10. Mai fand Klaus sich in der kleinen, aber gemütlich eingerichteten Wohnung von Erika Triese ein, mit Vorfreude auf den versprochenen Kirschkuchen und gespannt auf den offenbar begeisterungsfähigen Maximilian.

Die Gastgeberin war Klaus auf Anhieb sympathisch – nicht nur, weil sie sich als versierte Kuchenbäckerin entpuppte. Sie hatte ein ausgesprochen freundliches rundliches Gesicht, wie überhaupt ihr gesamter Körperbau von unspektakulären, gleichfalls freundlich zu nennenden Rundungen geprägt war, ohne etwa matronenhaft zu wirken. Ihre lebhaften kleinen braunen Augen hatten ungefähr den gleichen Farbton wie das halblange, leicht gewellte Haar. Sie trug mit Vorliebe weit geschwungene, luftige Röcke, was ihrer ansonsten etwas stämmigen äußeren Erscheinung eine gewisse Leichtigkeit verlieh.

Den neuen Schüler, der seiner Mutter – abgesehen von der Rundlichkeit – sehr ähnlich sah, erlebte Klaus als aufgeweckt und wissbegierig. Hinreichende Musikalität schien nach dem, was die alleinerziehende Mutter berichtete, ebenfalls vorhanden zu sein, sodass nichts dagegensprach, nicht nur den gemeinsamen Kauf eines passenden Instruments, sondern auch den regelmäßigen Unterricht verbindlich zu vereinbaren.

Während der Kaffeegast nach nur kurzer Überredung das zweite Stück Kirschkuchen verzehrte, überraschte Erika Triese ihn mit einer Frage: »Ist es in Ihrem Sinne, Herr Gronius, wenn Max Sie mit ›Herr Professor‹ anspricht? Mein Onkel hat ihm dies nahegelegt.«

Klaus versuchte, ernst zu bleiben. »Eigentlich muss es ›Ehrwürdiger Herr Professor‹ heißen. Und dazu bitte eine tiefe Verneigung!« Er grinste zu Max hinüber. »Ich meinerseits rede ihn mit ›Nichtswürdiger Eleve‹ an.«

Jetzt lachten sie alle drei, Max fragte aber doch nach, was ein Eleve sei.

»Das ist eigentlich nichts anderes als ein Schüler«, klärte ihn seine Mutter auf.

Klaus ergänzte: »Man benutzt dieses Wort heutzutage manchmal noch bei denen, die den Schauspieler-Beruf erlernen. Na, jedenfalls ist es mir sehr recht, wenn wir uns gegenseitig einfach mit unseren Namen anreden. Dafür haben wir die ja.«

Als der junge Eleve eifrig nickte, fragte Klaus ihn: »Hast du denn eigentlich schon einmal auf solch einem Monster gespielt?«

»Meinen Sie, auf einem Kontrabass?«, fragte Max nach. »Nein, noch nie. Aber ich stelle es mir cool vor, wenn man Töne spielen kann, bei denen es im Körper kitzelt!«

Klaus lächelte. »Das ist die Vibration, die durch die Schwingungen der tiefen Saiten hervorgerufen wird. Möchtest du es denn gleich einmal probieren?«

»Na klar, würde ich gern! Aber wir haben doch noch kein Instrument gekauft.«

»Nein, für dich wurde noch keines gekauft – aber vor ein paar Jahren habe *ich* mir eines angeschafft.«

»Haben Sie das denn dabei?«

»Du weißt doch sicher schon, dass ein richtiger Musik-Freak sein Instrument immer und überall dabei hat – wenn es nicht grade eine Orgel oder ein Klavier ist.«

»Echt wahr?« Es war dem Jungen anzusehen, dass er nicht recht wusste, ob er seinen Lehrer mit dieser Äußerung ernst nehmen sollte. Allein die Vorstellung, täglich in die Schule so ein Gerät mitzuschleppen, das größer war als er selbst ...

»Nein, das war ein Scherz. Ich habe den Kontrabass nicht überall dabei. Aber ich bin ja heute nicht nur zum Kuchenessen hergekommen, sondern vor allem zum gegenseitigen Kennenlernen. Und da gehört doch dazu, dass du auch dieses Musikinstrument ein bisschen kennenlernen kannst. Hilfst du mir, es aus dem Auto zu holen?«

Max erschrak etwas, als er den großen Instrumentenkoffer erblickte. »Der ist ja doppelt so groß wie ich!«

Klaus erklärte ihm die Bewandtnis mit den verschiedenen Größen von Dreiviertel-, Halb- und Viertelbässen. Im Haus organisierten sie einen Schemel, auf den Max sich stellen konnte, um annähernd Erwachsenengröße zu simulieren. Als Klaus mithilfe eines elektronischen Tongebers die Saiten stimmte, sah und hörte Max mit gespanntem Interesse zu.

»Jetzt nimmst du am besten den Bogen in die rechte Hand«, wies Klaus den Jungen an, »und versuchst, die Saiten mit der linken Hand ähnlich zu greifen, wie ich es beim Stimmen gemacht habe. Du kannst aber auch erst mal den Bogen weglassen und die Saiten zupfen – das nennt man dann Pizzicato. Probier es einfach aus, wie du Lust hast. Ich halte den Bass fest, dass er nicht umfällt.«

Max ging mit Feuereifer an die Sache heran, verfehlte zwar mit der Bogenspitze nur knapp das linke Auge seines Lehrers, brachte dann aber doch schon eine passable kleine Tonfolge zustande.

Frau Triese hatte sich, um die »dienstlichen« Angelegenheiten ihres Sohnes nicht zu stören, bewusst in den Hintergrund des Wohnzimmers zurückgezogen und sich ganz ruhig verhalten. Nun aber konnte sie nicht anders, als dem Jungbassisten begeistert zu applaudieren. Der verneigte sich denn auch strahlend in Richtung seines Publikums, um dann an beide Anwesende die Frage zu richten, die ihn jetzt ganz brennend interessierte: »Wann fahren wir in die Stadt?«

»Meinetwegen bald«, antwortete Klaus, für den klar war, dass es bei diesem Stadtgang um den Kauf des passenden Instruments ging. »Es kommt darauf an, wann es deiner Mutter passt und wann es deinem Großonkel recht ist. Der wird ja möglicherweise dabei sein wollen, wenn sein Geld ausgegeben wird.«

Jetzt trat Frau Triese näher. »Unseren Sponsor können Sie getrost außen vor lassen, Herr Gronius. Der ist froh, wenn er sich nicht um die Sache kümmern muss. Die Rechnung vom Musikhaus Schneider wird er anstandslos bezahlen und dann darauf warten, dass der Bassmax ihm möglichst bald ein Ständchen spielt.«

»*Wie* hast du mich gerade genannt, Mama?«, wurde von luftiger Schemel-Höhe nachgefragt.

»Na, einfach Bassmax, das passt doch, oder?«

Dem widersprach keiner der Anwesenden, und nach Vereinbarung eines Termins für die Einkaufsfahrt machte sich Klaus in bester Stimmung auf den Heimweg, der ihn bis auf Weiteres noch in die Krontaler Tulpenstraße führte.

Dieser Job wird nicht nur lukrativ, sagte er sich, der könnte darüber hinaus ganz amüsant werden.

Mal sehen, wie viel Ausdauer der junge Mann mitbringt.

Und Erika Triese? Könnte sie mehr sein als lediglich die gastfreundlich kuchenbackende Mutter eines Schülers? Sie war, was Klaus zu diesem Zeitpunkt nur ungefähr schätzen konnte, sieben Jahre jünger als er, strahlte aber in seinen Augen mehr umsorgende Mütterlichkeit als lockende Weiblichkeit aus. Es wäre ihm nicht in den Sinn gekommen, sie als »attraktiv« zu bezeichnen, auf der Straße hätte er sich wohl nicht nach ihr umgesehen. Dennoch war nach dieser ersten Begegnung die Vorstellung einer liebevollen, auch erotischen Umarmung für ihn nicht ohne Reiz.

Anagramm

Eine Stunde vor der regelmäßigen Orchesterprobe am folgenden Tag ließ Klaus sich sein bescheidenes Abendessen schmecken – aufgewertet durch ein kühles Bier seiner Lieblingsbrauerei. Während er am Käsebrot kaute, dachte er über seinen geplanten Hauskauf nach. Das Immobilienportal hatte ihm bisher kaum etwas präsentiert, was seinen Vorstellungen und zugleich seinen finanziellen Möglichkeiten entsprochen hätte. Vielleicht sollte er sich nicht allein auf das Internet verlassen, sondern die gute alte Tageszeitung hinzuziehen. Er beschloss, am Wochenende einen entsprechenden Versuch zu unternehmen.

Nach dem Essen fand Klaus sich noch bei AmorNovus ein und stellte erfreut fest, dass seine zuletzt geschriebene Nachricht an Nele-Clara inzwischen beantwortet war. Aber kaum hatte er mit der Lektüre begonnen, machte seine anfangs so heiter-gespannte Miene einer tiefen Sorgenfalte Platz. Eine verheiratete Frau, die offenbar nach wie vor mit ihrem Gatten Tisch und Bett teilte!

Das war es doch ganz gewiss nicht, was er suchte: heimliche Treffen, die gemeinsame Suche nach plausiblen Ausreden, keine Aussicht auf Urlaub zu zweit oder auch nur auf regelmäßige gemeinsame Wochenenden. Und irgendwann vielleicht die Konfrontation mit der weiblichen Einsicht, dass die vertraute Ehe doch dem erotischen Abenteuer vorzuziehen sei.

Ganz zu schweigen von einer möglichen Konfrontation mit dem (sogar zu Recht) eifersüchtigen Ehemann!

Aber es ging ja noch weiter: Die Dame hatte einen Decknamen. Ach, und er sollte ihren richtigen Namen entschlüsseln!

Detektivbüro Gronius bietet seine diskreten Dienste an, dachte Klaus kopfschüttelnd. Da er sich nicht ganz sicher war, was ein Anagramm ist, schaute er im Lexikon nach. Die Erklärung »Buchstabenversetzrätsel« fand er zwar nicht besonders erhellend, aber es wurde ihm klar, dass der falsche Name aus den Buchstaben des richtigen gebildet war. Zunächst galt es also eine Schere zu suchen, um die aufgeschriebenen Buchstaben N, E, L, E, C, L, A, R, A, B, O, R, I, G einzeln auszuschneiden und sie dann so lange hin und her zu schieben, bis sich eine neue und irgendwie plausible Kombination von Vor- und Nachname ergab.

Bevor die Schere zum Einsatz kommen konnte, las Klaus das »Geständnis« der unechten Nele-Clara aber nochmals durch. Signiert hatte sie es mit »C.«. Und mit einem Mal wurde ihm klar, an wen ihn Selbstbeschreibung und bisherige Texte dieser Frau erinnert hatten: Es war Carolin Grabeel, die neue Geigerin im Bach-Orchester! Und natürlich kannte er auch ihren Mann Henning, den Dirigenten des Orchesters.

Die Schere durfte liegen bleiben. Stattdessen hätte Klaus sich ein Werkzeug gewünscht, mit dem man ineinander verhakte Gedanken im Kopf sortieren kann.

Er hatte die reizende Carolin über AmorNovus »gefunden«! Und sie war ihm offensichtlich zugetan. Aber sie war – was er ja zuvor schon gewusst hatte – verheiratet, und zu allem Überfluss mit dem Dirigenten Grabeel!

»Vorrei e non vorrei« – Klaus summte die Melodie des berühmten Duetts aus Mozarts »Don Giovanni«, in dem Zerlina zwischen Wollen und Nichtwollen ihrer Verführung schwankt. Er sah die Gefahr, dass sein Leben nicht angenehmer, sondern erheblich komplizierter werden würde, wenn er sich mit Carolin Grabeel einließe. Aber ihr jetzt eine Absage schicken? Der Frau, die es geschafft hatte, mit lediglich ein paar kurzen elektronischen Nachrichten sein Gemüt so spürbar zu bewegen?

Jeglichen Kontakt abbrechen konnte er ohnehin nicht, da sie beide schließlich im selben Orchester spielten. Und wer von ihnen beiden könnte dies aufgeben? Er nicht, da es ein wichtiger Bestandteil seiner beruflichen Existenz war. Und bei ihr wäre es sehr erklärungsbedürftig, wenn sie ohne »offiziellen« Grund das Orchester ihres Gatten bereits nach wenigen Wochen wieder verlassen würde.

Gleich antworten? Nein, erst sollte der Wirbelsturm im Kopf zumindest seine Drehzahl verringern. Außerdem musste er ja zur Probe. Aber wie würde nun die Begegnung mit Carolin verlaufen? Klaus sah jedenfalls keinen Anlass, diesem Treffen auf neutralem Terrain an diesem Tag aus dem Weg zu gehen. Vielleicht konnte das die notwendige Klärung sogar ein winziges Stückchen voranbringen.

Die Minuten, die ihm bis zur Abfahrt blieben, nutzte Klaus, um ein paar schwierige Passagen seiner Orchesterstimme zu üben. Er ertappte sich bei dem Gedanken, dass er es sich heute noch weniger als sonst leisten konnte, schlecht zu spielen. Zu proben war Wolfgang Amadeus Mozarts große, wenngleich unvollendet gebliebene c-Moll-Messe. Von »Don Giovanni«, woraus Klaus soeben eine Arie gesummt hatte, war der musikalische Weg dorthin nicht allzu weit.

Orchesterprobe

Kirchenmusikdirektor Henning Grabeel war ein schlanker, großgewachsener Mann Mitte Vierzig. Er wirkte stets mehr oder weniger nervös, solange er nicht während einer Generalprobe oder im Konzert am Dirigentenpult stand. Dort strahlte er Ausgeglichenheit und Souveränität aus. Mehr als einmal hatte er es schon geschafft, einer aufgeregten jungen Solistin so viel Ruhe zu vermitteln, dass sie in perfekter Gelassenheit ihren Auftritt bewältigte. Außerhalb solcher herausgehobener Anlässe war Grabeels Nervosität meist daran zu erkennen, dass er ständig mit der Hand durch das mit einem Bürstenschnitt versehene blonde Haar fuhr.

An diesem Tag erschien der Kirchenmusikdirektor zur Probe mit seinem Bach-Orchester in gereizter Stimmung. Aus unerfindlichem Grund hatte seine Frau von der heutigen Probe fernbleiben wollen, was Henning aber völlig inakzeptabel fand. Die zweite Violine war ohnehin schon etwas schwach besetzt, und gerade kurz vor einem Konzert legte der KMD besonderen Wert auf vollständige Besetzung des Orchesters. Da hätte es einen miserablen Eindruck gemacht, wenn ausgerechnet die Gattin des Leiters sich entschuldigen ließe.

Henning bereute es inzwischen, dass er Carolin überredet hatte, im Orchester mitzuspielen. Ehepartner sollten generell möglichst nicht beruflich zusammenarbeiten, das gab ungute Überschneidungen und

Verquickungen. Dies galt vor allem dann, wenn einer von beiden als Chef des anderen zu agieren hatte. Henning fragte sich, ob diese erst vor Kurzem entstandene musikalisch-berufliche Konstellation der Grund für die neuerdings vermehrten Spannungen zwischen ihnen sein könnte.

Keine gereizte Stimmung, aber eine deutliche Unruhe herrschte vor Probenbeginn beim Kontrabass.

»Klaus, was ist los mit dir?«, fragte Patrizia Kurmeier, die Konzertmeisterin, halb besorgt, halb belustigt. »Willst du heute unbedingt auswendig spielen, oder warum lässt du deine Noten durch die Luft segeln?«

»Meister Gronius ist nervös, weil Mozart doch die Kontrabassisten gehasst hat«, tönte es aus der Blechbläsergruppe.

»Hat er überhaupt nicht«, knurrte der »Meister«. Der verspürte allerdings tatsächlich eine gewisse Nervosität – aber mit Sicherheit nicht wegen Mozarts angeblichen instrumentalen Abneigungen.

Verstohlen blickte Klaus zu den zweiten Violinen. Ja, dort saß sie und war entzückend anzusehen in ihrer weißen Bluse zur schwarzen Jeans. Die Haare waren zu einem Pferdeschwanz zusammengebunden, und um den Hals trug sie eine dünne Smaragd-Kette. Sie schaute kurz zu Klaus hinüber, drehte sich aber sofort weg, als ihre Blicke sich trafen.

Bitte lass uns über alles reden, dachte Carolin, und Klaus seinerseits beschloss, ihr ein baldiges Gespräch vorzuschlagen.

Die Orchesterprobe selbst verlief ohne besondere Ereignisse, und es flogen keine Kontrabass-Noten mehr umher. Klaus liebte ja nicht nur die Musik, es machte ihm auch Freude, im Orchester zu spielen – gerade auf seinem Instrument, dem Kontrabass.

Es gab durchaus Momente, in denen er mit diesem Instrument haderte. Dies geschah etwa dann, wenn andere Streicher aus dem Bach-Orchester sich zum Quartett-Spielen verabredeten. Klaus gehörte zu denjenigen Musikliebhabern, die das Streichquartett als »Königsdisziplin« musikalischer Gestaltung betrachten. Eine gewisse Tragik lag nun jedoch darin, dass zum Streichquartett zwei Violinen, eine Bratsche und ein Cello gehören – nur eben ganz eindeutig kein Kontrabass.

Und selbst die nächstgrößere Formation der Kammermusik, das Quintett, kam in den allermeisten Fällen bestens ohne das von Klaus Gronius gespielte Großinstrument aus, wobei die prominente Ausnahme, Schuberts Forellenquintett, aufs Ganze gesehen lediglich ein schwacher Trost war. Immer dann, wenn Klaus bekümmert über dieses Manko nachdachte, ging ihm der Name »dickes Schwein« besonders leicht von den Lippen.

Henning Grabeel ließ sich im Verlauf der Probe durch Wolfgang Amadeus Mozart einigermaßen besänftigen, wenngleich der Musikgenuss für einen Dirigenten bei der Orchesterprobe keineswegs im Vordergrund steht. Die Musiker spielten jedoch konzentriert und engagiert. Da machte es durchaus Freude, an jenem Projekt zu arbeiten, das gelegentlich als die Umwandlung von Tönen in Musik bezeichnet wird. Und Grabeel hatte den Eindruck, dass es Carolin gelang, die Gruppe der zweiten Violine gut zusammenzuhalten. Für eine Laienmusikerin war sie wirklich sehr versiert.

In der Pause bemühten sich Klaus und Carolin erfolgreich, einander aus dem Weg zu gehen. Beiden war bewusst, dass in dieser ungeklärten Situation ein Pausen-Smalltalk nur peinlich geraten konnte. Für Carolin kam hinzu, dass sie von Henning lieber nicht mit Klaus zusammen gesehen werden wollte, und sei die Szene auch noch so unverfänglich. Wer weiß, mit was für Ideen ein irgendwann vielleicht einmal misstrauisch werdender Ehemann ein solches Bild in Verbindung bringen könnte. Dieser Gedanke war weniger ein Ausdruck besonderer Raffinesse, sondern eher ein Zeichen intuitiver Vorsicht.

Carolin nutzte im Übrigen die Pause, um als Neuling mit den anderen Orchestermusikern ins Gespräch zu kommen. Bisher kannte sie fast nur die Mitglieder ihrer Instrumentengruppe, also der zweiten Violine. Sie hatte sich vorgenommen, sehr darauf zu achten, dass sie als »ganz normale« Kollegin wahrgenommen würde, die nicht etwa aufgrund der familiären Verbindung eine Sonderstellung einnahm.

Klaus sprach in der Probenpause eine Gruppe von Kollegen an, ob jemand von ihnen die Ortschaft Tannbach kenne.

Peter Hürpel, dessen Bratsche oft etwas quietschte und der im Übrigen demselben Tangoclub angehörte wie Klaus, fragte nach: »Tannbach? Ist das nicht dieses Dorf, das sie nach dem Zweiten Weltkrieg geteilt haben?«

»Nee, das hieß doch Berlin!«, tönte es aus dem Hintergrund.

Klaus überhörte den Zwischenruf und klärte seinen Viola spielenden Tanzkollegen auf: »Das muss wohl ein anderes Tannbach sein, Peter. Der Ort, den ich meine, liegt knapp zehn Kilometer von hier. Ich habe gehört, dass es dort recht schön sein soll, wenn man sich für ein Leben auf dem Land interessiert.«

»Aber wohnen müsstest du dort wohl in einem Baumhaus oder in einer Laubhütte«, meinte ein Cellist.

Patrizia Kurmeier beurteilte den Ort differenzierter: »Tannbach liegt sehr hübsch und idyllisch, aber es gibt dort halt überhaupt keine Infrastruktur. Und als ich mal dort war, wirkte es auf mich wie ausgestorben.«

Klaus hörte interessiert zu. Er war bei seinen Recherchen zwar weder auf ein Baumhaus noch auf eine Laubhütte, aber auf ein veritables Einfamilienhaus in Tannbach gestoßen. Er nahm sich vor, die betreffende Immobilie auf jeden Fall demnächst in Augenschein zu nehmen. Die gerade gehörten Kommentare schreckten ihn keineswegs ab.

Brennend interessiert hätte ihn in diesem Moment, was Carolin zu Tannbach sagen würde – falls sie es überhaupt kannte. Auch die Art und Weise, wie sie auf solch eine Frage antworten würde, wollte er gern kennenlernen. Aber er würde vermutlich nicht so schnell die Gelegenheit erhalten, sie darauf anzusprechen. Außerdem gab es zwischen ihnen beiden zweifellos erst einmal dringendere, grundlegendere Fragen zu klären.

Basskauf

Am nächsten Tag brauchte Klaus für sein Frühstück länger als sonst. Der nicht-musikalische Teil der Orchesterprobe ging ihm durch den Kopf. Mit Carolin hatte er nicht gesprochen, sogar kaum Blickkontakt gehabt. Sie war aber dennoch während der gesamten Probe in seinen Gedanken sehr präsent gewesen. Klaus merkte, dass er sich stark zu ihr hingezogen fühlte, dachte zugleich aber mit Sorge an die unausweichlichen Komplikationen für den Fall, dass sie beide sich näherkommen sollten. Und er hatte doch gedacht, mit AmorNovus würde die Suche nach einer Partnerin vereinfacht!

Wesentlich unkomplizierter gestaltete sich hingegen der Instrumentenkauf mit Maximilian, dem »Bassmax«. Das war eine interessante neue Erfahrung für Klaus: mit Geld einzukaufen, das einem nicht selbst gehört – und dies sogar ganz legal! Eine große Auswahl geeigneter Kontrabässe gab es nicht, aber es sollte ja noch nicht »das Instrument fürs Leben« werden: In ein paar Jahren würde Max – sofern er überhaupt dabei bliebe – einen größeren Bass brauchen. Klaus genoss es, im Musikhaus Schneider von Max, dessen Mutter und der Verkäuferin als Kontrabass-Experte wenn nicht bewundert, so doch immerhin deutlicher geachtet und beachtet zu werden, als wenn er im Orchester, weit hinten platziert, seinen zwar wichtigen, aber eher unglamourösen Part spielte.

Es fand sich schnell ein solides Anfängerinstrument samt passendem Bogen, das dem Lehrer von der Spielbarkeit und dem Klang her geeignet erschien. Das Angebot der Verkäuferin, für den Folgetag eine kostenlose Lieferung nach Hause zu vereinbaren, lehnte Max vehement ab. Er wollte das nagelneue Prachtstück selbstverständlich eigenhändig nach Hause tragen und dann auch gleich ein paar Töne damit produzieren – ohne Schemel und ohne einen Helfer, der ihm das Instrument halten musste.

Klaus erbot sich, die beiden, nein, die drei – Erika, Max und den Bass – zu deren Wohnung zu begleiten. Er war sich nicht sicher, ob dem Elfjährigen seine hölzerne Last nicht doch zu schwer werden könnte. So gingen sie denn gemeinsam durch das Städtchen, kannten sich zwar noch nicht lange, wirkten aber nach dieser wichtigen gemeinsamen Aktion schon sehr miteinander vertraut.

Sie hatten sich noch nicht weit vom Musikhaus Schneider entfernt, als sich wieder einmal zeigte, dass Krontal nicht mehr als eine Kleinstadt war, in der man sich (unter Einschluss der Bewohner der Nachbargemeinden) immer wieder über den Weg laufen konnte. Nein, diesmal war es nicht Erwin Knab, der Spender von Unterricht und Instrument, es war Carolin Grabeel (»Nele-Clara Borig« assoziierte Klaus für einen Augenblick), die ihnen auf der gegenüberliegenden Straßenseite entgegenkam.

Klaus grüßte hinüber, so scheinbar unbefangen wie es ihm nur möglich war. Die beiden Trieses bemerkten die blonde Frau gar nicht, die mit kleinem

Rucksack und großer Einkaufstüte rasch ihres Weges ging.

Und Carolin, die eilige Einkaufende auf der anderen Straßenseite? Die versuchte sich ebenfalls in Lockerheit, grüßte zurück und ging unveränderten Schrittes weiter. Und sie bemühte sich, gewisse Überlegungen zu bagatellisieren, die sich in ihrem Kopf wichtigmachen wollten: Gab es Hinweise in den bisherigen Äußerungen von Klaus, die darauf hindeuteten, dass er Frau und Kind hatte? War er inzwischen vielleicht bei einem anderen AmorNovus-Kontakt weitergekommen? Womöglich aufgrund ihrer Geständnisse? Und mussten solche Überlegungen sie überhaupt beunruhigen? Sie kannte ihn doch noch kaum und wusste nicht einmal sicher, ob sie ihn wirklich näher kennenlernen wollte! Dennoch irritierte sie die Begegnung in weit höherem Maße, als ihr lieb war.

Auch Klaus gelang es nicht vollständig, sich selbst von seiner Unbefangenheit zu überzeugen. Carolin überhaupt zufällig auf der Straße zu begegnen, war schon fern von jeder Selbstverständlichkeit. Da war die gemeinsame Orchesterprobe in ihrer weitgehenden Berechenbarkeit einfacher. Und dass Klaus mit seinem Schüler und dessen Mutter zum Instrumentenkauf durch die Stadt lief, brauchte vordergründig niemanden aufzuregen. Dennoch konnte er sich vorstellen, dass diese Dreisamkeit von einer Frau, die kaum etwas von seinem Leben wusste, fehlinterpretiert werden könnte.

An der Haustür zu Trieses Wohnung erhielt Klaus das prinzipiell verlockende Angebot, bei der Vertilgung des restlichen Kirschkuchens zu helfen. Nun, der Kuchen war das eine – aber es war schon auch Erika selbst, zu der er sich hingezogen fühlte. Sie strahlte eine liebevolle Wärme aus, mit der sie den Kontrabasslehrer ihres Sohnes stärker für sich einnahm, als ein rein geschäftliches oder (im Entstehen begriffenes) freundschaftliches Verhältnis hätte erwarten lassen können.

Jetzt aber drängte es Klaus nach Hause, er wollte allein sein. Die unerwartete flüchtige Begegnung mit Carolin war nicht der passende Erlebnishintergrund für eine munter verplauderte Kaffeestunde bei Trieses. Und schon gar nicht konnte Klaus jetzt die Ambivalenz gebrauchen, die Erikas Nähe womöglich in seinem Gefühlshaushalt hervorgerufen hätte.

Max war im Stillen ganz froh, seinen Lehrer jetzt nicht bei sich zu Hause zu haben, so sehr er sich auch auf dessen Unterricht freute. Aber nun wollte er gern ohne fachkundige Begleitung und Aufsicht sein neues Instrument kennenlernen. Dies gestaltete sich so, dass er Aufbau, Material und Technik des Kontrabasses genau untersuchte, an den einzelnen Teilen roch, die lackierte Holzoberfläche mit den Händen befühlte, die Wirbel hin- und herdrehte, schließlich das Instrument zu stimmen versuchte und dann den Klang der vier einzelnen Saiten miteinander verglich. Einige gestrichene und gezupfte Tonfolgen bildeten den Abschluss dieser kindlich-ernsthaften Exploration.

Bis zum Beginn des Unterrichts dauerte es noch ein paar Wochen. Zuvor wollten Mutter und Sohn Triese eine Ferienreise nach Südfrankreich unternehmen – *ohne* das neue Musikinstrument, wie Erika Triese betonte. Max hingegen hatte gemeint, im Ferienhaus könnte er doch gut schon ein paar Melodien probieren. Klaus hatte sich aus dieser Diskussion, die auf dem Hinweg zum Musikhaus Schneider entstanden war, herausgehalten. Er versprach aber, in der Zwischenzeit ein interessantes Programm für die ersten Unterrichtsstunden vorzubereiten.

Feuerquallen

Auf dem Weg nach Hause besorgte Klaus sich bei seiner Bankfiliale die aktuellen Kontoauszüge. Dabei wurde ihm bewusst, dass seine laufenden Einnahmen trotz des demnächst beginnenden gut dotierten Unterrichts für den Großneffen von Erwin Knab keine allzu großen Sprünge erlaubten. Nach den Worten seines Bruders war Klaus zwar jetzt »einer der reichsten Männer in der Tulpenstraße«. Er sah aber deutlich genug, dass dieser relative Reichtum für sein Immobilienprojekt wahrscheinlich doch nicht genügen würde. Sein Salär als Orchestermusiker war nicht üppig, und was er daneben mit den Unterrichtsstunden an der Musikschule verdiente, hätte jeder Handwerksmeister mit einem mitleidigen Lächeln kommentiert.

Vielleicht wäre sogar daran zu denken, einmal etwas ganz anderes anzufangen. Gewiss nicht anstelle der Musik, sondern nebenher – zeitlich ausgelastet war Klaus im Grunde ja nicht. Er war jetzt 51 Jahre alt, da ließe sich doch bestimmt noch mit etwas Neuem beginnen. Nur, was könnte das sein? Welche unentdeckten Fähigkeiten mochten in ihm schlummern? Ihm fiel leider keine solche Begabung ein, mit der sich ohne Weiteres das Einkommen aufbessern ließe. Und irgendeinen beliebigen Job annehmen, nur um etwas Geld hinzuzuverdienen, wollte er denn doch nicht.

Der beste oder zumindest einfachste Weg wäre wohl, noch ein oder zwei Schüler zusätzlich zu unterrichten, dann würde er jedenfalls das tun, was er gelernt hatte und beherrschte. Klaus nahm sich vor, nach seinem hoffentlich bald fälligen Ausstieg bei AmorNovus eine Internetseite zu gestalten, um für seinen Unterricht zu werben. Beim Gedanken an das weltumspannende Netz, in dem seine Homepage dann angesiedelt sein würde, malte er sich – halb im Ernst – aus, wie diverse Unterrichtsanfragen aus Japan, Neuseeland oder Kanada den deutschen Kontrabass-Lehrer Gronius erreichen würden.

Aber vorerst könnte vielleicht ein Zettel-Aushang am örtlichen Gymnasium genügen.

Nach dem Frühstück stellte Klaus sich für eine Weile ans Fenster und blickte versonnen hinaus. Es war ein beinahe ganz normaler sonnig-bewölkter Frühlingsmorgen. Die am Himmel stehenden Wolken aber sahen merkwürdig aus, sie hatten eine frappierende Ähnlichkeit mit Quallen: Oben ein Wattebausch, und daran hängend lange weiße Fäden. Ein anmutiges Bild, obgleich Klaus sich vor realen Quallen ekelte. Aber hier waren sie nur aus Wasserdampf und konnten durch einen Windstoß zu ganz anderen Formen verwandelt werden.

Vielleicht wäre es auch in Bezug auf Carolin das Beste, sich auf den lieblichen Anblick während der Orchesterprobe zu beschränken. Klaus dachte an die Feuerquallen, die trotz einer gewissen Schönheit entsetzlich brannten, wenn man ihnen zu nahe kam.

Aber was taugte denn eine solche Assoziation? Es ging doch wahrlich um mehr als nur um ästhetisch begründete Betrachtung und flüchtig-schmerzhafte Berührung. Das Entscheidende waren die Gefühle, und die mussten die Chance erhalten zu entstehen und sich dann gegen äußere Widrigkeiten durchzusetzen. Wenn sie dazu nicht in der Lage sein sollten, brauchte man sich auch nicht zu verbrennen. Und wenn doch, so würden sich letztlich Wege zu einem Ziel finden, das bisher noch gar nicht näher bestimmt war – Feuer und Schmerz möglicherweise inbegriffen.

Klaus setzte sich entschlossen an den Computer. Carolins letzte Nachricht war ihm sehr präsent: Sie hatte ihm ihre wahre Identität eröffnet und ihr Verständnis für den Fall signalisiert, dass Klaus sich zurückziehen wollte. Der seinerseits begann zu schreiben:

Nein, Carolin, das abzubrechen, was immerhin die Möglichkeit zu etwas Wunderbarem in sich trägt, kommt mir nicht in den Sinn.

Die Überraschung angesichts deiner Selbstenttarnung war allerdings einigermaßen groß, wenn auch nicht ganz so schockierend, wie du vielleicht dachtest. Immerhin hast du das Visier im richtigen Moment geöffnet, das muss ich anerkennen.

Dass ich so dramatisch Neues über dich erfuhr, verkörperte das Ende eines Kennenlernens in Form von kleinen Schritten. Das musste gewiss so sein,

aber die Konsequenz daraus ist für mich: DASS
WIR UNS TREFFEN SOLLTEN.

Ich schlage dafür einen Spaziergang auf dem
Krontaler Höhenweg vor, komme aber gern auch in
ein Café, falls dir das lieber ist. Den Zeitpunkt soll-
test du vorschlagen, da du ja auf eine »Gelegenheit«
angewiesen bist. Ich hingegen bin frei.

Wenn wir uns bisher sahen, hatte stets jeder von
uns sein Instrument bei sich. Nun bin ich gespannt
auf unsere erste Begegnung a cappella.

K.

PS.: »Wenn wir uns bisher sahen« – dazu zählt für
mich nicht die heutige Zufallsbegegnung, als ich mit
meinem neuen Schüler und seiner Mutter vom In-
strumentenkauf kam.

Klaus war sich dessen bewusst, dass sein Hinweis, er
sei frei, etwas Trotzig-Herausforderndes hatte. Aber
der erste Teil von Carolins »Geständnis« hatte ihn
doch einigermaßen irritiert. Das musste jetzt einmal
dezent zum Ausdruck gebracht werden.

Trotz einer gewissen Geschäftsmäßigkeit, mit der
er die »Angelegenheit« im Moment behandelte, und
obwohl das demnächst anstehende Treffen kaum ro-
mantische Verheißungen vor sich her trug, war Klaus
beim Gedanken an seine Orchesterkollegin erneut
kurz davor, Noten fliegen zu lassen. Aber er rief sich
selbst zur Ordnung mit dem Gedanken daran, dass
bisher völlig unergründet war, wie die wechselseitigen Empfindungen sich bei einem Treffen zu zweit
tatsächlich anfühlen würden. Ebenso unklar waren

die inneren und äußeren Möglichkeiten der verheirateten Carolin, sich auf Klaus einzulassen, der ganz entschieden auf der Suche nach einer festen und stetigen Partnerschaft war.

Und daneben gab es für Klaus Gronius nun auch noch das andere Großprojekt, das inzwischen einen zumindest vorläufigen Namen hatte: Tannbach.

Besichtigung

Die Annonce für das Haus in Tannbach hatte Klaus in der örtlichen Zeitung gefunden. Angepriesen wurde dort ein »*kuscheliges Refugium im Grünen*«. Diese Formulierung löste bei Klaus einen leichten mentalen Brechreiz aus. Abschreckend kam hinzu, dass es sich – die erwähnte Titulierung lässt es schon erahnen – um das Angebot eines Maklers handelte. Es war klar, dass Klaus diesem Menschen bei einem Kaufabschluss ein Honorar zu zahlen hätte, das seinem Musiker-Einkommen für mehrere Monate entsprach. Ein erschreckendes Missverhältnis im Hinblick auf die zu erwartende Gegenleistung, die im Extremfall nur das Übersenden eines mehr oder weniger knappen Exposés umfasste, vielleicht auch noch die Begleitung zu einem ersten Besichtigungstermin!

Aber dass Menschen unterschiedlich hart für ihr Geld arbeiten müssen, stand für diesen Tag nicht auf der Liste der zu beseitigenden Ungerechtigkeiten der Welt. Und die neben der Makler-Lyrik angebotenen sachlichen Informationen zu dem Tannbacher Kuschel-Refugium sprachen sehr wohl für eine Besichtigung. Also telefonierte Klaus mit dem Immobilienbüro Nick Langbecher (Motto: *Wir führen Sie zu Ihrem Wohntraum*), um zunächst einige ergänzende Daten abzufragen. Es wurde dann gleich für den folgenden Tag ein Termin vereinbart, denn der Makler beschwor den Anrufer eindringlich:

»Sie sollten da ganz fix sein, Herr Gronius! Dieses Objekt ist womöglich nicht lange auf dem Markt. Und ich muss Ihnen gleich sagen, dass der ohnehin sehr günstige Kaufpreis nicht verhandelbar ist.«

Zum vereinbarten Zeitpunkt fuhr in der Tulpenstraße eine gediegene Limousine vor, mit der Herr Langbecher höchstpersönlich den potenziellen Kunden abholte. Dem Wagen entstieg ein jüngerer Herr in dunklem Anzug, bei dem als besondere Note eine lilafarbene Krawatte auffiel. Oberhalb dieses Schmuckstücks drückte ein rundliches Gesicht betont freudige Erwartung aus, und nach oben hin komplettiert wurde die Erscheinung durch akkurat gekämmte Haarsträhnen, die von der Seite her die unbewachsene Mitte des Kopfes bedeckten.

Klaus hatte die Ankunft vom Fenster aus beobachtet und verspürte das Bedürfnis, als plakativen Kontrast seine eigentlich für Handwerksarbeiten vorgesehene Uralt-Kluft anzuziehen. Dafür war es freilich zu spät. Durch das Treppenhaus erscholl ein fröhlicher Gruß:

»Ich freue mich, Sie kennenzulernen, Herr Doktor Gronius!«

Dieser kam dem Makler auf dem Hausflur entgegen, da er keine Neigung verspürte, ihn in die Wohnung zu bitten.

»Guten Tag, Herr Langbecher. Nett, das Sie mir den Doktorgrad verleihen. Die Promotionsurkunde bekomme ich dann sicher auch von Ihnen?«

Langbecher blickte irritiert in das mitgebrachte Kundendossier und beeilte sich, eine kleine Notiz hineinzuschreiben. Unter den glatzen-deckenden Strähnen leuchtete es rötlich.

»Nein, ach ja, Entschuldigung. Guten Tag, Herr Gronius.«

Der nun also doch nicht Promovierte gab seinem Wohntraum-Vermittler die Hand und ging mit ihm hinaus zu dessen Auto. Er hatte gehört, dass Immobilienmakler Wert darauf legen, etwas über die »Bonität« der Kaufinteressenten zu erfahren. Deshalb übergab er sogleich eine Kopie des Notariatsschreibens, aus dem die ungefähre Höhe des demnächst verfügbaren Betrags hervorging.

Das unscheinbare Blatt Papier verfehlte seine Wirkung nicht: »Donnerwetter, Herr Doktor Gronius, da gehören Sie ja zu den wenigen, die den Kaufpreis weitgehend per Eigenkapital finanzieren können!«

Klaus unternahm keine Versuche mehr, sich gegen den unrechtmäßigen akademischen Grad zu wehren. Und innerhalb der Gruppe der Hauskäufer schien er ja immerhin einer Art Elite anzugehören.

Die Fahrt nach Tannbach dauerte eine Viertelstunde, während der Nick Langbecher immer gesprächiger, Klaus Gronius hingegen zunehmend schweigsamer wurde. Je mehr dem Kaufinteressenten aber das muntere Geplapper des Maklers auf die Nerven ging, desto prächtiger erstrahlte der behauptete Glanz der angebotenen Immobilie. Klaus versuchte, sich auf die draußen vorbeiziehende Landschaft zu konzentrieren, um ein Gefühl für die Gegend zu bekommen, die eventuell zu seiner neuen Heimat werden könnte.

Das kleine Dorf Tannbach, das sie schließlich erreichten, machte seinem Namen alle Ehre. Es war umgeben von ausgedehnten Nadelwaldbeständen und vermittelte, dazu durchaus passend, eine gewisse Düsternis. Das Haus – Langbecher sprach ausschließlich vom »Objekt« – lag in der Bachstraße. An deren Ende führte ein Feldweg zu einem bescheidenen Rinnsal, eben dem Tannbach. Die Herkunft des Straßennamens nahm Klaus nicht zur Kenntnis, da für ihn längst klar war, dass nur Johann Sebastian Bach der Namenspatron sein konnte.

Auf der rechten Seite der nur mit wenigen Häusern bebauten Straße stand, von wildem Wein bewachsen, das »Objekt«. Der Garten war mit 500 Quadratmetern nicht sonderlich groß, wirkte aber weitläufiger, weil er von den unbebauten, etwas verwilderten Nachbargrundstücken nur durch einen unscheinbaren, niedrigen Zaun getrennt war. Auch das Haus hatte nur eine geringe Grundfläche und war zudem einstöckig, letztlich also eher ein Häuschen. Die ursprünglich weiße Fassade war offenbar schon lange nicht mehr gestrichen worden, verströmte jedoch mit dem grünen Bewuchs und den ebenfalls grünen Klappfensterläden unter dem roten Ziegeldach einen ländlichen Charme, dem Klaus sofort erlag.

Das Gartentor quietschte beim Öffnen.

»Treten Sie ein, Herr Doktor Gronius«, säuselte der Makler. »Das Objekt ist schon seit einigen Wochen nicht mehr bewohnt – aber in tadellosem Zustand!«

Klaus bedauerte, dass die Entdeckung dieses »Objekts«, das sich womöglich als Paradies entpuppen könnte, die lästige Begleitung des Herrn Langbecher erforderte. Zugleich nahm er sich fest vor, mit möglichst kritischem Blick auf die Details zu achten, um eine von spontaner Begeisterung gesteuerte Fehlentscheidung zu vermeiden.

Der geschwungene Weg vom Gartentor zum Haus war von Holundersträuchern gesäumt. Klaus liebte den zarten Blütenduft, der sich jetzt im Frühling unter den gebogenen Ästen ausbreitete.

»Stören Sie sich bitte nicht an diesem Gehölz«, sagte Langbecher mit angewiderter Miene. »Ein Gärtner macht Ihnen das in einer Stunde alles weg.«

»Das findet sich«, murmelte Klaus, der nun gespannt war, ob das Innere dieses Hauses ihn genauso verzaubern würde wie der erste Eindruck von außen.

Langbecher schloss die schwere Holztür auf, die den Besucher in einen kleinen Flur treten ließ, von dem aus man gleich in die sonnendurchflutete Küche gelangte. Die wichtigsten Küchengeräte waren offenbar vorhanden, wenn auch nicht auf dem neuesten Stand der Technik. Klaus bemerkte sofort, dass vor einem der beiden Fenster Platz war für den massiven Esstisch, den er aus dem Haushalt seiner Großeltern

übernommen hatte. Die Fenster wirkten relativ neu-
zeitlich, was die Sorge vor erdrückenden Heizkosten
etwas abmilderte.

Außer der Küche verfügte das Haus über ein
Wohnzimmer mit Terrasse, zwei kleinere Zimmer,
ein Bad und eine Toilette. Alles befand sich in leidlich
gepflegtem Zustand, größere Renovierungsarbeiten
schienen nicht unbedingt nötig.

Zu den teilweise knarzenden Holzdielen bemerkte
Makler Langbecher: »Die jetzigen Eigentümer wollten den Holzboden so, es wird aber kein großer Auf-
wand sein, Teppichboden verlegen zu lassen.«

Klaus sah das anders: »Wenn hier ein Teppichboden verlegt wäre, würde ich den auf jeden Fall her-
ausreißen.«

»Ja natürlich, Herr Doktor Gronius. Das Sofa übrigens, das im Wohnzimmer steht, brauchen die Vorbe-
sitzer nicht mehr. Sie würden es aber auch abholen
lassen, wenn es nicht erwünscht ist.«

Klaus setzte sich auf das Sofa, das er gar nicht übel
fand. Er blickte durch die Terrassentür in den leicht
verwilderten Garten, aus dem einige Inseln von
Schlüsselblumen gelb herüberleuchteten.

Davon abgesehen, dass die Anwesenheit des Maklers ihn störte, fühlte Klaus sich wohl in diesem Haus.
Er versuchte sich vorzustellen, wie es wäre, allein hier
zu sein.

»Herr Langbecher, Sie werden verstehen, dass ich
mich nicht gleich heute für oder gegen das Haus entscheiden kann«, sagte er. »Wäre es denn möglich,

dass ich in den nächsten Tagen noch einmal herkomme, um mich in Ruhe umzusehen?«

»Aber ja, Herr Doktor Gronius«, war die Antwort in geradezu feierlichem Tonfall. »Da Sie ein besonders vertrauenswürdiger Kunde sind, darf ich Ihnen sogar den Hausschlüssel für ein paar Tage überlassen. Die Schränke mit den Juwelen stehen ja nicht mehr am Platz.«

Langbecher lachte ausgiebig über seinen Scherz. Auch Klaus lächelte, aber er tat es deshalb, weil er sich über die Chance des ungestörten Besuchs in Tannbach freute. Ob mit dem Prädikat »besonders vertrauenswürdig« jeder ernsthafte Interessent ausgezeichnet wurde, oder ob es auf den Bonitätsnachweis in Gestalt seiner Erbschaftsbenachrichtigung zurückzuführen war, interessierte ihn nicht weiter.

Die heutige Besichtigung konnte nun rasch zu Ende gebracht werden. Zwei zufriedene Männer stiegen in Langbechers Auto: der Interessent, weil er den Hausschlüssel in seiner Tasche wusste, und der Makler, weil ihm nicht entgangen war, dass sein Kunde sich in das Objekt verliebt hatte.

Eheleben

Carolin interessierte sich wirklich für Gedichte, und nicht nur für die aus dem Zeitalter der Romantik. Aber heute dienten sie ihr wieder einmal als Vorwand gegenüber ihrem lyrikfernen Gatten. Was sie sich auf den Bildschirm geholt hatte und mehrmals hintereinander las, war Prosa, allerdings eine, die für sie mehr Poesie hatte als so mancher gereimte Vers aus dem 19. Jahrhundert. Es handelte sich um die aktuelle Nachricht von Klaus, in der er ihr ein baldiges Treffen vorschlug. Mit dem Schreiben einer Antwort wartete Carolin, bis sie sicher sein konnte, nicht gestört zu werden.

Lieber Klaus,

die Skepsis, die aus deinen Zeilen spricht, kann ich nicht nur verstehen, ich teile sie (leider) auch. Aber ich freue mich sehr darüber, dass du jetzt nicht das soeben geöffnete Visier wieder herunterklappen willst, sondern als tapferer Ritter die Begegnung mit derjenigen suchst, die sich so gar nicht wie das Burgfräulein von Lanzenheim fühlt.

Sehr gern verabrede ich mich mit dir zu einem Frühlingsspaziergang auf dem Höhenweg. Bei Hagelwetter könnte ich mir ersatzweise das Café »Zur Krone« vorstellen, das hat eine angenehm ruhige Atmosphäre – und es laufen mir dort normalerweise keine Bekannten über den Weg. Als »Gelegenheit einer Unfreien« (ja, ja, ich weiß ...) käme der kommende Donnerstag um 14 Uhr infrage. Da aber selbst freie Männer manchmal gebunden sind, hier eine Alternative: Sonntag, 9.30 Uhr.

Gut, dass wir dann miteinander reden können. Aber eines will ich heute noch loswerden: Gefallen hat es mir nicht, bei der letzten Probe dich so gezielt zu ignorieren.

C.

PS: A cappella? Also, ich könnte meine Geige gut auch zum Höhenweg mitbringen!

Nach dem Absenden dachte Carolin eine Weile über die Gründe für die zunehmende Entfremdung zwischen ihr und Henning nach. Es war erst fünf Jahre her, dass sie voller Zuversicht – und mit übereinstimmendem Kinderwunsch – geheiratet hatten. Die Zuversicht war inzwischen bei beiden verloren gegangen, der Kinderwunsch nur bei Henning. Der hatte den (theoretischen) Anspruch, *gegebenenfalls* ein perfekter Vater zu sein. Dieser *Fall* war aber gerade *nicht gegeben*, da Nachwuchs auf absehbare Zeit nicht zu den Karrierewünschen des Kirchenmusikdirektors passte.

Wie hingebungsvoll hatten sie sich geliebt – in den Jahren vor und in der ersten Zeit nach der Hochzeit. Carolin war von Anbeginn fasziniert gewesen von diesem gut aussehenden Mann, der stets wusste, was er wollte, der auch immer wusste, wovon er sprach, und der schließlich in jeder Lebenslage wusste, wie er seine klugen – manchmal besserwisserischen – Gedanken in wohlformulierte Worte zu kleiden hatte.

Henning war hochmusikalisch, und er vermochte dies mit einem brillanten Intellekt zu verbinden. Allerdings war auch seine Musikalität eher intellektueller, analytischer Natur. Das Schwärmerische, das Leidenschaftliche waren seine Sache nicht. Jede Art von Schwärmerei war ihm suspekt, wenn er sie nicht sogar lächerlich fand.

Leider galt dies auch für Carolins Naturbegeisterung und ebenso für ihren Impetus, einen Beitrag zur Weltrettung leisten zu wollen. Seine überheblich-spöttischen Reaktionen auf ihre zaghaften Versuche, ökologisch halbwegs vernünftig zu leben, gingen ihr inzwischen zusehends auf die Nerven.

Er seinerseits bedauerte es, dass Carolin, die zweifellos musikalisch und intelligent war, sich seinen Versuchen widersetzte, musikalische Eindrücke und Erlebnisse gemeinsam unter musikhistorischen oder -theoretischen Gesichtspunkten zu sezieren. Sie hätte so viel von ihm lernen können und beschränkte sich in seinen Augen allzu oft darauf, in Empfindsamkeit zu baden.

Und die Erotik? Attraktiv fanden beide einander nach wie vor, aber Sex ereignete sich zwischen ihnen kaum noch. Vordergründig ergab sich zu selten die Gelegenheit dazu, aber bei genauerem Hinsehen musste man konstatieren, dass sie solchen Gelegenheiten aus dem Weg gingen.

Henning flirtete immer wieder mal mit der einen oder anderen Orchestermusikerin, bisher jedoch ohne sich auf ernsthafte Affären einzulassen. Und Carolin hatte sich bekanntlich bei AmorNovus »umgesehen«.

Aber sie hätte die etwaige Unterstellung, dort auf Dauer einen Ersatz für Henning zu suchen, weit von sich gewiesen. Er war schließlich ihr Mann, und er gefiel ihr nach wie vor weitaus besser als die allermeisten anderen. Ob sie ihn noch liebte, hatte zum Glück bisher niemand von ihr wissen wollen. Auch sie selbst umschiffte diese eigentlich naheliegende Frage. Und ihr Ehemann hatte über das Thema »Liebe« schon früher nicht gern intensiv nachgedacht, geschweige denn geredet. Diese Kategorie war ihm zu wenig greifbar, zu irrational.

Im Moment saß Henning in seinem Arbeitszimmer. Er hatte sich in eine Partitur vergraben, Carolin wusste schon gar nicht mehr, in welche. Früher hätte sie sich dafür lebhafter interessiert. Und nicht nur das. Ein solcher Abend wäre eine Gelegenheit für das gewesen, was sie beide das »Musikantenstündchen« nannten. Diesen Begriff hatten sie in ihrer Anfangszeit kreiert – sie fanden ihn passender als das altbekannte »Schäferstündchen«: Schließlich hatten sie mehr mit dem Musikmachen als mit dem Schafehüten zu tun. Bei einem solchen Musikantenstündchen wäre Carolin mit durchsichtiger Bluse, aufreizendem Minirock oder in heißen Dessous mit Unschuldsmiene zu ihm hineingeschlichen; er seinerseits hätte, scheinbar weiter in seine Noten vertieft, angefangen, sich auszuziehen. Und es wäre nicht einmal ein Bett nötig gewesen, um all die zärtliche bis wilde Lust geschehen zu lassen, die sie gerade in solchen Momenten miteinander hatten.

Nun aber verlief der Abend deutlich anders: Carolin saß in gemütlichen Schlabberklamotten bei ihren »Gedichten«, und danach kam sie nur kurz zu Henning ins Zimmer, um ihm zu signalisieren, dass sie schlafen gehen würde.

Das Musikantenstündchen existierte nur noch als ein Erinnerungsposten bei stillen Gedankenreisen in die leidenschaftliche gemeinsame Vergangenheit.

Hausschlüssel

Ein Treffen am Donnerstagnachmittag war Klaus sehr recht. Es drängte ihn, möglichst bald die Zahl der Fragezeichen zu reduzieren, die zwischen ihm und Carolin standen. Ob auf dem Höhenweg oder im Café »Zur Krone«, war dabei weniger wichtig. Er schrieb ihr sofort, dass er einverstanden war.

Es gab aber noch etwas anderes, was Klaus drängte, und das hing mit jenem Schlüssel zusammen, der seit dem vergangenen Tag geradezu provozierend auf dem Küchentisch lag.

Nun war es doch gar nicht so übel, ein Fahrzeug zu besitzen, obwohl für die heutige Unternehmung kein dickes Schwein transportiert werden musste. Ein klein wenig scheu, aber zugleich erwartungsfroh steckte Klaus den Tannbacher Schlüssel ein, setzte sich ins Auto und fuhr los. Es hatte am frühen Morgen geregnet, nun bahnten sich die ersten Sonnenstrahlen des Tages ihren Weg durch die Wolken und ließen die noch nasse Straße glänzen. Klaus fuhr langsam, was er grundsätzlich auch sonst tat. Bei dieser Fahrt aber wollte er die Strecke zwischen Krontal und Tannbach besonders bewusst wahrnehmen – es könnte ja künftig seine Standardroute werden.

In Tannbach fuhr er die kurvige Dorfstraße zunächst bis zum Ortsende, um sich einmal einen Gesamteindruck zu verschaffen. Viel Nennenswertes war nicht zu sehen. Neben der schlichten kleinen Kirche ein verwittertes Kriegerdenkmal, gegenüber ein leer stehendes Ladenlokal. Einsam am Straßenrand stand ein Briefkasten.

Wenn hier Post verschickt wird, muss es wohl Leute geben, die lesen und schreiben können, überlegte Klaus. Er lächelte bei der Vorstellung, dass er vielleicht der Einzige in diesem Ort sein würde, der in der Lage war, auch Noten zu lesen.

Schließlich erblickte er noch eine Gaststätte und neben einer Kiesgrube ein altes Fabrikgebäude. Er wendete und fuhr nun endlich in »seine« Bachstraße.

Es war ein erhebendes Gefühl, diesmal die Haustür *selbst* aufzuschließen.

Alter Narr, wies Klaus sich selbst zurecht, du bist noch längst nicht Eigentümer, weißt nicht einmal genau, ob du es je werden wirst!

Aber er spürte sehr wohl, dass er sich seiner Sache bereits ziemlich sicher sein wollte.

Erfreulicherweise war das Haus nicht völlig leer, was seiner Atmosphäre zugutekam. Außer dem zurückgelassenen Sofa im Wohnzimmer und den Küchengeräten stand in einem der beiden kleineren Zimmer ein Bücherregal, und an den Wänden hingen einige Poster mit skandinavischen Seen. Die gefielen Klaus zwar gut, aber es irritierte ihn, dass das Warmwerden mit Tannbach und vor allem mit diesem Haus in der Bachstraße plötzlich von einer Sehnsucht nach der nordischen Seenlandschaft etwas überlagert wurde.

Aber er war ja auch nicht hier, um Plakate zu betrachten. Mehrmals ging er durch alle Räume, um zu ergründen, wie sich das Hiersein anfühlte – und im Hinblick auf den gemütlich knarzenden Parkettboden *anhörte*. Zugleich hatte der mögliche künftige Bewohner zu überlegen, wie er seinen Hausrat sinnvoll unterbringen könnte. Dafür, dass es sich um ein ganzes Haus handelte, stand nicht viel Platz zur Verfügung. Die Wohnfläche war aber immerhin deutlich größer als in der jetzigen Krontaler Wohnung.

Klaus setzte sich auf das Sofa, das ihm bereits so vertraut schien, als wäre es sein eigenes. Es herrschte eine fast schon unheimliche Stille. Klaus versuchte sich vorzustellen, wie der Kontrabass in diesem Raum klingen würde.

Eigentlich hätte ich das dicke Schwein mitnehmen und die Akustik testen können, überlegte er. Aber er verwarf den Gedanken gleich wieder, da die akustischen Verhältnisse in dem fast leeren Raum nicht mit denen im fertig eingerichteten Haus vergleichbar waren. Wunderbar jedoch hätte er es gefunden, die Atmosphäre des Hauses und des Gartens gemeinsam mit einer Gefährtin auf sich wirken zu lassen – am besten *vor* einer endgültigen Entscheidung für oder gegen den Hauskauf.

Er sah nochmals gründlich die Unterlagen durch, die der Makler ihm ausgehändigt hatte. Dazu kam – nicht minder wichtig – eine selbst angefertigte Liste mit allen Nebenkosten eines Hauserwerbs. Die hatte Herr Langbecher in seinem Exposé diskret vernachlässigt, sie gingen aber aus einer umfassenden Internet-Recherche hervor: Neben der Maklerprovision mussten vor allem Notar- und Grundbuchgebühren sowie die Grunderwerbssteuer bezahlt werden. Das waren zusätzlich insgesamt mehr als zehn Prozent des eigentlichen Kaufpreises. Aber es müsste gehen – auch wenn Klaus beabsichtigte, seine eigenen Ersparnisse für unvorhergesehene Ausgaben zu reservieren. Wenn er jedoch das Geld von Tante Josefine durch ein nicht allzu üppiges Bankdarlehen aufstockte, konnte er demnächst Eigenheimbesitzer sein!

Gebetsbrief

Ach ja, Tante Josefine. Jetzt, wo die Entscheidung zum Hauskauf zwar von Klaus nicht bewusst getroffen worden war, sondern sich mehr bei ihm eingeschlichen hatte, war der richtige Zeitpunkt für das »Gebet«. Klaus rekapitulierte die Hinweise, die sein Bruder Frank ihm dazu gegeben hatte: Das Verlangen der Tante, Klaus solle für sie beten, könnte auch durch eine Art Selbstgespräch oder Meditation erfüllt werden, verbunden mit freundlichem Gedenken an die Verstorbene.

Frank hatte zwar gemeint, als Ort sei dafür eine Kirche besonders gut geeignet, womit er sicher recht hatte. Aber Klaus fand das Haus, das er mit Josefines großzügiger posthumer Hilfe wahrscheinlich erwerben würde, mindestens ebenso passend für eine solche Andacht. Und da er Selbstgespräche etwas schrullig fand und im Meditieren nicht geübt war, wählte er die Kommunikationsform, die neben dem Musizieren die höchste Gewissheit für ungeteilte Konzentration garantierte, nämlich das Schreiben.

Aus der Mappe mit den Tannbach-Unterlagen nahm er ein Foto von seiner Tante, das er gleich nach der ersten Hausbesichtigung dort platziert hatte. Er stellte das Bild auf ein Fensterbrett gegenüber dem Sofa, ging in den Garten und pflückte ein Sträußchen Schlüsselblumen, das er um das Bild herum arrangierte. Dann setzte er sich so, dass er das Foto im Blick

115

hatte, und betrachtete es eine ganze Weile. Schließlich nahm er einen Bogen Briefpapier und schrieb:

Liebe Tante Josefine,

in den letzten Jahren war ich dir kein besonders treues Patenkind, das weiß ich wohl. Aber glaub mir bitte, dass ich immer wieder mal an dich gedacht habe und fest vorhatte, dich zu besuchen. Ich kann dir nicht mal sagen, warum es nie geklappt hat.

Jetzt ist es leider zu spät, und ich bin beschämt, liebe alte Tante. Denn du hast mich in deinem Testament so großzügig bedacht, dass ich mich fragen muss, womit ich das überhaupt verdient habe.

Du würdest mir sicher zustimmen, dass wir, seit ich erwachsen geworden bin, in ziemlich verschiedenen Welten lebten. Du hattest deine Kirche, ich meine Ökologie, du deine Zeitschriften (von denen ich nicht mal die Titel nennen könnte), ich meine Bücher (die dir wiederum ebenso fremd waren), du das Fernsehen, ich die Musik. Wenn wir uns – vor Jahren zuletzt – sahen, gab es außer der Erinnerung an »früher« eigentlich kaum etwas, worüber wir reden konnten.

Aber jetzt, wo du nicht mehr lebst, merke ich auf einmal, dass das ganz und gar nicht guttut: eine Welt ohne die ferne Tante Josefine! Dass ich in kindlicher Zuneigung an dir hing, war ja mit dem Verlassen der Kindheit nicht aus und vorbei. Gerade in Zeiten, in denen mir das Erwachsenwerden so furchtbar schwerfiel (und solche Momente meine ich heute mit 51 Jahren noch zu erleben), hatte ich oft

Sehnsucht nach deinen Himbeeren, nach dem Hängesessel auf der Terrasse und am allermeisten nach deiner Güte, die so felsenfest in dir verankert war, nach deiner Ruhe, die durch fast nichts erschüttert werden konnte, nach der Friedlichkeit, die dein Gesicht ebenso prägte wie dein Haus und deinen Garten.

Über die Musik ist auch mir als nicht religiösem Menschen der Text des Requiems, also der Totenmesse, bekannt. Eine zentrale Bedeutung hat dort der Wunsch nach ewiger Ruhe und nach Frieden: für die Toten und für die Lebenden. Dir, meine liebe Tante, solches zu wünschen, ist mir zunächst ein ganz naheliegendes Bedürfnis. Wenn ich aber nur kurz an das Bild denke, das sich mir von dir eingeprägt hat, dann erkenne ich, dass Ruhe und Frieden bei dir ohnehin ihren Stammplatz haben. Aber dann darf vielleicht der »fromme Wunsch« der frohen Gewissheit weichen, dass es dir im Jenseits – sofern es so etwas doch geben sollte – eigentlich nur gut gehen kann. Und das Fegefeuer, an dessen Existenz du zu Lebzeiten wohl geglaubt hast, bleibt wenigsten dir, und zwar ganz zu Recht, mit Sicherheit erspart.

Du warst ein sehr stiller Mensch, Tante Josefine. Als Kind habe ich darüber nicht nachgedacht, und doch hat diese für dich charakteristische Eigenschaft gewiss Spuren bei mir hinterlassen. Sie wird eine von sicherlich mehreren Ursachen für meine starke Sehnsucht nach Stille sein. Und nun schließt sich ein Kreis: Mit deinem Geld kann ich mir diesen sehnlichen Wunsch erfüllen und ein kleines Haus

mit Garten in einem stillen Winkel unseres Land-
kreises kaufen.

Noch ist es nicht so weit, das Haus gehört mir
bisher nicht. Aber ich habe mich schon fast zum
Kauf entschlossen, und zum Glück ist es mir mög-
lich, bereits an diesem Ort, der hierfür so gut passt
wie kein anderer, eine für mich geeignete Form des
Gedenkens zu versuchen. Ich hoffe sehr, dass ich da-
mit auch deinem Wunsch nach einem Gebet genü-
gen kann.

In Dankbarkeit und in liebevoller Erinnerung
bin ich

dein Patenkind Klaus

Nachdem er den Brief in einen Umschlag gesteckt
hatte, beschloss Klaus, ihn noch vor dem Hauskauf
zum Grab der Tante zu bringen. Ob er ihn dort lesen,
vergraben oder vielleicht in einer Art Krematorium
verbrennen würde, wollte er spontan an Ort und
Stelle entscheiden.

Ratsuche

Nach Hause zurückgekehrt, setzte Klaus sich in seinen Lesesessel und versuchte, die Unübersichtlichkeit im eigenen Kopf zu reduzieren. Er konnte sich nicht daran erinnern, jemals in seinem Leben in einer ähnlichen Lage gewesen zu sein, also gleich zwei mögliche Wendepunkte auf einmal vor sich zu sehen. Wenn er versuchte, die Vor- und Nachteile des Hauskaufs abzuwägen, was eigentlich konkurrenzlos im Vordergrund allen Nachdenkens hätte stehen müssen, spazierte Carolin durch seine Gedankenlandschaft. Wollte er sich aber den erhofften Verlauf des Treffens mit ihr ausmalen, was für sich gesehen gleichfalls Priorität hätte haben müssen, erschien prompt das Tannbacher Anwesen samt den zu erwartenden Kosten auf der inneren Bildfläche.

Klaus wunderte sich keineswegs über dieses Durcheinander. Er fragte sich aber, wieso er es zu einer solchen Kollision zweier Themen hatte kommen lassen, die beide extrem viel Aufmerksamkeit beanspruchten. Er hatte doch nur einen Kopf und benötigte jetzt eigentlich zwei davon!

Vielleicht ließe sich aber aus der doppelten Not eine halbe Tugend machen: Er hatte ja am Donnerstag nicht etwa ein Examen oder ein Vorstellungsgespräch zu bestehen. Es könnte sogar besser sein, sich nicht allzu intensiv auf das Treffen vorzubereiten, sondern Carolin unverstellt und spontan zu begegnen. Die »Was sage ich wenn«-Planung verfehlte ohnehin oft gerade diejenige Frage oder Antwort, bei der man gern brillieren würde. Und sie hatten doch beide genug Zeit, die Färbung ihrer Gefühle zu ergründen und die Möglichkeiten einer wie auch immer gestalteten Beziehung auszuloten.

Klaus hielt es im Übrigen für möglich, dass die Konzentration auf die Frage der Kaufentscheidung ihm nicht zuletzt deshalb schwerfiel, weil es im Grunde nichts mehr zu entscheiden gab. Und dennoch: Diese Entscheidung war so schwerwiegend, dass unbedingt noch eine andere, mehr oder weniger unbeteiligte Person eine Einschätzung abgeben sollte. In erster Linie dachte Klaus hierbei an seinen Bruder Frank, der sich ja schon als Gebetsberater bewährt hatte. Und schließlich hatte Frank selbst sich zusammen mit seiner Frau bereits vor Jahren ein Eigenheim zugelegt. In dieser Hinsicht nun mit dem älteren Bruder gleichziehen zu können, erfüllte Klaus übrigens mit einer gewissen Befriedigung.

Frank war nicht überrascht, als er am Telefon von den Plänen seines Bruders erfuhr. Er kannte Klaus gut genug, um zu wissen, dass der mit einem solchen Geldsegen etwas »Bleibendes« anschaffen und nicht etwa eine Weltreise unternehmen würde. Ein bisschen sticheln musste er trotzdem:

»So, so, mein Bruder geht also unter die Immobilien-Kapitalisten. Und ich hatte schon gedacht, du würdest deine alte Bassfiedel vielleicht endlich mal durch ein dickes Edel-Schwein ersetzen.«

»Du hast ja keine Ahnung, wie edel meine alte Bassfiedel tatsächlich ist!«

»Aber einen schwarz lackierten Bass könntest du dir doch mal zulegen, damit der besser zu dem dunklen Gestrüpp auf deinem Kopf passt.«

»Meine Haare sind ja gar nicht ganz schwarz, sondern nur unwesentlich dunkelbrauner als der Lack vom dicken Schwein.«

»*Dunkelbrauner*? Na ja, wie dem auch sei: Für mich wäre dieses Tannöd nichts, aber bei dir kann ich mir einen solchen toten Winkel schon vorstellen.«

»Ach Frank«, erwiderte Klaus, »jetzt hörst du wieder mal nur das, was deiner Meinung nach zu mir passt, aber nicht das, was ich gesagt habe. Der Ort heißt Tannbach, und nur weil es weniger Radau gibt, herrscht dort längst nicht der Tod! Du solltest einmal hören und sehen, wie lebendig sich in Tannbach der Frühling zeigt. Überhaupt wollte ich dich fragen, ob du nicht in den nächsten Tagen mal mit mir hinfahren könntest. Es würde mich brennend interessieren, was du von dem Haus hältst.«

Darauf ließ Frank sich aber nicht ein: »Nee, Klaus, daraus wird nichts. Ich würde dir gern helfen, aber in den nächsten Tagen habe ich entsetzlich viel zu tun, und außerdem finde ich, dass du dich bei dieser Entscheidung nicht von mir beeinflussen lassen solltest. Wenn ich dir zu- oder abrate und du dann meinem Rat folgst, kann das unser Verhältnis unnötig belasten, falls du den Entschluss später bereust. Im Übrigen glaube ich, dass du dich schon längst entschieden hast, und da halte ich es für besser, wenn du diese Selbstständigkeit nicht nachträglich verwässerst. Sag mir rechtzeitig Bescheid, wenn du mich als Umzugs-helfer brauchst.«

Auch wenn Frank einen expliziten Rat verweigert hatte, fühlte sich Klaus nach diesem Telefonat durch-aus bestärkt, das Tannbach-Projekt umzusetzen. Die Andeutung seines Bruders bezüglich eines neuen Kontrabasses hatte ihn nicht verunsichert. Keine Frage, dass man für einen sechsstelligen Betrag ein Traum-Instrument bekommen könnte. Aber Klaus hing an seinem dicken Schwein, das keineswegs von schlechter Qualität war. Und selbst ein Spitzenbass würde ihm längst nicht den Weg zu den Wiener oder Münchener Philharmonikern ebnen. Wozu also ein Vermögen in den Beruf investieren, wenn man sich stattdessen einen privaten Traum erfüllen konnte?

Die Geschichte mit Carolin hatte Klaus am Telefon nicht erwähnt. Die Neigung seines Bruders, selbst hilfreich gemeinte Ratschläge mit Spott und Ironie zu verbinden, wollte er sich bei diesem Thema nicht zu-muten. Da erschien es erträglicher, erst nach vollen-deten Tatsachen mit dem Erzählen zu beginnen – so-fern sich in dieser Hinsicht irgendwelche Tatsachen überhaupt »vollenden« sollten.

Carolin indes war seine nächste Wunschkandida-tin für eine Hausbesichtigung zu zweit. Wie gern würde er sie am Donnerstag bitten, mit ihm hinzufah-ren und – ganz unverbindlich – einen weiblichen Blick auf Ortschaft und Anwesen zu werfen! Makler Langbecher ließe sich wegen des Schlüssels sicherlich ein paar Tage hinhalten.

Wer sich nach dem Telefonat mit Frank allerdings nicht mehr lange hinhalten ließ, war des Hauskäufers leerer Magen. Etwas Geduld brauchte er jedoch, denn Klaus kochte nicht nur mit Hingabe, sondern auch mit einigem Zeitaufwand. Jetzt fand er es angebracht, eines seiner Fantasiegerichte zuzubereiten. Gewisse Grenzen waren der Fantasieentfaltung dadurch gesetzt, dass nur im Notfall auf Knoblauch und Chili verzichtet werden konnte. Standard im Hause Gronius war außerdem das Überbacken mit ziemlich beliebigem Käse. Ansonsten kamen vor allem die verschiedensten Gemüsesorten zusammen, manchmal auch Rosinen, Äpfel oder eine Banane.

Wenn derlei Kompositionen entstanden, war Klaus gelegentlich ganz froh, allein zu leben. Die Vorstellung, bei solch einem kulinarisch-schöpferischen Akt stünde jemand neben ihm, um etwa die Kombination von grünen Bohnen mit Ingwer und süßem Senf oder gar seine Knoblauch-Chili-Grundüberzeugung infrage zu stellen, konnte ihm die sonst oft vermisste Zweisamkeit suspekt werden lassen.

Ganz anders sah es dann aus, wenn das fertige Gratin aus dem Ofen geholt war und der begeisterte Koch die Freude am Genuss mit niemandem teilen konnte. Da kam es Klaus oft in den Sinn, wie schön es doch wäre, wenn neben ihm an Omas Esstisch eine Gefährtin säße.

Und neuerdings hatte diese ersehnte Gefährtin sogar einen Namen.

Frühlingstag

Der Donnerstag begann mit strömendem Regen, der sich im Laufe des Vormittags zu einem kräftigen Frühlingsgewitter steigerte. Mittags kam jedoch die Sonne heraus, und es wurde sogar angenehm warm in Krontal.

Carolin hatte sich für diesen Tag frei genommen – »offiziell« wegen zweier Arzttermine, von denen einer am Vormittag tatsächlich stattfand. Henning war zu einem mehrtägigen Musikkongress gefahren, nachdem das Konzert mit der Mozart-Messe erfolgreich über die Bühne gegangen war. In Lanzenheim würden also weder unangenehme Fragen noch verlogene Antworten den Nachmittag überschatten.

Carolin ärgerte sich über sich selbst, weil sie bereits im Wartezimmer der Arztpraxis nicht von der Überlegung loskam, was sie für das Treffen mit Klaus anziehen sollte.

Er als Mann wird keinen einzigen Gedanken an solche Fragen verschwenden, und ich stell mich an wie ein Teenie vor dem Abschlussball, dachte sie. Tragischerweise wurden dann durch den Wetterwechsel alle vorherigen Überlegungen hinfällig, und Carolin vertiefte sich zu Hause erneut in das Kleiderthema.

Deutlich früher als vereinbart fand Klaus sich am Höhenweg ein. Carolin hatte ihm unrecht getan: Einen kurzen Gedanken war ihm sein textiles Äußeres sehr wohl wert gewesen, und er hatte zur etwas ausgeleierten Cordhose (als unverzichtbares Markenzeichen) ein frisches, sogar gebügeltes weißes Hemd (als Zugeständnis an den besonderen Anlass) angezogen.

Während er die bewusst einkalkulierte Wartezeit damit verbrachte, die ersten hundert Meter des Höhenwegs zur Beruhigung auf und ab zu gehen, erinnerte er sich daran, dass er bei seinem letzten Spaziergang auf dieser Strecke die Idee zum Hauskauf entwickelt und obendrein den Kontakt zu seinem neuen Schüler Max angebahnt hatte. Würde wohl auch diesmal eine wichtige Veränderung hier ihren Anfang nehmen?

Carolin erschien ebenfalls ein paar Minuten vor 14 Uhr. Es gelang ihr leider nicht, so entspannt zu wirken, wie sie es beabsichtigte – und wie sie es mit ihrer letztendlich getroffenen Kleiderwahl (luftige mattgelbe Bluse, blaue Jeans und Turnschuhe) unterstreichen wollte. Kurz vor Verlassen des Hauses hatte sie sich über ihren abwesenden Ehemann geärgert, der sie per E-Mail über die Verlängerung seiner Tagung informiert hatte. Während der Autofahrt von Lanzenheim nach Krontal sah Carolin allerdings ein, dass sie eigentlich keinen Grund zum Ärger hatte: Die etwas längere Abwesenheit des Gatten konnte ihr im Moment ganz recht sein, und ein Telefongespräch anstelle der Mail hätte ihr kurz vor ihrem Treffen mit Klaus vermutlich gar nicht besonders gutgetan.

Als sie den wartenden Klaus erblickte, musste sie lächeln. Er hatte einen Gesichtsausdruck, als trüge er einen Blumenstrauß in der Hand und wüsste nicht recht, wie er ihn formvollendet überreichen sollte.

Sie rief ihm zu: »Na, der Herr Kontrabassist hat seinen Brummbass ja doch nicht dabei!«

»Hallo, Carolin. Nein, ich wollte nicht, dass ganz Krontal zusammenläuft, wenn wir hier musizieren. Aber ich freu mich, dich zu sehen!« Klaus freute sich wirklich sehr und hatte nun auch kein Blumenstrauß-Gesicht mehr. »Komm, lass uns ein bisschen gehen, dann werde ich hoffentlich weniger nervös.«

»Ach, wieso denn nervös?« Carolin strahlte ihn an. »Wir beide müssen doch kein Ziel erreichen, und für den ersten Eindruck ist es eh schon zu spät.«

»Du hast recht«, antwortete Klaus. »Erzähl mir doch einfach mal, womit du dich gestern beschäftigt hast.«

»Danke, dass du nicht nach dem heutigen Vormittag fragst«, entgegnete Carolin, »da müsste ich dich mit Sicherheit elendig langweilen. Aber gestern war ich den ganzen Tag im Labor, und da geht es zurzeit mindestens so spannend zu wie in einem ›Tatort‹-Krimi.«

Klaus sah sie ungläubig an. »Du bist doch Chemikerin, oder?«

»Um genau zu sein, Lebensmittelchemikerin. Ich weiß, dass das nicht sehr aufregend klingt, und wenn ich dir erzähle, dass ich in der Lebensmittelüberwachung arbeite und nicht etwa Astronautenmenüs zusammenstelle, dann schläfst du mir wahrscheinlich gleich im Gehen ein.«

»Nein, nein«, widersprach Klaus, »ich bin hellwach! Aber warum stehen die armen Lebensmittel denn unter Überwachung?«

»Weil die wirklich armen Schweine die Verbraucher sind, die meist keine Ahnung davon haben, dass sie im Supermarkt zum Beispiel Kalbsleberwurst mit Katzenfleisch oder Milchschokolade mit Cadmium erstanden haben. Alles schon dagewesen!«

Klaus schüttelte sich theatralisch bei der Nennung dieser Spezialitäten. »Und du sorgst dafür, dass die Katzenmetzger und Cadmium-Chokolatiers hinter Gitter kommen?«

»Na ja, ich laufe nicht mit Haftbefehlen durch die Gegend, aber ich kann mit meinen chemischen Methoden das Ekelzeug nachweisen. Jetzt lass uns aber mal zu angenehmeren Themen übergehen. Ich wusste gar nicht, dass es in diesem Städtchen so schön sein kann!«

Klaus freute sich, dass sein Krontaler Lieblingsort auch Carolin gefiel. Er bog mit ihr in einen Seitenweg ein, der etwas abschüssig war, aber zu einer Streuobstwiese führte, auf der einige Apfelbäume in voller Blüte standen.

»Schau mal, Carolin, hier siehst du das Prächtigste, was Krontal derzeit zu bieten hat.«

Die junge Frau sprang fast wie ein kleines Mädchen zu einem der Blütenbäume und sog genießerisch den Duft ein. Ihre Ausgelassenheit wich allerdings schnell einem Anflug von Trübsinn, als sie sich an Hennings Verärgerung bei einem gemeinsamen Spaziergang zwei Wochen zuvor erinnerte: Sie hatte seine gelehrten Ausführungen über Bruckners Neunte unterbrochen, um ihn auf einen blühenden Rhododendron hinzuweisen.

Klaus bemerkte den Stimmungswandel. »Ich hoffe, ich habe dir mit meiner Fragerei zu deinem Job nicht die Laune verdorben!«

»Nein, das hat gar nichts damit zu tun, es ist alles in Ordnung. Außerdem hätte ich dir ja gar nichts vom Beruf erzählen müssen. Schließlich gibt es noch andere, viel schönere Dinge, mit denen man sich beschäftigen kann.«

»Ganz sicher! Und was wäre das bei dir zum Beispiel?«

»Na, dass ich Geige spiele, weißt du ja schon. Mir ist es wichtig, neben meinem Brotberuf möglichst viel ›Kontrastprogramm‹ zu haben. Deswegen beschäftige ich mich besonders gern mit Lyrik.«

Klaus sah sie erwartungsvoll an. »Schreibst du auch selbst Gedichte?«

»Nein. Je tiefer ich in diese Materie eindringe, desto klarer wird mir, dass ich niemals ein Gedicht zustande brächte, das mir selbst gefallen würde. Aber bei dir könnte ich mir vorstellen, dass du dichtest.«

»Tatsächlich?« Klaus überlegte kurz. »Ja und nein. Ernsthafte Lyrik würde ich mir nicht zutrauen. Etwa ein Liebesgedicht zu schreiben, das nicht kitschig, aber gefühlvoll ist, stelle ich mir extrem anspruchsvoll vor. Aber als Verseschmied habe ich mich schon versucht.«

»Verseschmied?« Carolin lachte. »Eigentlich wirkst du gar nicht wie einer, der die Sprache auf dem

Amboss traktiert. Du fabrizierst doch sicher nicht bloß gereimte Peinlichkeiten zu Onkel Hugos goldener Hochzeit?«

Jetzt war es Klaus, der sich amüsierte. »Nein, das weniger. Aber eben nicht ganz ernst Gemeintes.«

»Gibt es davon für das anwesende Publikum vielleicht eine kleine Kostprobe?«

»Sehr gern. Aber wenn das verehrte Publikum einverstanden ist, würde ich das lieber bei anderer Gelegenheit tun. Ich finde, es gibt im Moment so viel Spannenderes als meine armselige Dichtkunst zu besprechen. Zum Beispiel diese merkwürdige Art unseres Kennenlernens, die mir vorkommt, als würde man ein Musikstück in verschiedenen Tonarten gleichzeitig komponieren.«

»Du meinst, weil wir uns im Orchester begegnet sind und unabhängig davon bei AmorNovus?«

»Ja, wobei ich zugebe, dass mein musikalischer Vergleich nicht ganz treffend ist. Trotzdem liegt mir ein weiterer Vergleich auf der Zunge. Der beleuchtet das große Fragezeichen, das du mir gesetzt hast.«

Jetzt erwachte bei Carolin der Ehrgeiz: »Ich fand dein Bild mit den verschiedenen Tonarten gar nicht schlecht. Aber lass mich doch versuchen, für die Frage, an die du sicher denkst, ein ähnliches Bild zu finden.«

Klaus sah sie erwartungsvoll an: »Ich freue mich darauf!«

»Also«, Carolin zögerte, »man könnte vielleicht sagen, dass ich angefangen habe, den zweiten Satz einer Sinfonie zu spielen, obwohl der Maestro noch den

Kopfsatz dirigiert. Aber«, nun wurde sie ganz leise, »vielleicht liegt ja das Problem in dem Fall ganz real auch am Dirigenten.«

Klaus war sich nicht ganz sicher, ob er zu diesem Thema überhaupt etwas sagen sollte. Er tat es aber doch, schließlich hatte sie den dirigierenden Dritten ja ins Gespräch gebracht: »Dass ein gewisser Dirigent dich zum Abweichen von der vorgegebenen Partitur gebracht haben könnte, liegt für mich auf der Hand. Und das ›vielleicht‹ in deinem letzten Satz erklärt dann wohl, warum du in einer deiner Mails meintest, du wärst eigentlich aus ›spielerischer Neugier‹ bei AmorNovus gelandet.«

»Ja, Klaus, das trifft es ganz gut. Und wenn ich das jetzt aus deinem Mund höre, schäme ich mich ein wenig, dass ich mit Dingen gespielt habe, die für andere mit so viel ernsthafteren Wünschen und Erwartungen verbunden sind.«

Dazu sagte Klaus nichts, denn dass auch er zu diesen »anderen« gehörte, wusste Carolin ja. Schweigend gingen sie eine Weile nebeneinander her.

Sie waren längst wieder von der Streuobstwiese auf den Höhenweg zurückgekehrt. Schließlich stieß Carolin Klaus mit dem Ellenbogen sanft in die Seite. »Jetzt musst du aber noch ein bisschen mehr von dir preisgeben! Im Orchester gibt es Gerüchte, dass du von hier wegziehen willst. Stimmt das?«

»Ja, eventuell schon«, entgegnete Klaus.

Bevor er näher darauf eingehen konnte, ergänzte Carolin in geheimnisvollem Tonfall: »Patrizia Kurmeier meinte, für einen Berufsmusiker wie dich könne doch das Krontaler Bach-Orchester nur ein Durchlauferhitzer sein. Lass mich raten: Wird es Berlin? Oder Wien? Oder New York?«

Klaus wehrte lachend ab: »Hör auf! Ich bin im Bach-Orchester ganz gut aufgehoben. Aber vielleicht bekomme ich ja ein Angebot von den Tannbacher Philharmonikern, dann würde ich über eine berufliche Veränderung nachdenken.«

»Jetzt dämmert es mir«, sagte Carolin. »Du spielst weiter bei uns, ziehst aber nach Tannbach.«

»Das klingt so, als würdest du Tannbach kennen«, meinte Klaus. »Warst du schon mal dort?«

»Einmal, ja. Ich bin bei einer Wanderung an dem Bach entlanggegangen. Und als ich dann den Ort sah« – Carolin lächelte spitzbübisch –, »dachte ich, hier müsste doch das Hexenhaus von Hänsel und Gretel in der Nähe sein.«

Klaus flüsterte ihr ins Ohr: »Ich könnte dir das Hexenhaus zeigen, es steht direkt in Tannbach. Aber die Hexe ist ein Mann ... demnächst vielleicht.«

Carolin flüsterte zurück: »Kann es sein, dass der Hexerich Kontrabass spielt?«

»Psst, großes Geheimnis!«, war die Antwort.

Sie kamen an einer Bank vorbei, auf die sie sich, halb einander zugewandt, setzten. Als ihre Knie sich leicht berührten, registrierte Klaus mit Freuden, dass Carolin sich daran offenbar nicht störte. Er erzählte ihr von der Erbschaft, ohne allerdings das »Gebet« für seine Tante zu erwähnen, und berichtete detailliert über Haus und Garten in der Bachstraße.

Als er bei den Schlüsselblumen angelangt war, erschrak er über seinen eigenen Redefluss. »Entschuldige, Carolin, ich erzähle dir hier Einzelheiten, die dich kein bisschen interessieren werden!«

»Aber du hast ja keine Ahnung, was mich so alles interessiert! Erzähl bitte weiter, mir gefällt das. Man trifft übrigens nicht an jeder Ecke einen Mann, der Augen für Holunder und Schlüsselblumen hat. Solche raren Exemplare muss man reden lassen!« Am liebsten hätte sie dem genannten Exemplar auf der Stelle einen Kuss gegeben.

Klaus freute sich auch ungeküsst über ihr begeistertes Interesse und sprach weiter über »sein« Haus. Gern hätte er Carolin gebeten, mit ihm nach Tannbach zu fahren, aber das traute er sich denn doch nicht.

Während sie zum Ausgangspunkt zurückgingen, unterhielten sie sich über Musik. Sie vermieden es jedoch, auf das Bach-Orchester zu sprechen zu kommen. Da wäre die thematische Nähe zu Carolins Mann zu groß gewesen, und dessen überdeutliche Präsenz hätten sie bei diesem ersten Treffen zu zweit alles andere als passend gefunden.

Beide hatten das Bedürfnis, den Abschied kurz zu halten. Immerhin befanden sie sich in der Öffentlichkeit, und das Ehepaar Grabeel war in Krontal nicht völlig unbekannt. Bei Carolins Wagen angekommen, zögerten sie einen Moment, umarmten sich dann aber und berührten einander dabei kurz mit ihren Köpfen.

Carolin sagte leise: »Ich will dich wiedersehen.«

»A cappella?«, fragte Klaus zurück.

»Im Duett«, antwortete Carolin lächelnd und fuhr ab.

Krontaler Nachlese

In Gedanken versunken ging Klaus nach Hause. Er war einerseits beglückt von der Begegnung mit dieser begehrenswerten Frau. Zugleich wurde die zum blauen Himmel strebende Glücksstimmung jedoch durch ein mittelschweres Bleigewicht in Bodennähe gehalten.

In seiner Wohnung legte er eine CD mit Orgelkonzerten von Händel auf. Er hoffte, dass die fröhliche Feierlichkeit dieser Musik seine Stimmung von dem bleiernen »Aber« befreien würde. Es hatte an diesem Nachmittag so vieles gegeben, das Klaus allen Anlass zur Freude gab: das aufregend Neue beim Kennenlernen; zugleich die erstaunliche Vertrautheit, mit der Carolin und er auf der Bank saßen; die nicht ganz flüchtige Berührung; Carolins so schlicht wie überzeugend geflüsterter Wunsch nach einem Wiedersehen. Ganz offenkundig war nicht nur er es, der sich mehr als nur einen gelegentlichen gemeinsamen Spaziergang wünschte.

Aber was war es, was konnte es allenfalls sein, das Carolin sich mit Klaus erhoffte? Wollte sie ein Abenteuer, sollte er ihr Liebhaber werden? Oder vielleicht nur vertrauter Freund? Was war mit ihrer Ehe? Dachte sie womöglich an Trennung? War sie sich überhaupt im Klaren über all diese Fragen?

Und er selbst: War er wirklich gewillt, sich auf eine Beziehung einzulassen, sie überhaupt anzustreben, wenn das Risiko so groß war, schon sehr bald vor einem Scherbenhaufen zu stehen? In Scherben könnte schlimmstenfalls nicht nur ein womöglich elend kurzes Liebesglück zerfallen, sondern obendrein ein Teil seiner beruflichen Existenz. Immerhin war es die Ehefrau seines »Vorgesetzten«, mit der er sich einlassen würde.

Die beiden hatten während des Spaziergangs diesen Themenkomplex fast komplett ausgespart, und das war in dieser Situation auch sicher besser so. Aber die Fragen standen unerbittlich im Raum, und Klaus spürte, wie sich der Anflug von Glückseligkeit, der ihn nach Carolins Abfahrt erfüllt hatte, allmählich verflüchtigte.

Doch sogleich meldete sich bei dieser inneren Zwiesprache wieder die Optimistenstimme zu Wort: Wenn Carolin in ihrer Ehe mit Henning Grabeel glücklich wäre, dann hätte sie sich doch niemals bei AmorNovus »umgesehen«, wie sie es genannt hatte. Dass ihr aber offenbar in Sachen Liebe etwas Wichtiges fehlte, war nun nicht die Schuld von Klaus, und er trug keinerlei Verantwortung für den unbehelligten Bestand dieser Ehe.

Klaus war sich nicht sicher, ob es sinnvoll wäre, schon bald über diese so heiklen wie wichtigen Fragen miteinander zu sprechen. Im Zweifel musste er es Carolins Initiative überlassen, wann das Thema auf den Tisch kommen sollte. Er seinerseits wollte versuchen, es nicht zermürbend, sondern spannend zu finden, dass nicht klar war, in welche Richtung sich die Geschichte mit ihr entwickeln würde.

Und einen weiteren Vorsatz fasste Klaus: Er wollte etwas für seine Figur tun. Nein, keinesfalls Sport treiben; es schüttelte ihn beim bloßen Gedanken daran. Aber man könnte sich ja auch auf schonendere Weise mehr bewegen: öfter spazieren gehen und die gewohnte Faulheitsstatik durch einen dynamischeren Lebenswandel ersetzen. Und dann gab es in diesem Zusammenhang noch das Thema Ernährung, das genügend Ansatzpunkte für Veränderungen bot – mochten die sich auch grausam anfühlen.

Der Grund für diese Vorsätze lag auf der Hand: Es war Klaus bei dem Treffen noch deutlicher als zuvor schon bei den Orchesterterminen aufgefallen, mit welch schlankem, wohlproportioniertem Körper Carolin gesegnet war. Und es war nun klarer denn je, dass auch er ihr gefallen wollte – trotz aller bestehender Unwägbarkeiten. Auf die oft gehörte Behauptung, Frauen würden bei Männern nicht so auf das Äußere sehen, wollte Klaus sich nicht verlassen.

Also gleich morgen mit dem bewussteren Lebenswandel anfangen? Nein, sofort sollte es sein! In der festlich leuchtenden Abendsonne den Höhenweg erneut zu gehen, war nicht nur ein stilvoller Auftakt zum soeben beschlossenen Körperoptimierungsprogramm, dabei konnte man außerdem versuchen, den Eindrücken und Stimmungen des Nachmittags am Originalschauplatz nochmals nachzuspüren. Frohgemut machte der neu orientierte Bewegungsfanatiker sich also auf den (Höhen-)Weg, bewusst darauf bedacht, den nachmittäglichen Spaziergang mit Carolin gedanklich nachzuerleben.

Den gerade gefassten Vorsatz vor Augen, ging Klaus allein deutlich schneller als vorher zu zweit. Bei der Streuobstwiese lief er ein paar Schritte in Richtung der blühenden Apfelbäume, das Bild der vergnügt zu den Bäumen springenden Carolin vor Augen.

Am Rand der Wiese lag ein altes Stofftier, achtlos weggeworfen, wie Klaus erst einmal vermutete. Nach einem kurzen Blick darauf – es handelte sich wohl um ein Wildschwein – ging er zurück zum Weg.

Wer ihm jetzt aber in den Sinn kam, war keineswegs Carolin. Es war jemand aus der frühen Kindheit: Paul der Pinguin! Klaus wusste gar nicht mehr genau, wann dieses prächtige Stofftier mit zumindest anfangs leuchtend gelbem Schnabel zu ihm gelangt war. Er erinnerte sich aber an spätere Erzählungen, wonach er als sehr kleines Kind den schwierigen Namen »Paul der Pinguin« zu »Paulerpigi« vereinfacht hatte. Lange Zeit war Paulerpigi sein Lieblingsbegleiter gewesen, bis er eines schrecklichen Tages bei einer Bahnfahrt unwiederbringlich aus dem Abteilfenster flog.

Diese Erinnerung brachte Klaus nun dazu, unverzüglich umzukehren und zu der Stelle zurückzugehen, wo sich ein ähnliches Drama abgespielt haben mochte wie damals beim Fenstersturz von Paulerpigi. Das bereits etwas fleckige Wildschwein, das nicht mit

Borsten, sondern mit braunem flauschigem Fell ausgestattet war, trug am Hals ein kleines Pappschild mit der Aufschrift »WULLE«.

»Na, dann komm mal mit, Wulle«, sagte Klaus halblaut. »Es gibt sicher jemanden, der dich sehr vermisst!«

Der Finder (oder Retter) des wilden Stoffschweins war sich nicht ganz sicher, ob man ihn auf dem Fundbüro angesichts dieser etwas verwahrlost wirkenden Kreatur womöglich auslachen würde. Er zog es deshalb vor, Wulle auf die Bank am Wegesrand zu setzen, wo ein suchendes Kind oder aber dessen Eltern ihn sicherlich entdecken würden. Es war übrigens die Bank, auf der Klaus an diesem Tag bereits mit Carolin gesessen war. Natürlich würde er ihr bei nächster Gelegenheit von dieser Begegnung mit dem Wildschwein, vielleicht auch von Paul dem Pinguin erzählen.

Als er sodann den Heimweg antrat, schaffte Carolin es recht schnell, die Alleinherrschaft über Klaus' Gedankenwelt zurückzuerobern.

Lanzenheimer Nachlese

Und Frau Grabeel ihrerseits? Sie tat, als sie zu Hause in Lanzenheim angekommen war, was viele Frauen tun, wenn die Seele in Aufruhr geraten ist: Sie telefonierte ausgiebig, und zwar mit ihrer besten Freundin Antje.

Die beiden hatten sich während des Studiums kennengelernt. Antje hatte allerdings Jura studiert und arbeitete jetzt als Rechtsanwältin in einer Münchener Kanzlei. Kurz nachdem Henning zum Leiter des Bach-Orchesters berufen worden war, hatte Carolin sich ebenfalls erfolgreich auf eine Arbeitsstelle in Krontal beworben. Damals sagte sie in bitterem Scherz zu ihrem Mann, sie wolle die Stelle nur unter der Bedingung antreten, dass der Landkreis auch Frau Antje Eckenberg einstellte. Daraus wurde nichts, stattdessen kam die tüchtige Juristin in der bayerischen Landeshauptstadt unter. Seitdem spielte das Telefon für die beiden Freundinnen eine geradezu überlebenswichtige Rolle.

»Hallo Linchen«, sagte Antje, als Carolin sich gemeldet hatte, »warst du heute nicht die Nele-Clara?«

»Ach bitte lass das, Antje, das mit der Nele-Clara war doch nur eine Spielerei! Aber jetzt habe ich ein ernsthaftes Problem.«

»Oh weh, du hast dich verliebt«, war die prompte Diagnose.

Carolin protestierte schwach: »Ich hoffe doch nicht. Aber ich merke mit Schrecken, wie wenig es mir leid tut, dass Henning einen Tag später als geplant von seiner Tagung zurückkommt. Und ich verspüre nicht nur das Bedürfnis, Klaus wiederzusehen, sondern ich habe ihm das auch gesagt!«

»Nee, nee«, schimpfte Antje, »so was darf man doch einer Neuentdeckung nicht gleich auf die Nase binden!«

Carolin wurde ganz leise: »Ich hab halt keine Übung mehr im ›Neuentdecken‹. Und ich fühle mich so verdammt wohl in seiner Gegenwart.«

»Das klingt ja richtig gefährlich«, meinte die Freundin. »Am besten erzählst du mir jetzt mal, wie das war mit eurem Treffen.«

Dies tat Carolin bereitwillig, und zwar so minutiös, wie es dem Standard bei den Gesprächen der beiden Frauen entsprach. Dabei versäumte sie nicht hervorzuheben, wie gut ihr sowohl Klaus' ausdrucksvolle Augen als auch seine verbale Ausdrucksweise gefielen. Erwähnt wurde schließlich ebenfalls, dass nach Carolins bisherigem Eindruck beide ungefähr den gleichen Humor hätten und dass sie seine Leidenschaft für die Musik, für das Kochen und für den Tango vielversprechend fand.

»Das klingt alles so, dass man sich wahnsinnig gern für dich freuen würde«, kommentierte Antje.

»Freuen *würde*?«, fragte Carolin nach.

»Ja klar«, antwortete Antje. »Solltest du mir irgendwann berichten, dass es mit deinem Henning aus ist, streiche ich sofort den Konjunktiv. Pass bitte gut auf, was du tust. Wenn du Lust auf eine Bettgeschichte mit diesem Klaus hast, muss davon weder deine Ehe noch sonst was kaputtgehen. Aber eine Daueraffäre nebenher tut letztlich keinem von euch dreien gut.«

»Ja sicher«, sagte Carolin kleinlaut, »das ist mir schon klar, was du da sagst. Aber du weißt doch, wie das ist, wenn man Gefühle hat, die der Verstand zu steuern versucht.«

»Klappt nicht«, riefen beide gleichzeitig und erzeugten auf diese Weise eine Fröhlichkeit, mit der sich das Gespräch gut beenden ließ.

Wie schön, dass es die Antje gibt, dachte Carolin, nachdem sie aufgelegt hatte. Es war wieder einmal ungemein wohltuend gewesen, mit der Freundin zu sprechen, und deren Warnung war zweifellos bedenkenswert.

Trennung von Henning? Nein, das wäre eine Panikreaktion gewesen, zu der kein Anlass bestand. Aber sich von Klaus jetzt gleich wieder zurückziehen wollte sie auch nicht. Wer weiß, wie lange dann das bohrende Gefühl anhalten würde, etwas wirklich Wichtiges verpasst zu haben! Dass sie ihn gern wiedersehen würde, hatte sie ja nicht etwa aus Höflichkeit gesagt, sondern weil es ihr Bedürfnis war.

Anstatt gleich ins Bett zu gehen, schaltete Carolin noch ihren PC ein. Hoffte sie auf eine Nachricht von Klaus? In ihrem Postfach jedenfalls *war* eine Nachricht von Klaus. Carolin stieß im Stillen einen kleinen Freudenschrei aus.

*Der Nachmittag war so reich, dass der heutige Tag
eigentlich keinen Abend braucht. Gekommen ist der
Abend nun dennoch. Meine Gedanken aber, die sind
hängen geblieben, im Höhenweg.*

*Liebe Carolin, es macht mich froh, dass für alles
andere, was es zu sagen gibt, sicher bald Gelegenheit
sein wird.*

Ich wünsche dir eine gute Nacht,
Klaus.

Es war Klaus schwergefallen, Carolin nicht zu fragen,
ob sie mit ihm nach Tannbach fahren möchte. Aber
bedrängen wollte er sie nicht, zumal er sich vorgenommen hatte, ihre schwierige Ausgangslage als verheiratete Frau stets zu berücksichtigen. Und im
Grunde bestand gar keine Notwendigkeit mehr, wegen der Entscheidung über den Hauskauf weitere
Ratschläge einzuholen.

Bevor Carolin die kurze Mail noch einmal lesen
und dann beantworten wollte, entkorkte sie eine Flasche Rotwein. Es war ein nicht allzu teurer Bordeaux,
der sie aber mit seinem fruchtigen Geschmack immer
wieder begeisterte. Sie wusste, dass sie allein die Flasche erst in ein paar Tagen geleert haben würde, aber
das war kein Grund, auf den Genuss zu verzichten.
Leider hatte sie nicht vorher schon daran gedacht, die
Flasche zu öffnen, um dem Wein Gelegenheit zum
Atmen zu geben. Sie genoss trotzdem den ersten
Schluck, und dann schrieb sie:

*Ach Klaus, dieser Tag hat mein Leben wahrlich
nicht einfacher gemacht. Aber dennoch würde ich*

den heutigen Nachmittag nicht ungeschehen ma-
chen wollen!

Du hast mir so lebhaft und anschaulich von »dei-
nem« Haus in Tannbach erzählt, dass mein Erstau-
nen, wie jemand freiwillig in so ein abgelegenes Nest
ziehen kann, weitgehend erloschen ist. Und jetzt
habe ich eine Idee: Möchtest du nicht vielleicht in
den nächsten Tagen einmal mit mir zusammen dort-
hin fahren? Ob ich dir bei deiner Entscheidung für
oder gegen den Kauf helfen kann, weiß ich nicht. Ich
fände es aber einfach schön, mir das alles von dir zei-
gen zu lassen.

Selige Träume wünscht dir
Carolin

So geschah es denn, dass auch in Krontal an diesem
Abend jemand einen Anlass zu einem Freudenschrei
hatte.

Käsekuchen

Für den übernächsten Abend war die Rückgabe des Hausschlüssels bei Makler Langbecher geplant. Klaus verabredete sich deshalb mit Carolin, die den Vorteil flexibler Arbeitszeiten nutzen konnte, für diesen Tag um 16 Uhr in Tannbach.

Am frühen Vormittag traf er sich mit seinem Orchesterkollegen Peter Hürpel. Näher kennengelernt hatten die beiden sich im Tangoclub, wo sie nun seit einiger Zeit die einzigen Männer waren, die dort regelmäßig ohne feste Partnerin aufkreuzten. Ab und zu kam es vor, dass an einer Milonga nur eine einzige Single-Frau teilnahm, sodass man sich vorstellen konnte, es würde zu »Hahnenkämpfen« zwischen Klaus und Peter kommen. Zum Glück waren aber beide so gestrickt, dass sie bei einer solchen Gelegenheit zwar eine gespielte Rivalität zur Schau stellten, um am Ende aber mit ebenfalls unernster theatralischer Geste dem jeweils anderen den Vortritt einzuräumen.

Dass sie miteinander tanzten, kam beim Tango für die beiden nicht in Betracht. Dafür war diese Tanzform zu sehr erotisch aufgeladen. Bei einem Volkstanz-Abend hingegen, den sie in angeheiterter Stimmung einmal besucht hatten, war eine solche Paarbildung, die sie im Nachhinein beide als seltsam empfanden, möglich gewesen. Wahrscheinlich war dabei das Gerücht über Klaus' eventuelle Homosexualität entstanden. Peter war von solchem »Verdacht« verschont geblieben, da er seit Jahren mit einer zwar tanzunwilligen, von ihm aber abgöttisch geliebten Frau verheiratet war.

Aus der besonderen Art von Tango-Partnerschaft zwischen den zwei Musikern wurde dann eine lose Freundschaft, die hauptsächlich darin bestand, dass man sich alle paar Wochen im Café »Zur Krone« traf. Dort wurden dann Aktionen ausgeheckt wie etwa der Musikalitätstest für Dr. Knab oder ein originelles Ratespiel für die Weihnachtsfeier des Bach-Orchesters.

Diesmal hatte das Treffen nichts mit dem Bach-Orchester zu tun – wenn man davon absieht, dass Peter durch Klaus' Tannbach-Andeutung in der vorigen Probenpause neugierig geworden war. So sprachen sie denn hauptsächlich über den wahrscheinlichen Immobilienkauf, wobei Peter dem künftigen Hausbesitzer anbot, ihm beim Umzug und den damit zusammenhängenden Arbeiten zu helfen.

Das Thema »Carolin« umging Klaus. Nicht, dass er irgendeine Indiskretion seines Gesprächspartners befürchtet hätte, er war sich sogar sicher, dass er Peter Hürpel bedenkenlos vertrauen konnte. Was die beiden verband, mochte Klaus dennoch nicht als wirklich enge Freundschaft bezeichnen.

Hatte er denn überhaupt einen *wirklich engen* Freund? Diese etwas bedrückende Frage tauchte an diesem Vormittag nicht zum ersten Mal auf. Klaus entschied jedoch, dass für ihn derzeit kein Bedarf an zusätzlich zu klärenden schwierigen Fragen bestand.

Nach dem Treffen im Café »Zur Krone« wurde es Zeit, sich anderen Aktivitäten zu widmen. Klaus wollte Carolin in Tannbach mit selbst gebackenem Kuchen sowie Kaffee aus der Thermoskanne überraschen. Seine bewährte Spezialität innerhalb eines eher überschaubaren Gebäck-Repertoires war Käsekuchen – natürlich (wie er fand) *ohne* Rosinen!

Kochen und Backen waren Tätigkeiten, die Klaus besonders gern zum gleichzeitigen genussvollen Musikhören nutzte. Die Zutaten mussten allerdings zuvor bereitgestellt und abgewogen sein, sonst würde die Konzentration zum Konkurrenzobjekt werden. Heute sollte es die dritte Sinfonie des unergründlichen musikalischen Denkers Gustav Mahler sein. Diese Sinfonie wies nicht etwa eine besondere Affinität zum Käsekuchen auf, aber die Dramatik des Werks schien Klaus gut zu seiner aufgewühlten Stimmung zu passen. Zudem freute er sich darauf, die vokalen Passagen dieser Sinfonie mitzusingen. Die zwingende Voraussetzung, dass wirklich niemand zuhörte, schien gegeben zu sein ...

Der Vorgang des Kuchenbackens ist einer merkwürdigen Dramaturgie unterworfen. Fulminanter Höhepunkt müsste eigentlich, nach Abschluss der gestaltenden Aktivitäten, das Hineinschieben in den Backofen sein. Kaum jemand empfindet dies jedoch so, vielmehr erreicht die Spannung meist erst in dem Augenblick ihren Gipfel, in dem das Gebäck ans Tageslicht befördert wird und, abgesehen vom Herausnehmen aus der Form und von eventuellen Verzierungsarbeiten, als vollendet angesehen werden kann.

Die Backzeit indes, in der das höchst eigentliche Kuchenbacken stattfindet, verdammt den Schöpfer des kulinarischen Werks zu einer Untätigkeit, die manchmal als eigentümliche Leere empfunden wird.

Im konkreten Fall des Käsekuchens in der Krontaler Tulpenstraße fiel die Beladung des Backofens just mit dem gewaltigen Finale der Mahler'schen d-Moll-Sinfonie zusammen. Dies war dann doch, trotz erst noch bevorstehender Backzeit für den Kuchen, zweifellos ein geradezu hymnischer Höhepunkt.

Klaus hatte nur gelegentlich Lust auf die Musik Gustav Mahlers. Wenn er dann aber am Ende einer der Sinfonien angelangt war, entstand meist das Verlangen, nach einer kleinen musikalischen Verdauungspause gleich noch eine weitere zu hören. Im Allgemeinen versagte er sich jedoch diesen Wunsch, da er nicht die eine Sinfonie mit der anderen »totschlagen« und sich auch nicht als musikalischer Gourmand fühlen wollte.

Jetzt war ohnehin Stille gefragt, denn das Sammeln der Gedanken vor einer wichtigen Verabredung vertrug sich nicht so gut mit der spätromantischen Sinfonik. Klaus' Gedanken kreisten erneut – wie konnte es anders sein – um seine zwei großen Themen. Aber anders als vor dem ersten Treffen mit Carolin, als er das Karussell in seinem Kopf gern zum Stehen gebracht hätte, freute er sich jetzt auf die – jedenfalls zunächst nur – kurzzeitige Verbindung seiner Herzens- mit der Immobilienangelegenheit.

Verzwickt könnte es jedoch werden, wenn Carolin sich im Tannbacher Haus sichtlich nicht wohlfühlen oder aus irgendeinem Grund vom Kauf abraten würde. Denn in der Frage des Hauskaufs ging es ja eigentlich nur noch um die erhoffte Bestärkung in der faktisch schon getroffenen Entscheidung.

Und bei der anderen, der emotional bedeutsameren Frage: Gab es da für Klaus etwas zu entscheiden? Vordergründig: ja. Aber bei strengstmöglicher Ehrlichkeit hätte er zugeben müssen, dass es nun bereits nur noch von Carolin allein abhing, ob das Tannbach-Projekt ein gemeinsames werden würde.

Immobilienberaterin

Mit dem noch warmen Käsekuchen traf Klaus eine halbe Stunde vor dem vereinbarten Treffen in Tannbach ein. Er hatte einen kleinen Klapptisch im Gepäck, den er, mit Tischdecke versehen, vor das schon vorhandene Sofa stellte. Teller und Tassen hatten darauf Platz, Kuchen und Kaffeekanne wurden auf dem Boden platziert. Klaus hätte das ganze Arrangement gern auf die Terrasse verfrachtet, aber es hatte zu regnen begonnen, sodass das Kaffeetrinken wohl im Haus stattfinden musste.

Carolin hatte sich vorgenommen, den Nachmittag ohne Hektik ablaufen zu lassen, um dann völlig entspannt und einigermaßen pünktlich um 16 Uhr in Tannbach zu erscheinen. So ganz gelang ihr dies jedoch nicht, denn ausgerechnet an diesem Tag musste ihre Chefin unbedingt die neue Messmethode für den Herbizid-Nachweis in Apfelsaft mit ihr erörtern.

Als dies überstanden war, fuhr Carolin zunächst nach Hause. Auf dem Weg dachte sie noch an die Saftproben und hätte dann dem Kühlschrank beinahe statt der vorgesehenen Sektflasche den Apfelsaft entnommen. Es gelangte schließlich aber doch die richtige Flasche in den Thermo-Beutel, die sorgsam eingewickelten Sektgläser versanken in der Handtasche, und Carolin selbst schaffte es in aller Eile, sich umzuziehen. Dies wäre vom Kleidungsstil her gar nicht nötig gewesen, aber das »rituelle« Umkleiden nach der

Arbeit erleichterte die Abgrenzung zwischen Beruf und Privatsphäre.

Als sie in der Bachstraße aus dem Auto stieg, kam Klaus ihr bereits mit aufgespanntem Regenschirm entgegen.

»Hey, in Tannbach gibt's ja noch richtige Kavaliere«, rief Carolin und meinte das keineswegs nur ironisch.

»Wärst du mit der Kutsche vorgefahren, hätte ich zuvor meine Livree übergezogen«, antwortete Klaus, während er sie einen Moment länger umarmte, als es zur Begrüßung einer bloßen Orchesterkollegin angemessen gewesen wäre. Obwohl der Regen stärker geworden war, wollte Carolin es sich nicht nehmen lassen, das gesamte Anwesen von der Straße aus in aller Ruhe zu betrachten.

»Ich komme doch als Immobilienberaterin, da darf man sich kein Detail entgehen lassen«, tadelte sie Klaus, der zunehmend ungeduldig zur Haustür drängte.

»Ach so«, erwiderte dieser, »und ich dachte schon, du machst eine chemische Analyse des Tannbacher Regens. Aber komm jetzt mal rein, sonst entpuppt sich der Palast vor dir noch als Fata Morgana und löst sich plötzlich auf.«

In der Tür drehte Carolin sich nochmals zum Vorgarten um und bewunderte die in üppigem Gelb blühenden Forsythien, die am Zaun entlang der Straße aufgereiht waren.

»Schade, dass der Frühling immer kürzer wird«, sagte sie, »jetzt ist doch einfach die allerschönste Blütezeit!«

Die »allerschönste Blüte« steht gerade vor mir, dachte Klaus, hütete sich aber, diesen Gedanken laut auszusprechen. Er wollte weder sich selbst einem Kitschverdacht aussetzen noch das Treffen unnötig überfrachten. Und schließlich wartete ja auch der Käsekuchen ...

Ebendiesen erblickte Carolin im nächsten Moment. »Sag bloß, du hast extra einen Kuchen gekauft!«

»Was für eine Kränkung!«, rief Klaus mit gespielter Empörung. »Vor dir steht einer der Spitzenkonditoren dieser Ortschaft, und du meinst, er hätte einen Kuchen *gekauft*!«

Carolin konnte nun nicht anders, als dem Spitzenkonditor um den Hals zu fallen.

»Na, du bist mir ein raffinierter Verführer«, sagte sie und ließ schnell wieder von ihm ab. Sie war über ihre Formulierung erschrocken, denn das Wort »Verführer« klang ihr denn doch allzu programmatisch.

Da mit der kulinarischen Verlockung Carolins Neugier auf das Haus konkurrierte, gab es zunächst eine kurze Führung durch die Räume, in denen ja bisher nicht sonderlich viel zu sehen war. Danach wurden Flasche und Gläser ausgepackt, wobei Klaus sich im Stillen fragte, ob er eher das Haus oder die Zweisamkeit als den wichtigeren Sekt-Anlass betrachten sollte. Aber diese Frage musste nicht unbedingt beantwortet werden, zumal vor dem Sekt erst Kaffee und Kuchen serviert wurden. Carolin war ehrlich begeistert von dem Käsekuchen – und vor allem von dem Umstand, dass Klaus ihn für sie beide gebacken hatte.

Nachdem sie das zweite Kuchenstück genüsslich verspeist hatte, stand Carolin auf und sagte: »Jetzt musst du mir den Garten zeigen.«

»Sehr gern tue ich das«, antwortete Klaus. »Sollen wir den Schirm nehmen?«, fragte er, denn es regnete immer noch leicht.

Sie schüttelte den Kopf: »Mir machen die paar Tropfen nichts aus. Schau, die Rosen vor den Fenstern haben auch keinen Schirm, und es scheint ihnen sehr gut zu gehen.« Als sie das sagte, lachten beide, und dann gingen sie über die Terrasse zunächst in den der Straße abgewandten, südlichen Teil des Gartens.

In der Südwest-Ecke stand ein großer Nussbaum, dessen Zweige fast bis zur Terrasse reichten.

»Das wichtigste Werkzeug, das mir hier noch fehlen wird, ist ein Nussknacker«, meinte Klaus. »Schade nur, dass die Blätter von so einem Walnussbaum immer ein bisschen krank aussehen.«

Zwischen diesem Baum und drei kleineren Tannen im Südosten des Gartens wucherte ein Gestrüpp aus Brombeerzweigen.

Klaus seufzte: »Das wird harte Arbeit, diese Stachelmonster einzudämmen.«

»Aber Brombeeren schmecken doch lecker«, wandte Carolin ein.

Klaus nahm sie daraufhin an der Hand und führte sie hinüber zur östlichen Seite des Gartens.

»Im Moment kann ich gar nicht genau erkennen, was hier wächst«, sagte er, »aber ich glaube, das sind Himbeeren und Johannisbeeren – vielleicht sogar schwarze!«

»Gut, dann darfst du die Brombeeren meucheln«, gestand Carolin großmütig zu.

»Das wird sich zeigen, wer da wen meuchelt«, sagte Klaus. »Die spitzeren Dornen haben jedenfalls die.«

Carolin lächelte ihn an: »Das finde ich aber schön, dass du nicht so spitze Dornen hast.«

Klaus näherte sich mit dem Mund ihrem Kopf, als wollte er ihr ins Ohr flüstern. Er sagte leise: »Es könnte doch zurzeit gute Gründe für mich geben, weniger stachelig zu sein.«

Carolin drückte seine Hand, dann gingen sie weiter Richtung Straße.

Klaus nahm die Pose eines Fremdenführers ein. »Und hier, meine Damen und Herren, sehen Sie das Glanzstück dieses Parks.« Er wies auf den Komposthaufen in der Ecke neben dem Gartentörchen.

»Na, immerhin ist das eine wichtige Lebensquelle für Ihren prächtigen Park, Herr Cicerone«, sagte Carolin.

Zwischen den Holunderbüschen, die den Weg zur Haustür säumten, und dem wilden Wein an der Hausfassade gingen sie am überdachten Autostellplatz vorbei zur schmalen Westseite des Gartens. Hier wuchsen vor allem die Rosen, auf die man vom Wohnzimmer aus blicken konnte.

»Es sieht sicher sehr schön aus, wenn die blühen und von der Abendsonne beleuchtet werden«, schwärmte Carolin. »Es ist überhaupt ein wunderschöner Garten, gerade weil er ein bisschen verwildert ist.«

»Mir gefällt er auch. Was möglicherweise fehlt, sind Sonnenblumen. Aber die könnte ich ja noch in irgendeiner Ecke säen.«

»Ich wüsste noch etwas«, ergänzte Carolin: »Einen Quittenbaum. Ich finde, der Duft reifer Quitten ist so ziemlich das Köstlichste, was der Herbst einem bieten kann.«

Klaus war überrascht. »Quitten? Ich weiß ehrlich gesagt gar nicht, wie die riechen. Ich fand bisher im Herbst immer den Geruch von vermoderndem Laub besonders anheimelnd.«

»Beides gehört irgendwie zusammen«, meinte Carolin. »Das Herbstlaub, durch das man so schön durchschlurfen kann, steht für das Absterbende, und die Quittenfrüchte, aus denen man die feinsten Delikatessen bereiten kann, sind für mich ein Symbol für nachwachsende, lebendige Natur.«

Klaus sah sie bewundernd an. »Von dir kann ich eine Menge lernen«, murmelte er dabei.

Sie gingen über die Terrasse wieder ins Haus. Nun war es Zeit für den Sekt. In stillschweigender Übereinkunft verzichteten sie darauf, »auf« irgendetwas zu trinken. Zu wenig definiert waren die Hoffnungen, die sie beide hatten. Aber sie sahen einander lange genug in die Augen, um keinen Zweifel daran zu lassen, dass es jedenfalls irgendeine Art von kleinster gemeinsamer Hoffnung gab.

Nachdem sie einen Schluck getrunken hatte, fragte Carolin: »Du wirst das Haus kaufen, oder?«

Klaus lachte. »Du hast mich offenbar ganz gut durchschaut. Aber völlig sicher bin ich mir noch nicht. Vielleicht ist es ja doch zu groß für mich allein.«

Da ihm gleich bewusst wurde, welche Art von Aussage (oder Nicht-Aussage) er mit diesem nicht ganz aufrichtigen Einwand provozierte, schob er schnell nach: »Und vor allem weiß ich nicht genau, ob ich es in Kauf nehmen soll, hier so bedingungslos auf das Auto angewiesen zu sein.«

»Na ja, aber so furchtbar weit von Krontal ist es doch gar nicht entfernt.« Carolin stand auf und ging ans Fenster. Im Stillen ergänzte sie: Und von Lanzenheim ist es sogar noch ein klein bisschen weniger weit ...

Klaus stand ebenfalls auf, stellte sich dicht hinter Carolin und fasste sie an beiden Händen.

Sie drehte sich zu ihm, und sie küssten sich. Sie taten es ganz scheu, wenngleich beide sich wie ein Paar fühlten, das lange auf Zärtlichkeit hatte verzichten müssen.

Er streichelte ihr Haar, sodass er die Form ihres Kopfes ertastete und flüsterte ihr ins Ohr: »So schnell kann aus einem schlichten Häuschen ein Märchenschloss werden!«

»Aber vielleicht bin ich ja dann die Hexe?«

»Allerdings bist du das. Jedenfalls fühle ich mich mit dir wie ein verwunschener Prinz.«

»Ach, du komischer Prinz, ich müsste lügen, wenn ich behaupten würde, dass ich mich im Moment nicht wohlfühle. Aber« – sie zögerte etwas – »es ist so ein verdammt kurzatmiges Wohlfühlen. Wenn ich tief Luft hole und um die nächste Ecke denke ...«

»Dann schau dir doch erst mal genau an, wie es *vor* der nächsten Ecke aussieht. Aber mir ist klar, dass du in einer anderen Situation bist als ich. Deshalb will ich versuchen, dich nicht zu bedrängen.«

Carolin lachte gequält. »Du brauchst mich auch gar nicht zu bedrängen, das erledige ich ja schon selbst.« Sie umarmte ihn. »Ich gehe jetzt mal besser. Aber wenn ich statt um irgendwelche Ecken direkt in mich hineinblicke, fürchte ich, dass ich wiederkommen möchte.«

Klaus sah ihr in die Augen, und es schien ihm, als könne er darin lesen, dass diese »Befürchtung« sehr realistisch war. Er begleitete sie bis zur Straße und blickte ihr noch nach, als sie mit ihrem Wagen schon längst um die Straßenecke verschwunden war.

Klangkörper

Während der Heimfahrt versuchte Carolin, die blei-schweren Gedanken abzuwehren, die sie umkreisten: Gedanken an Henning, an das gemeinsame Haus, überhaupt an alles, was sie als Ehepaar zusammen aufgebaut hatten. Sie wollte stattdessen viel lieber den Nachmittag mit Klaus in allen Einzelheiten Revue passieren lassen, wollte die Stimmungen dieser bewegenden und irritierenden Stunden nochmals durchleben. Und dann war da ja auch der Straßenverkehr, auf den sie zu achten hatte.

Nach einer solchen Begegnung, dachte sie, sollte man eigentlich besser zu Fuß nach Hause gehen.

Schließlich stieß sie auf ein Problem, für das sie eine kurzfristige Lösung brauchte: Es ging um die Orchesterprobe. Die nächste Probe würde Henning wieder selbst leiten, und Klaus war einer, der sehr zuverlässig zu den Orchesterterminen erschien. Es würden zwar noch alle anderen Musiker dabei sein, aber sie hätte dennoch das Gefühl, sich in einer Dreier-Konstellation wiederzufinden, von der sie sich im Moment völlig überfordert sah. Also galt es nun, eine plausible Ausrede für das Fernbleiben von der Probe zu finden. Nein, es war keine gute Idee gewesen, im Orchester des eigenen Ehemanns mitzuspielen – Regel Nummer eins. Und wenn man es doch tat – Regel Nummer zwei –, dann sollte man sich nicht in ein anderes Mitglied des Klangkörpers vergucken!

»Klangkörper«: In ihrem Tagtraum, der sich eigentlich nicht mit der Tätigkeit des Autofahrens vertrug, spielte Carolin mit diesem Wort. Klaus hatte eigentlich auch einen KLANGKÖRPER. Oder war das jetzt zu albern? Aber sie mochte ja unter anderem seine Stimme, und die passte gut zu seinem stattlichen Leib, der für die klangvolle Stimme gewiss eine Voraussetzung war. Die Statur dieses Mannes gefiel ihr. Sie fand ihn nicht eigentlich dick, aber stabil. Ja, so würde sie es nennen. Als sie sich am Nachmittag umarmten, erlebte sie durch seine Stabilität das Gefühl, dass er ihr wunderbaren Halt geben könnte, wenn sie einmal danach bedürftig sein sollte. Bei Henning fehlte ihr das. Den konnte man zwar ebenfalls eine stattliche Erscheinung nennen, aber er vermittelte seiner Frau nie die Gewissheit, sich bei ihm anlehnen zu können. Er war in einem gewissen Sinne immer sofort weg.

Bei der nächsten Probe jedoch würde er *da* sein, und genau das war jetzt ihr Problem. Sie sah allerdings auch gleich dessen Lösung: Zunächst mal würde es ihr am Probentag ganz unspezifisch »nicht gut gehen« – Grund genug, einer gewöhnlichen Orchesterprobe fernzubleiben. Und danach würde man sehen müssen, wie sich die Dinge entwickelten.

Während Carolin über die nächste Probe sinnierte, wusste Klaus nicht so recht, ob er jubilieren oder den Griesgram geben sollte. Diesen Nachmittag hätte er sich kaum schöner wünschen können, aber er sah zugleich die nur allzu verständliche Unsicherheit und Zögerlichkeit, mit der Carolin ihm begegnete.

Es war nun allerdings gar nicht die Gelegenheit, sich ausgiebig solchen Gedanken zu widmen. Klaus hatte ja noch eine weitere Verabredung an diesem Abend, nämlich mit dem unsäglichen Makler Langbecher. Dem musste er zumindest den Hausschlüssel bringen. Und das war nicht alles: Langbecher würde sicherlich fragen, ob es schon eine Entscheidung gebe.

Klaus geriet bei der Vorstellung in mittlere Panik, dass bei einer ausweichenden Antwort womöglich ein anderer Interessent ihm zuvorkommen könnte. Also sofort zusagen? Ohne wenigstens nochmals den Rat von Frank einzuholen? Es ging schließlich nicht bloß um den Bestand eines Brombeergestrüpps oder einer Holunderreihe! Aber sein Bruder hatte sich ihm ja in dieser Frage als Berater bereits verweigert. Wenn er nun versuchte, sich selbst genau zu beobachten, spürte Klaus sehr deutlich, wie hart es ihn treffen würde, das Tannbacher Haus *nicht* zu bekommen.

Eine halbe Stunde später stand er mit einem geradezu feierlichen Gesicht vor der Tür des Maklers. »Herr Langbecher, ich bringe Ihnen *vorübergehend* den Hausschlüssel zurück!«

Der verstand die Andeutung allerdings nicht richtig: »Danke vielmals, Herr Doktor Gronius. Heißt das, Sie möchten nochmals eine Besichtigung allein vornehmen?«

»Nein, das heißt es nicht. Ich möchte vielmehr dort einziehen – vorausgesetzt, Sie sind weiterhin bereit, mir den Kaufvertrag mit dem Eigentümer zu vermitteln.« Klaus' Gesichtsausdruck war noch eine Spur feierlicher geworden.

»Eine ausgezeichnete Entscheidung, Herr Gronius!« Langbecher knetete beflissen seine Hände – den »Doktor« allerdings hatte er erstmalig weggelassen. Eine erfolgreiche Immobilienvermittlung versetzte ihn immer noch in höchste Nervosität, obwohl er dieses Geschäft bereits seit Jahrzehnten betrieb. »Sie werden an dem Objekt sicher viel Freude haben. Ich werde alles Weitere in die Wege leiten, und da das Objekt bereits leer steht, können Sie dort bestimmt bald einziehen.«

Nun war es also geschehen! Noch war Klaus zwar nicht Hausbesitzer, aber es waren wohl lediglich Formalitäten, die ihn von diesem Status trennten. Zufrieden fuhr er nach Hause, erfüllt von dem Bewusstsein, dass er so klar wie nie zuvor zumindest *eine* Richtungsentscheidung für sein weiteres Leben getroffen hatte.

Eigentlich hätte Klaus noch für die nächste Orchesterprobe üben sollen. Er holte auch den Kontrabass aus dem Koffer, aber dann spielte er etwas ganz anderes als den zu übenden Orchesterpart: Er improvisierte eine Fantasie, mit der er versuchte, den Aufruhr in seinem Inneren musikalisch zu kanalisieren. Das sanfte Brummen des großen Instruments, das er im ganzen Körper spüren konnte, gab zum einen die Gefühle des Musikers wieder, verschaffte ihm aber zugleich einen gewissen emotionalen Abstand zu seinen beiden großen Themen.

»Ohne dich, dickes Schwein«, murmelte Klaus versonnen, »bräuchte ich wahrscheinlich dauernd irgendwelche teuren Therapien.«

Blatthornkäfer

Klaus gehörte zu den wenigen Übriggebliebenen, die ein Faible für eine mehr oder weniger aus der Zeit gefallene Kommunikationsform hatten: richtige, per Hand und auf Papier geschriebene Briefe. An Carolin hätte Klaus jetzt besonders gern mit seinem Füllfederhalter einen solchen »antiquierten« Brief geschrieben. Die Frage war nur: an welche Adresse? Wenn bei den Eheleuten Grabeel in Lanzenheim ein Brief des Orchestermitglieds Gronius – oder gar ein geheimnisvolles Schreiben ohne Absender – angekommen wäre, hätte dies zu einer peinlichen Befragung der Adressatin führen können. Klaus merkte, dass die Heimlichtuerei schon jetzt begann, ihm auf die Nerven zu gehen. Jedenfalls blieb ihm nichts anderes übrig, als wieder einmal elektronisch zu schreiben:

Für den Fall, dass die Hexe aus dem Märchenschloss ihre schlimmsten Befürchtungen bestätigt findet (»Ich fürchte, dass ich wiederkommen will«, waren deine Abschiedsworte in Tannbach), so sollst du wissen, dass es jetzt der künftige Schlossherr ist, der dir diese Nachricht schreibt: Ich war am Abend nach deinem Besuch noch beim Makler und habe ihm grünes Licht gegeben. Mein Umzug in die Bachstraße wird wohl schon recht bald möglich sein.

Ist das wichtig? – Vielleicht.

Gibt es Wichtigeres? – Ganz sicher: nämlich die Frage, wann und wo wir uns wiedersehen!

Falls ich das darf, schicke ich dir einen Kuss,
Klaus

Die folgenden Tage des Organisierens erschienen einerseits kurz wegen ihrer Programmfülle. Zugleich aber waren sie quälend lang aufgrund der beunruhigend gleichbleibenden Leere von Klaus' Mailbox. Er hatte zunächst nicht daran gezweifelt, dass Carolin seine E-Mail postwendend beantworten würde, vielleicht sogar schon mit einem konkreten Vorschlag für ein Wiedersehen. Aber es verging Tag um Tag ohne Nachricht aus Lanzenheim. Klaus begann, den zuletzt von ihm geschriebenen Text zu sezieren: War eventuell eine Formulierung dabei, mit der er Carolin verärgert haben könnte? War der Tonfall womöglich zu flapsig, zu vertraulich, zu optimistisch, zu selbstsicher, zu erwartungsvoll, zu frech?

Mit Fragen ganz anderer Art plagte sich unterdessen die Adressatin: War es vielleicht doch ein Fehler gewesen, nach Tannbach zu kommen? Bestand nicht die Gefahr, in ein Abenteuer hineinzuschlittern, das am Ende mit Verletzung und Verlust zu bezahlen wäre?

Carolin widersetzte sich dem Impuls, wie gewohnt ihre Freundin Antje um Rat zu fragen. Diesmal, so fand sie, musste sie den richtigen Weg allein finden. Mit Antje würde sie erst wieder telefonieren, wenn sie ihr von einer wesentlichen Veränderung berichten könnte.

Es war ihr eigentlich zuwider, jemanden »zappeln« zu lassen – zumal dann, wenn dieser Jemand ihr ganz und gar nicht gleichgültig war. Nun aber sah sie es als unvermeidlich an, mit einer Antwort an Klaus zu warten, bis sie wenigstens ein bisschen klarer sehen würde. Ihm so etwas wie eine »Eingangsbestätigung« zu schicken, hätte allerdings noch weniger gepasst. Also gab es vorläufig überhaupt keine Reaktion auf seine letzte Nachricht.

Je sorgenvoller Klaus auf ein Lebenszeichen von Carolin wartete, desto aktiver wurde er in anderen Bereichen. Vor allem Aktivitäten außer Haus nahm er sich ganz bewusst vor, um das dauernde Überprüfen des Mail-Eingangs zu vermeiden.

Er fuhr deshalb auch nochmals nach Tannbach, obwohl er ja nicht mehr und noch nicht wieder im Besitz des Hausschlüssels war. In der Bachstraße angekommen, stieg er aus dem Auto und ließ erst mal den Anblick des Hauses mit seinen grünen Fensterläden und dem halb verwilderten Vorgarten auf sich wirken. Neu war dieser Anblick nicht, aber jetzt, mit der maßgeblich veränderten Sichtweise *nach* der Kaufentscheidung, diente er der Überprüfung: Ja, das fühlte sich für Klaus weiterhin gut an, es gab keinen Anlass, an der Richtigkeit der Entscheidung zu zweifeln.

Nicht ohne Stolz sah Klaus sich nun legitimiert, in der Bachstraße 5 »nach dem Rechten zu sehen«: Gab es aus dem Briefkasten quellende Post oder Werbeblätter? Waren Haustür und Fenster geschlossen?

Musste im Garten gegossen werden? Die formale Zuständigkeit für all diese Dinge war noch längst nicht auf den neuen Eigentümer übergegangen, aber einen ersten Grundstock an Verantwortlichkeit verspürte dieser bereits.

Ebenfalls nicht zu früh erschien es Klaus, sich bei den künftigen Nachbarn vorzustellen. Die unmittelbar angrenzenden Grundstücke waren zwar unbebaut, aber es gab dennoch in der Bachstraße ein paar wenige weitere Häuser.

Der gegenüber wohnende alleinstehende Rentner, ein großgewachsener glatzköpfiger Herr, kam, als er Klaus auf die Straße treten sah, sogleich aus seinem Garten – und streckte dabei die Zunge heraus. Es war noch dazu eine extrem lange Zunge, und er versah sie mit einer Abwärtsbiegung, sodass sie das gesamte Kinn überdeckte. So schien es jedenfalls aus der Entfernung. Als Klaus genauer hinsah, wurde ihm jedoch klar, dass es etwas anderes war, was das nachbarliche Kinn bedeckte: ein wahrlich originell zugeschnittener Bart!

Der Zungenbärtige grüßte freundlich und rief: »Na, so wie es aussieht, haben Sie wohl ein Auge auf dieses hübsche Haus geworfen?«

»Guten Tag, da haben Sie mich richtig eingeschätzt. Aber ich bin sogar schon einen Schritt weiter und werde demnächst der neue Eigentümer sein. Klaus Gronius ist übrigens mein Name.«

»Willkommen in der Bachstraße! Ich heiße Kleemeyer, Karl von Kleemeyer, mit viermal ›e‹. Wenn Sie sich den Namen nicht gleich merken können, gucken Sie einfach auf meinen Briefkasten!«

Klaus freute sich, bereits jetzt mit einem der Anwohner in ein noch dazu freundliches Gespräch zu kommen: »Das wird schon klappen, Herr von Kleemeyer. Ich freue mich jedenfalls darauf, demnächst Ihr Nachbar zu werden.«

Kleemeyer war sichtlich ebenfalls erfreut, flüsterte dann aber mit verschwörerischer Miene: »Darf ich Sie um etwas bitten, Herr ...«

»Gronius«, ergänzte dieser.

»Herr Gronius, ich habe kürzlich am Zaun Ihres künftigen Hauses den äußerst seltenen Blatthornkäfer Rhizotrogus cicatricosus gesehen!«

Klaus musste lächeln. »Jetzt habe ich aber doch ein Problem mit der Merkfähigkeit. Aber vielleicht darf ich Ihren Rhinozer-irgendwas einfach ›Käfer‹ nennen?«

»Rhizotrogus cicatricosus heißt er, aber das ist für Sie sicherlich nicht so wichtig. Dieser Blatthornkäfer ist rötlich-braun, kaum größer als ein Zentimeter, und ich wäre der glücklichste Mensch in ganz Tannbach, wenn ich ihn fotografieren könnte!«

»Na ja, ein bisschen wird es noch dauern, bis ich hier einziehen kann. Wenn ich das Biest dann aber gelegentlich treffen sollte, sage ich Ihnen gern Bescheid.«

»Ach, das wäre ganz famos«, entgegnete der Käferfreund strahlend. »Ich zeige Ihnen, wenn Sie Zeit und Lust haben, mit Freuden mal meine Sammlung.

Ich besitze 167 echte Käfer und einige Tausend groß-
formatige Fotografien, alle selbst aufgenommen.«

»Da bin ich gespannt, wahrscheinlich habe ich die
allermeisten dieser Tiere bisher nie gesehen. Also
dann bis demnächst, Herr von Kleemeyer!«

»Ja, und auf gute Nachbarschaft!«

Na prima, dachte Klaus, als er wieder allein in der
Bachstraße stand, wenn mir in Tannbach mal langweilig werden sollte, kann ich mich auf die Suche
nach dem unaussprechlichen Blatthornkäfer machen.

Zunächst jedoch galt seine Suche den offenbar
ähnlich seltenen menschlichen Bewohnern dieser
Straße. Bei einem der Häuser gab es weder einen Namen am Klingelknopf noch eine Reaktion auf das
Klingeln, wenngleich das Haus nicht unbewohnt
wirkte.

Nebenan lief der Kontaktversuch gleichermaßen
ins Leere. Einen Namen konnte Klaus dort immerhin
auf dem Briefkasten erkennen, jedoch nicht entzif-
fern.

Etwas mehr Glück hatte er beim akkurat gepfleg-
ten Anwesen der Eheleute Luise und Gottfried Leh-
mann. Beide waren anwesend, öffneten vorsichtig sogar die Haustür, erwiesen sich allerdings weder als
gesprächig noch auch nur ansatzweise als freundlich.

Klaus war mit dem Ergebnis seiner kleinen Tour
durch die Bachstraße dennoch nicht unzufrieden. Immerhin hatte er sich um Kontaktaufnahme bemüht,
und im Falle des Herrn von Kleemeyer war ein ange-
nehmes Nachbarschaftsverhältnis gut vorstellbar –
mit oder ohne Rhizotrogus cicatricosus.

Unterricht

Die erste Unterrichtsstunde mit dem neuen Schüler stand an. Klaus wusste, dass gerade bei einem Kind die ersten Stunden besonders sorgfältig gestaltet werden müssen, damit das Begeisterungsfeuer für das neue Musikinstrument nicht als Strohfeuer endet. Er hatte deshalb einiges an Arbeit in die Vorbereitung gesteckt.

Um den allwöchentlichen Transport des unhandlichen Instruments zu vermeiden, war vereinbart worden, dass im Normalfall der Unterricht bei Trieses zu Hause stattfinden sollte. Klaus hatte sich auf diese Regelung eingelassen, weil er das Haus, in dem sein Schüler wohnte, mit dem Fahrrad erreichen konnte – jedenfalls von seiner Krontaler Wohnung aus. Frau Triese schätzte er so ein, dass sie den Unterricht nicht durch irgendeine Art von Einmischung oder auch nur Fürsorglichkeit stören würde. Das war ihm auch wichtig.

So begann also für den elfjährigen Maximilian zu Hause die erste Kontrabass-Stunde. Er hatte der Versuchung nicht widerstehen können, für sich allein schon etwas herumzuprobieren – trotz der Ermahnungen seiner Mutter, ohne Herrn Gronius' Anleitung könnte womöglich das teure Instrument Schaden nehmen.

Als der Junge seinem Lehrer gestand, bereits einige Spielversuche unternommen zu haben, sagte der jedoch: »Das freut mich sehr, Max! Wenn du auf die

Dinge achtest, die ich dir neulich gesagt habe, geht der Bass bestimmt nicht kaputt. Es ist ja *dein* Instrument, das sollst du ruhig auch selbstständig erkunden. Dann fällt es dir sicher leichter, bald Freundschaft mit ihm zu schließen.«

Maximilian schaute den hölzernen Kasten etwas verwundert an. Freundschaft schließen? Geht das denn nicht nur bei jemandem, mit dem man auch Fußball spielen kann?

Nun, tatsächlich sollten der Schüler und sein Instrument erstaunlich schnell Freundschaft schließen – was durch die sorgsame Gestaltung des Unterrichts zweifellos gefördert wurde. Klaus achtete darauf, dass die trockene Theorie, die natürlich nicht völlig unter den Tisch fallen durfte, möglichst gering dosiert wurde. Max sollte auf seinem Instrument vor allen Dingen *spielen*, und er sollte, gerade zu Beginn, weitgehend solche Melodien spielen, die ihm gefielen – oder bei denen Klaus es schaffte, sie ihm schmackhaft zu machen. Die korrekte Hand- und Körperhaltung ist zweifellos wichtig, damit es nicht zu schmerzhaften oder gar schädigenden Fehlhaltungen kommt. Aber auch hier lag dem Lehrer die richtige Dosierung am Herzen. Max sollte erst einmal loslegen, die notwendigen Fehlerkorrekturen ließen sich nach und nach anbringen.

Erfreulicherweise besaß Frau Triese ein altes Klavier, das sie auf Anraten von Klaus stimmen ließ. Er seinerseits hatte einige pianistische Grundkenntnisse, sodass der Unterricht sich dadurch auflockern ließ, dass Lehrer und Schüler zeitweise gemeinsam musizierten. Das machte beiden gleichermaßen Spaß, und die Lernfortschritte des jungen Bassisten ließen schon bald den Gedanken an ein kleines Vorspiel bei Onkel Erwin aufkommen.

Als die erste Unterrichtsstunde beendet war, kam Erika Triese herein und sagte strahlend: »Da hatte er aber einen guten Riecher, der alte Onkel!«

Max lachte. »Mama, du meinst sicher, dass er meinen Lehrer gut ausgesucht hat, oder?«

»Ganz genau. Ich bin wirklich froh, Herr Gronius, dass das geklappt hat. Mit Ihrer Hilfe wird mein Sohn bestimmt ein berühmter Musiker.«

Klaus fiel es nicht schwer, sich von der Fröhlichkeit anstecken zu lassen, zumal er ja gerade mit einem Kompliment bedacht worden war. »Das fände ich ganz großartig, dann werde ich als Lehrer ebenfalls ein klein wenig berühmt. Ich finde, es wird auch höchste Zeit, dass bei den großen Stars mal ein Kontrabassist auftaucht, nicht immer nur Geigerinnen oder Pianisten. Also Max, strengen wir uns an!«

Die Mutter des künftigen Stars kam – nicht ohne Klaus nebenbei Kaffee und Kuchen aufzunötigen – auf ein anderes Thema: »Darf ich neugierig sein, Herr Gronius? Warum ziehen Sie eigentlich nach Tannbach?«

Klaus erzählte bereitwillig von der Erbschaft und fügte hinzu: »Mir würde es eigentlich in Krontal ganz gut gefallen, wenn ich nicht den Eindruck hätte, dass der Lärm in der Stadt immer schlimmer wird. Vielleicht bin ich da besonders empfindlich.«

Frau Triese widersprach: »Oh, das glaube ich nicht. Also, dass der Krach überall zunimmt, schon. Aber nicht, dass Sie überempfindlich sind. Ich habe gelesen, dass mehr als die Hälfte aller Deutschen sich durch Straßenlärm gestört oder belästigt fühlt.«

Klaus sah sie verwundert an: »Das ist ja interessant. Aber dann frage ich mich, warum die Leute den Radau so geduldig hinnehmen.«

»Die Leute – zu denen gehöre ich auch – denken, dass sie eh nichts ändern können. Und sie machen dann recht viel eigenen Lärm, damit sie sich nicht als Opfer fühlen müssen. Da versuche ich mich allerdings zurückzuhalten!«

»Meine Dankbarkeit ist Ihnen sicher, Frau Triese. Aber die bekommen Sie ohnehin schon wegen Ihres leckeren Marmorkuchens.« Klaus schob ein Stück davon in den Mund. Dann fuhr er fort: »Das Thema Lärm beschäftigt Sie offenbar ebenfalls?«

»Ja, ich habe angefangen, mich damit auseinanderzusetzen, als mir klar wurde, wie schwierig es ist, unerwünschten Geräuschen auszuweichen.«

Max, der bisher schweigend zugehört hatte, lieferte nun ebenfalls einen Diskussionsbeitrag: »Du hast doch mal gesagt, Mama, dass man die Ohren nicht zuklappen kann wie die Augen.«

»Ja genau, Mäxchen. Deshalb bin ich wirklich froh, dass du meistens leise bist, wenn ich dich darum bitte«, lobte Erika Triese ihren Sohn. Wieder an Klaus gewandt, fuhr sie fort: »Es ist viel zu wenig bekannt, wie sehr Geräusche sogar krank machen können, selbst wenn man meint, sich an sie gewöhnt zu haben.

Nicht nur die Nerven werden geschädigt, auch das Hormonsystem gerät durcheinander, Blutdruck und Herzfrequenz sind betroffen. Aber all diese Auswirkungen sind natürlich nicht so eindeutig im Einzelfall nachweisbar, wie wenn mir jemand etwa das Bein abfährt.«

Sie hatte sich so in Rage geredet, dass ihre Wangen rot leuchteten und die Augen zornig funkelten. Klaus gefiel das, sie gewann in seinen Augen deutlich an Attraktivität. Außerdem erlebte er die Mutter seines Schülers als kenntnisreiche Verbündete gegen den Lärm. Und das hatte gewiss noch mehr Gewicht als ihre unbestreitbare Kompetenz im Kuchenbacken.

Antwort

Die nächsten Tage war Klaus damit beschäftigt, mit Makler Langbecher und dann mit dem Noch-Eigentümer des Tannbacher Hauses sowie dem Notar Details der Eigentumsübertragung zu klären. Er war überrascht, wie viele Dinge im Zusammenhang mit solch einem Hauskauf geregelt werden wollten: vom Abschluss der passenden Versicherungen über die Anmeldung beim Wasserwerk bis hin zu der entsorgungsvollen Frage, ob trotz Komposthaufens eine Tonne für Biomüll erforderlich sein würde.

Es erschien auch sinnvoll, sich frühzeitig für einige kleinere Handwerker-Arbeiten nach geeigneten Fachleuten umzusehen. Klaus war froh, dass keine umfangreichen Renovierungsaktionen nötig waren, zumal er sich als Heimwerker längst nicht so kompetent fühlte wie als Kontrabass-Lehrer. Jedenfalls blieb für die angenehmeren gestalterischen Entscheidungen, etwa über schöne Vorhänge oder zusätzlich benötigtes Mobiliar, zunächst gar keine Zeit übrig.

Neun Tage waren vergangen, seit er die letzte Mail an Carolin geschrieben hatte. Erneut las er den Text durch, um zu ergründen, ob durch einzelne Aussagen oder Formulierungen ihr Verstummen ausgelöst worden sein könnte. Zunächst hatte er das Bild von der Hexe im Märchenschloss bemüht, um die Entscheidung für den Hauskauf kundzutun, gefolgt von der vielleicht eine Spur zu pathetischen Feststellung, dass die Frage des Wiedersehens noch wichtiger sei. Und schließlich das Übersenden eines Kusses – »*falls ich das darf*«.

Klaus dachte kurz darüber nach, ob er seinen eigenen Text peinlich finden sollte, kam dann aber auf einen ganz anderen Gedanken: Er ertappte sich bei der vorsichtigen Überlegung, ob der Weg zum Liebesglück nicht viel unkomplizierter verlaufen könnte, wenn er versuchen würde, mit Erika Triese ... In diesem Moment zeigte sein Mailprogramm den Eingang einer Nachricht an. Es bedurfte nur eines Mausklicks, um bestätigt zu sehen, dass die ersehnte Antwort von Carolin eingegangen war.

Lieber Schlossherr,

zuallererst: Ja, du darfst!

Bitte verzeih mein beharrliches Schweigen – mir selbst jedenfalls kam es elend lang vor! Aber längeres Warten gibt mir zurzeit die Hoffnung, allzu große Dummheiten vermeiden zu können.

Zu deiner sehr viel schnelleren Entscheidung für den Hauskauf gratuliere ich dir; ich glaube nicht, dass das überstürzt war. Es sieht ja sehr danach aus, als hättest du in Tannbach dein Paradies gefunden.

Und noch ein »Ja«: Ich möchte wiederkommen – das wird dich jetzt vielleicht überraschen. Und selbst wenn mich gleich mein Gewissen furchtbar plagt: Ich will dich wiedersehen, bevor du umziehst! Gehen würde es bei mir etwa am kommenden Montagabend. Hättest du Lust, mit mir essen zu gehen? Ich lade dich ein – dann kann ich mich wenigstens indirekt ein bisschen für den köstlichen Käsekuchen revanchieren.

Ich hoffe, dass auch ich es darf: dir einen Kuss schicken.

Klaus las den Text mehrmals mit leichtem Herzklopfen. Auch ihm war das Warten »elend lang« vorgekommen, aber verständlich war ihm Carolins Zögern ohne Weiteres. Dass ein neuerliches Treffen *keine* »allzu große Dummheit« wäre, schien allerdings nicht ganz eindeutig. Natürlich freute Klaus sich über Carolins Annäherungswünsche. Andererseits musste er sich dessen bewusst sein, dass die Ehefrau von Henning Grabeel jederzeit in einem grausamen Sinne »zur Vernunft kommen« konnte, dass sie sich also darauf besinnen würde, den Fortbestand ihrer Ehe aus der Gefahrenzone zu bringen. Das hieße dann, dass all das vorbei wäre, was jetzt als Anfang einer Liebesgeschichte interpretiert werden wollte.

Sie verabredeten sich also für den folgenden Montag in der Pizzeria »Da Giovanni«, die in der Nähe der Tulpenstraße lag, allerdings nicht unbedingt zu den ersten Adressen Krontals gehörte. Aber Klaus hatte bei seinen gelegentlichen Besuchen in diesem Lokal noch nie jemanden aus dem Bach-Orchester angetroffen; und das war ein Vorzug, dem jetzt mehr Bedeutung zukam als die Qualität des Pizzabelags oder die Originalität der Weinkarte. Zudem zeichnete sich das Restaurant gegenüber den meisten anderen Lokalen dadurch aus, dass man nicht mit unerwünschter Musik zwangsbeschallt wurde.

Carolin war beruflich in diesen Tagen mit einer umfangreichen Aktion zur Überprüfung einiger örtlicher Gaststätten beschäftigt. Immerhin konnte sie mit Erleichterung feststellen, dass die Pizzeria »Da Giovanni« nicht auf ihrer Auftragsliste stand. Sie hätte sich nicht mit Klaus in einem Lokal treffen wollen, bei dem sie ein paar Tage vorher die Kolibakterien in den Kochtöpfen gezählt hatte.

Nebenbei bemühte sich Carolin, ihre bescheidenen Spanisch-Kenntnisse etwas aufzufrischen. Ihr Mann hatte sie überredet, für zwei Wochen mit ihm nach Teneriffa zu fliegen. Ganz wohl war ihr beim Gedanken an diesen Urlaub nicht. Henning erhoffte sich eine Wiederbelebung seiner recht komatös gewordenen Ehe mit Carolin. Die sah ihrerseits eher die Gefahr, dass das Tosen der Atlantik-Brandung jene leisen Signale zwischen ihnen beiden übertönen würde, von denen sie sich eine Klärung in der einen oder anderen Richtung versprach. Verweigern wollte sie sich dem wohlmeinenden Rettungsversuch ihres Mannes allerdings auch nicht.

Was sie, natürlich nur im Stillen, für diese Reise zusätzlich ins Feld führen konnte, war die Chance, durch den erzwungenen Abstand zu Klaus Klarheit über die Gefühle zu gewinnen, die sie ihm gegenüber empfand. Diesen Abstand jedoch wollte sie lieber in einer Kennenlern-Phase ansiedeln, die dem Anfangsstadium bereits entwachsen wäre. Also musste sie nun versuchen, das Kennenlernen zu beschleunigen – freilich nur so weit, dass ein Rest von organischem

Wachstum erhalten bleiben konnte. Das gemeinsame Abendessen noch vor Klaus' Umzug sollte dies ermöglichen.

Da Giovanni

PIZZERIA – RISTORANTE – BAR stand nach bewährter italienischer Art über dem Eingang zur Gaststätte »Da Giovanni«. Der Wirt hieß keineswegs Giovanni, sondern trug mit *Salvatore* gewissermaßen einen entgegengesetzten Namen, wenn man einerseits die Titelfigur aus Mozarts berühmter Oper vor Augen hat und andererseits daran denkt, dass »Salvatore« mit »Erlöser« übersetzt wird. Salvatore also, dessen Nachnamen niemand kannte, eilte dem gerade eintretenden Gast mit einem freudigen »Buona sera, Signor Gronius« entgegen, sodass dieser sich erstaunt zum Stammgast befördert wähnte.

»La signora iste schon angekomme«, wurde dem neuen Stammgast beschieden, der sich sogleich fragte, auf welchem Wege denn seine Verbindung zu eben jener Signora in diesem Hause bekannt geworden sein könnte. Aber vor allem freute Signor Gronius sich, Carolin zu sehen. Sie ihrerseits stand auf, als er zum reservierten Tisch geführt worden war, und umarmte ihn halb freundschaftlich, halb zärtlich.

»Ciao, bella signora«, sagte Klaus liebevoll, »entschuldige, wenn ich dich habe warten lassen.«

»Die Ewigkeit von zwei Minuten, die ich gewartet habe, konnte ich bestens nutzen. Ich weiß nun nämlich schon, was die Speisekarte uns bietet!«

Carolin hatte nur wenig Hunger. Konnte es etwa sein, dass sie aufgeregt war? Klaus hingegen spürte zwar beachtliche Hohlräume in seinem Magen, erinnerte sich aber – wann, wenn nicht an diesem Abend? – an seinen Vorsatz, verstärkt auf seine Figur zu achten. Also bestellten sie zusammen eine Pizza und einen Salat.

Wie vertraut wir doch schon miteinander sind, dachte Klaus. Restaurant-Portionen zu teilen, ist ja eher untypisch für zwei Leute, die sich eindeutig (noch) nicht als Paar definieren können. Der nächste Schritt wäre dann ja schon, sich gegenseitig zu füttern ...

Die beiden ließen sich ihre halben Portionen doppelt schmecken und genossen mehr noch als das Essen ihr abendliches Zusammensein. Zunächst erzählten sie einander von ihren Erlebnissen der beiden vorangegangenen Wochen und von den Plänen für den weiteren Frühsommer. In stillem Einvernehmen drückten sie sich jedoch vor dem eigentlich wichtigsten Thema: ihrem künftigen Zusammen- oder Getrenntsein.

Das Restaurant »Da Giovanni« lag leider an einer der lauten Ecken Krontals. Die benachbarte Kreuzung war eine beliebte Bühne für den Teil der virilen Bevölkerung, der seine ausgeprägte Männlichkeit durch motorisierte Lärmentwicklung nachzuweisen versuchte.

Klaus fragte sich wieder einmal, ob er Beethoven beneiden sollte. Nein, nicht wegen der komponierten Sinfonien oder Streichquartette, sondern wegen dessen Taubheit.

»Warum machen Menschen so viel unnötigen Lärm?«, fragte er Carolin mit verzweifeltem Gesichtsausdruck.

»Wahrscheinlich, weil man sich meistens nur durch *den* Krach gestört fühlt, den *andere* machen«, antwortete sie. »Und wenn einen der eigene Lärm nicht stört, gibt es für die meisten eben keinen Grund, ihn zu unterlassen. Du musst zugeben, dass das gerade bei uns Musikern sehr deutlich wird: Wenn du auf deinem Kontrabass übst, wirst du das nicht als Lärm empfinden, jedoch, mit Verlaub, einige andere womöglich schon.«

»Ja, ja«, maulte Klaus, »aber zumindest bei uns Berufsmusikanten ist das doch immerhin kein *überflüssiger* Krach.«

»Das sehen manche sicher ganz anders«, entgegnete Carolin. »Aber ich weiß schon, was du meinst: Wir versuchen zumindest, unfreiwillige Zuhörer so wenig wie möglich zu stören.«

»Genau das ist es!«, rief Klaus mit merklich freudigerem Ausdruck. »Könnte das nicht ein Kategorischer Imperativ der Moderne sein: *Handle stets nach der Maxime, deine Mitmenschen so wenig zu stören, wie es dir nach allgemein anerkannten Regeln möglich ist.*«

»Juhu, wir haben einen neuen Kant!«, jubelte Carolin. »Doch, Klaus, das klingt vernünftig. Aber leider, leider wirst du gerade diejenigen mit einem solchen Appell am allerwenigsten erreichen, bei denen es eigentlich am nötigsten wäre.«

Da waren sie wieder, die Furchen auf Klaus' Stirn. »Wie kann man die Leute denn ändern?«, fragte er verzagt.

»Die Leute ändern?«, entgegnete Carolin kopfschüttelnd. »Wenn, dann kannst du doch nur dich selbst ändern. Das ist wohl auch das Geheimnis einer guten Liebesbeziehung: zu akzeptieren, dass man den Partner nicht ändern kann, sondern nur sich selbst. Und wenn man sich auf jemanden einlässt, weil man hofft, dass dieser Mensch irgendwann ein anderer sein wird, sollte man lieber gleich nach diesem anderen suchen.«

»Das klingt leider sehr überzeugend!«

»Wieso ›leider‹?«

»Weil man es sich dann eigentlich abschminken kann, die Welt besser zu machen. Denn ›die Welt‹, das sind in dem Fall ja wohl die auf ihr lebenden Menschen. Und wenn man an denen nichts ändern kann, bleibt doch alles, wie es ist.«

Carolin überlegte kurz. »Dieser Schluss gefällt mir ebenfalls nicht. Vielleicht geht es jedoch auch in diesem Zusammenhang darum, bei sich selbst anzufangen.«

»Aber jetzt schließt sich der Kreis. Mir fällt nämlich hierzu wieder Kants Kategorischer Imperativ ein, diesmal im Original: *Handle nur nach derjenigen Maxime, durch die du zugleich wollen kannst, dass sie ein allgemeines Gesetz werde.* Allerdings finde ich, dass man daraus durchaus die Lizenz zur Veränderung der Allgemeinheit ableiten kann.«

»Andererseits musst du beim alten Kant ja immer damit rechnen, dass er es viel komplizierter gemeint hat, als es klingt.«

»Das stimmt sicher, Carolin. Ich will bestimmt nicht behaupten, die Philosophie eines Immanuel Kant zu durchschauen oder auch nur zu überblicken. Aber gerade den Kategorischen Imperativ finde ich einfach großartig: zugleich anspruchsvoll und doch sogar für uns Nicht-Philosophen verständlich. Und solche Regeln müssten heute eigentlich immer strikter werden.«

»Warum strikter?«, fragte Carolin.

»Weil wir in der Situation leben, dass die Menschheit nicht in der Lage ist, ihr größtes existierendes Problem zu lösen: die globale Überbevölkerung. Die ist es doch letztlich, die alle anderen gravierenden Menschheitsprobleme wie Krieg, Hunger, Umweltzerstörung nach sich zieht. Deshalb müssten wir – also nicht du und ich, sondern die Weltgesellschaft – allgemeingültige Regeln aufstellen, die ein Zusammenleben möglich und, wenn's geht, sogar erträglich machen.«

»Das hört sich recht gescheit an. Aber lass uns doch über diese Fragen ein andermal weiterreden. Ich mag jetzt nicht so gern bei den Milliarden Menschen sein, die zu viele sind, sondern lieber bei dem einen, der mir gerade gar nicht zu viel ist.«

Klaus rückte mit seinem Stuhl nah zu Carolin, die über Eck auf der Bank saß, und legte seinen Arm um sie. »Ach, und dieser eine Dummkopf doziert über

Menschheitsprobleme, statt sich um die bezaubernde Frau zu bemühen, die neben ihm sitzt!«

Sie küsste ihn. Dann sagte sie leise: »Bemüh dich mal um einen Ortswechsel. Du könntest mir doch deine Wohnung zeigen, dann bekomme ich eine Vorstellung davon, wie es demnächst im Tannbacher Haus aussehen wird.« Carolin versuchte, ihren Vorschlag unbefangen und unspektakulär klingen zu lassen. Ihr innerer Kampf um die Vorherrschaft von Wunsch oder Sorge sollte möglichst unbemerkt bleiben.

Sie tranken aus, Carolin zahlte, und dann gingen sie Hand in Hand hinüber in die Tulpenstraße, wo die »Junggesellen«-Wohnung am Nachmittag vorsorglich aufgeräumt und geputzt worden war.

Nähe

»Hier residiert also der Herr Doktor Gronius«, sagte Carolin, als sie die Parterre-Wohnung Tulpenstraße 8 betraten. Klaus hatte ihr von dem Titel erzählt, der ihm durch den Makler Langbecher »verliehen« worden war.

Die Gronius'sche Residenz bot stilistisch ein sehr heterogenes Bild – man könnte auch von einem geschmacklichen Durcheinander sprechen. Da gab es Regale eines bekannten schwedischen Möbelhauses neben einem antiken Ohrensessel, praktische Resopal-Oberflächen neben gebeiztem Fichtenholz.

Carolin sah dies alles wohl, aber ohne es wirklich zu registrieren. Ihre Wahrnehmung richtete sich jetzt gewiss nicht auf kleine Schönheitsfehler. Sie sah sich mit anerkennender Miene um. »Sieht es denn bei dir immer so ordentlich aus?«

»Immer nicht«, antwortete Klaus gedehnt, »aber ich habe zufällig heute aufgeräumt.«

»So, so, zufällig! Und gibt es hier zufällig auch etwas zu trinken?«

»Nee, das ist nun kein Zufall, hier geht es doch um Existenzielles! Sekt steht jetzt allerdings keiner im Kühlschrank. Aber ich habe einen trinkbaren Rotwein in der Küche.«

»Dann lass mich den mal probieren«, antwortete Carolin gut gelaunt. Sie spürte deutlich, dass sie sich im Ambiente dieses Mannes wohlfühlen konnte. »Oh, was sehe ich da, du hast ja Kerzen! Darf ich eine anzünden?«

»Du darfst sie alle anzünden, wenn du möchtest – und wenn ich die Streichhölzer finde.«

»Streichhölzer? Du gehörst also nicht zur *Generation Feuerzeug*?«

»Ich wusste gar nicht, dass es die gibt. Aber ich mag Streichhölzer einfach lieber, die haben so was Archaisches.«

»Hatten denn die alten Archaiker überhaupt schon Feuer?«

»Klar, die haben doch die Feuerwehr erfunden! Und ich habe hier etwas *ge*funden!« Er hielt ihr die Streichholzschachtel vor die Nase. »Dann entzünde du mal die magischen Lichter, und ich gebe eine Runde Spätburgunder aus.«

»Das mache ich gern, und ich höre dann auch auf mit dem Geblödel.«

»Musst du gar nicht. Dein Geblödel finde ich sehr amüsant. Und ich versuche doch schon mitzuhalten!«

Inzwischen hatte Carolin fünf Kerzen angezündet, Klaus schaltete das elektrische Licht aus, und sofort veränderte sich die Stimmung.

»Mir gefällt es bei dir«, sagte Carolin, nachdem sie von dem badischen Rotwein probiert hatte. »Und wenn du eine schöne Musik für mich aussuchen magst, würde mir das auch gefallen.«

Dieser Wunsch wurde mit Freuden erfüllt, und nachdem Klaus eine seiner Lieblings-CDs aufgelegt hatte, brauchte er nicht lange auf Carolins Kommentar zu warten: »Wunderbar, die Goldberg-Variationen! Mir war eigentlich ziemlich klar, dass man bei dir Musik von Bach serviert bekommt. Wahrscheinlich ist es sogar die Aufnahme mit Glenn Gould?«

»Das verrate ich dir jetzt nicht, aber wenn du gleich jemanden mitbrummen hörst, weißt du ja, dass er es ist.«

Es handelte sich tatsächlich um die legendäre Aufnahme, bei der man den Pianisten ab und zu leise mitsummen hört.

»Freust du dich eigentlich auf deinen Umzug nach Tannbach?«, fragte Carolin, nachdem sie ein paar Minuten konzentriert zugehört hatte.

»Oh ja«, antwortete Klaus lebhaft und bestimmt. Er wurde aber sogleich etwas nachdenklich. »Ich glaube, das ist wirklich der Ort, an dem ich einiges von der Stille finden kann, die ich so sehnsüchtig suche. Allerdings wird mir zunehmend klar, dass es mindestens eine Kehrseite gibt. Ich muss jetzt manchmal an das denken, was Patrizia Kurmeier kürzlich in der Orchesterprobe sagte: dass das Dorf auf sie wie ausgestorben gewirkt hätte.«

»Na ja, viel los ist dort sicher nicht«, räumte Carolin ein. »Du musst das eben als dein Refugium bei Ruhebedarf ansehen. Und wenn du urbanes Leben brauchst, setzt du dich in dein Auto und fährst zum Beispiel nach Krontal. Außerdem vermute ich, dass in Tannbach hauptsächlich das fehlt, was dir ohnehin zuwider ist: laute Menschen, lärmender Straßenverkehr und so was. Aber ich könnte mir vorstellen, dass du dort manches an Lebendigkeit entdecken kannst, was es in der Stadt gar nicht gibt oder was dort zumindest übertönt wird. Wahrscheinlich siehst du dann tagsüber lauter schöne Schmetterlinge und hörst nachts den Waldkauz rufen.«

»Du hast recht, Carolin. Ich werde mich halt einfach daran gewöhnen müssen, dass manche Bedürfnisse eben mit längeren Wegen verbunden sind.«

»Und dann gibt es noch solche Bedürfnisse, bei denen man gar nicht weiß, ob sich für die überhaupt ein Weg findet«, murmelte Carolin.

»Wie meinst du das?«, fragte Klaus, der die Antwort auf seine Frage allerdings zu kennen glaubte.

Dass Carolin leicht errötete, war im Kerzenlicht kaum wahrnehmbar. »Ach, das war nur ganz allgemein so dahingesagt. Komm, setz dich doch mal zu mir aufs Sofa!«

Klaus setzte sich dicht neben sie, und als sie ihren Kopf auf seine Schulter legte, blies er sanfte Luftkreise in ihre Haare.

»Das ist schön, wie du mich mit deinem Atem streichelst!« Es klang fast so, als würde sie schnurren. Sie hob dann aber doch den Kopf, und nun war es das Richtige, ja, das einzig Denkbare, dass sie sich küssten – lange und vollkommen abgewandt von der Welt um sie herum.

Klaus nahm Carolins Rechte zwischen seine beiden Hände und seufzte: »Ich weiß wirklich nicht, ob das jetzt noch irdisches Glück ist oder schon himmlisches.«

»Ich glaube, himmlisches. Ganz irdisch ist es aber wahrscheinlich, dass mir jetzt zu warm wird.« Sie machte sich kurz von ihm los und streifte ihren grünen Wollpullover über den Kopf. Klaus sah sofort, dass sie unter der weißen Bluse nichts trug, sodass ihre nicht allzu großen Brüste sich andeutungsweise unter dem Baumwollstoff abzeichneten.

»Wie schön du bist!«, sagte er und küsste ihr Dekolleté.

Sie schlang ihre Arme um seinen Hals und antwortete: »Ich bin genau *so* schön, wie du mich findest.«

»Dann könntest du ja jede Miss-Wahl gewinnen!«

»Ach, das, was ich hier auf diesem Sofa gewinne, genügt mir doch.« Sie begann, ihm das Hemd aufzuknöpfen, und strich mit der Hand über seine Brust. »Deine Haut fühlt sich so ähnlich an wie mein Lieblingskissen im Haus meiner Eltern. Und sie duftet nach Klaus.«

»Wahrscheinlich duftet sie nach ziemlich verliebtem Klaus!« Er knöpfte ihr die Bluse auf, behutsam und in Zeitlupentempo. Wie eine sich öffnende Blüte trat Carolins Busen zum Vorschein. Der Anblick dieser blühenden Weiblichkeit erregte Klaus so, dass seine Hände leicht zitterten, als er sie umfasste.

Carolin seufzte tief auf. »Merkst du, wie die sich auf dich gefreut haben?«

Klaus nickte. Er spürte seine eigene und auch ihre Erregung. Die beiden gaben ihre halb sitzende Position auf und drückten sich im Liegen eng aneinander.

Carolin fuhr mit der Hand Klaus' Rücken hinunter, und weiter, bis sie seinen Po fühlte.

Gut, dass Männer meist keine so engen Hosen tragen, dachte sie.

Sie ihrerseits trug eine durchaus enge Jeans – sie wusste schließlich, dass sie ihre Kehrseite erfolgreich als Blickfang einsetzen konnte. Klaus hatte dies mit Wohlgefallen wahrgenommen. Nun jedoch, da er seine Hand auf die gleiche Reise bei ihr schickte, die Carolin zuvor bei ihm unternommen hatte, wurde er davon überrascht, dass Knopf und Reißverschluss ihrer Jeans bereits geöffnet waren. Beiden war nun klar, wie stark sie einander begehrten.

»Wollen wir ganz nackt sein?«, fragte Klaus in einer Mischung aus Lüsternheit und ängstlicher Zurückhaltung.

»Oh ja, zieh du mich aus!«, flüsterte die junge Frau, die dem Mann neben ihr auf dem Sofa so nah wie irgend möglich sein wollte und sich dabei tapfer gegen den Gedanken an ihren Ehemann zu wehren versuchte.

Klaus stand auf, um ihr und sich selbst die letzten verbliebenen Kleidungsstücke abzustreifen. Nebenbei die Verhütungsfrage mit ihr zu klären, war ihm wichtig – und rasch erledigt. Dann betrachtete er Carolin einen Moment lang und sagte schwärmerisch: »Allein dich so zu sehen, ist die reinste Glückseligkeit!«

»Komm her zu mir, das bloße Anschauen genügt nicht«, lockte sie ihn, fand es aber auch ihrerseits alles andere als uninteressant, ihn in seiner erregten Männlichkeit vor sich zu sehen.

Er legte sich zu ihr, eng umschlungen verharrten sie einige Minuten fast regungslos, um die sinnliche und emotionale Kraft dieser Umarmung in völliger

Nacktheit aufzufangen. Dann legte Carolin sich auf den Rücken, und Klaus bedeckte ihren Oberkörper mit seinen Küssen, während seine streichelnde Hand sich zunehmend leidenschaftlicher bewegte.

Er wollte sie auf den Mund küssen, da erschrak er.

»Weinst du?«, fragte er sie.

»Es tut mir so leid, Klaus. Du bist ein wundervoller Mann, verwöhnst mich, machst mich heiß auf dich – aber ich spüre trotzdem, dass es nicht geht.« Sie wischte sich eine Träne aus dem Gesicht und schmiegte sich an ihn. »Hab bitte Geduld mit mir.«

Er streichelte ihren Kopf. »Aber sicher hab ich Geduld mit dir. Dass ich alles erdenklich Schöne mit dir erleben möchte, brauche ich dir nicht zu sagen. Aber ich weiß doch auch, in welcher Lage du bist. Da kannst du dich natürlich nicht so einfach fallen lassen.«

»Ich wüsste aber doch niemanden, bei dem ich mich lieber fallen lassen würde!« Sie schlang die Arme um seinen Hals und küsste ihn. »Stattdessen lasse ich jetzt einen frustrierten Kerl zurück!«

Klaus legte sich dicht neben sie. »Nein, du süße Frau, du lässt mich bestimmt nicht frustriert zurück. Wann habe ich denn je einen Abend so mit allen Sinnen genossen wie diesen? Ich gebe ja die Hoffnung nicht auf, dass wir irgendwann vollständigen Sex miteinander haben werden. Und wenn wir einfach hier noch ein Weilchen so liegen können, machst du mir eine riesige Freude.«

»Nicht nur dir! Ich finde das sooo genussvoll!« Nach einem sanften Kuss ergänzte sie: »Und es macht mich froh, dass du all die Zärtlichkeit und Annäherung zwischen uns nicht allein als Weg zum Orgasmus siehst. Dass wir auch den irgendwann zusammen auskosten, möchte ich mir selbst im Moment gern wünschen. Aber versprechen will ich uns beiden nichts – dazu liegt bei mir zu vieles im Nebel.«

Also lagen sie noch eine ganze Weile auf dem einigermaßen engen Sofa, nackt und verliebt, voll Hoffnung, aber zugleich mit der Sorge, dass es ihnen womöglich verwehrt sein könnte, diese Innigkeit häufiger zusammen zu erleben.

Spiegel

Am nächsten Tag fiel es Klaus reichlich schwer, sich auf seinen Alltag zu konzentrieren. Immer wieder ließ er den Abend mit Carolin Revue passieren, in allen Details. Und bei fast jedem dieser Details beglückte ihn die Präsenz der Erinnerung. So schwelgerisch er aber zurückschaute, so sorgenvoll geriet der Blick nach vorn. Er dachte an Carolins Tränen, durch die ihr emotionaler Zwiespalt so offenkundig geworden war. Wann würde sie wohl diesen Zwiespalt aufheben können? Und was würde das dann für sie beide bedeuten?

Auch die Verknüpfung mit seiner Berufstätigkeit ging Klaus durch den Kopf. Unbehagen beschlich ihn bei der Vorstellung, weiter im Orchester unter der Stabführung von Henning Grabeel zu spielen, während er ein Liebesverhältnis mit dessen Ehefrau hatte. Dabei war für ihn nicht klar erkennbar, ob in dieser Hinsicht eine heimliche Affäre oder aber ein offenkundiges Dreiecksverhältnis unbehaglicher wäre.

Ein Telefonanruf von Carolin, gerade an einem solchen Tag ohnehin hochwillkommen und gefühlsbefeuernd, dämpfte Klaus' Sorge in Bezug auf das Orchester. Er erfuhr von ihr, dass Henning voraussichtlich nicht mehr lange in Krontal arbeiten würde. Carolin beschränkte sich auf Andeutungen, da ihr Mann ihr strikte Vertraulichkeit auferlegt hatte. Klaus wusste allerdings, dass am Staatstheater in der nicht allzu weit entfernten Landeshauptstadt eine passende Dirigentenstelle vakant war. Da konnte er sich mühelos zusammenreimen, dass Henning Grabeel, der schon länger nach Höherem strebte, sich dorthin beworben hatte.

Zum Alltag gehörte für Klaus nun etwas gar nicht ganz Alltägliches: das Packen von Umzugskartons. Zum ersten Mal in seinem Leben tat er das mit Freude – er bereitete ja immerhin den Umzug ins eigene Haus vor!

Selbstverständlich war vorerst nur das einzupacken, was aktuell nicht benötigt wurde. Als ihm klar wurde, wie viele Kisten er mit solchen Dingen füllen konnte, kam Klaus der Gedanke, dass ein bevorstehender Umzug eigentlich die ideale Gelegenheit zum Ausmisten wäre.

Würde hier eine fürsorgliche Frau mitmischen, dachte er sich, dann stünde inmitten der Kartons ein großer Sammelbehälter für Wegwerf- und Verschenk-Sachen. Andererseits war im Tannbacher Haus genug Platz, und man konnte nie wissen, was man irgendwann vielleicht mal gebrauchen könnte. Also wurde dann doch nicht ausgemistet oder jedenfalls das Ausmisten auf eine undefinierte andere Gelegenheit verschoben.

Im Keller machte Klaus beim Sichten seiner Schätze eine kleine Entdeckung: An einem Regal lehnte ein alter Spiegel mit einem etwas wurmstichigen, aber immer noch schön anzuschauenden Holzrahmen.

»Ja, klar«, rief Klaus laut durch den Keller, obwohl er ganz allein war, »den hat mir doch Tante Josefine vor mindestens hundert Jahren geschenkt!«

Im selben Augenblick zuckte er zusammen, als hätte er in dem wiedergefundenen Spiegel ein Gespenst erblickt.

»Scheiße, der Brief!« Das kam jetzt weniger laut, dafür umso nachdrücklicher. Als Klaus sich daran erinnerte, von wem der Spiegel stammte, fiel ihm mit einem Mal jener Brief wieder ein, den er an seine tote Tante geschrieben hatte. Der sollte ja ein Äquivalent zu dem Gebet verkörpern, das sie sich von ihm gewünscht hatte. Und der Brief hätte doch vor dem ersten Notartermin an Josefines Grab verlesen, vergraben oder verbrannt werden sollen! So jedenfalls hatte Klaus es sich vorgenommen. Nun aber schämte er sich erbärmlich, weil der durchaus sorgsam zu Papier gebrachte »Gebetsbrief« in einer Mappe zwischen Makler-Exposé, Versicherungsanträgen und Klempner-Rechnung in Vergessenheit geraten war.

Klaus schaute auf die Uhr. Die Stadt Großbergen, auf deren Friedhof die Tante ruhte, war von Krontal etwa 80 Kilometer entfernt. Die Angelegenheit ließe sich also noch am selben Nachmittag erledigen – allerdings nur bei Benutzung des Autos, was Klaus ja nach Möglichkeit stets vermeiden wollte. Nun kam ihm jedoch eine Idee, deren Umsetzung mit Bus und Bahn nur äußerst schwer zu bewerkstelligen gewesen wäre.

Eineinhalb Stunden später traf das vergessliche Patenkind am Großbergener Friedhof ein. Das Grab war schnell gefunden, da man für neuere Gräber einen eigenen Bereich vorgesehen hatte. Klaus ging nochmals zurück zu seinem Auto, um dann schwer beladen erneut das Grab der fünf Monate zuvor verstorbenen Josefine Pentig aufzusuchen. Dabei begegnete ihm lediglich ein hochbetagter Friedhofsbesucher, der sich nur im Stillen zu der Frage bemüßigt sah, warum jemand einen riesigen Musikinstrumentenkoffer zwischen den Gräbern herumschleppte.

Da es zum Glück nicht regnete, konnte Klaus also seine Idee verwirklichen, am gar so spät besuchten Grab einen Choral zu spielen. Wofür war er denn Musiker? Die Tante hatte sich ein Gebet gewünscht, und Choräle sind letztlich gesungene Gebete – wenn auch in diesem Fall, ganz im Sinne des religionsfernen Patensohns, auf die Melodie reduziert.

»Herzlich tut mich verlangen« hatte Klaus ausgewählt, also den Choral, nach dessen Melodie das bei Begräbnissen beliebte *Wenn ich einmal soll scheiden* gesungen wurde. Als der letzte Ton verklungen war, bemerkte Klaus, dass mehrere Friedhofsbesucher nähergekommen waren, um andächtig zu lauschen. Eine in Schwarz gekleidete Frau schnäuzte sich vernehmlich in ihr Taschentuch. Als Störung war dieses Ständchen offenbar von niemandem empfunden worden. Das dicke Schwein verschwand sodann wieder im Koffer und wurde ins Auto zurückgebracht.

Als Klaus nun zum dritten Mal bei Josefines Grab erschien, hatte er außer dem Gedenkbrief den Radmutternschlüssel aus dem Autowerkzeug dabei.

Spontan hatte er beschlossen, den Brief weder zu verlesen noch zu verbrennen, sondern zu vergraben. Da er an diesem Ort aber nicht über eine Schaufel verfügte, musste der Schraubenschlüssel für Grabungsdienste herhalten. So fand kurz darauf der Brief an die Patentante einen Viertelmeter unter der Erdoberfläche seine ewige Ruhe.

Ewig? Klaus dachte kurz darüber nach, was wohl zuerst zu Staub würde: der Tante Gebeine oder sein Brief. Letztlich konnte die Frage aber unbeantwortet bleiben, und der musikalische Briefbestatter fuhr zufrieden nach Krontal zurück.

Zu Hause sah er sich den holzgerahmten Spiegel nochmals an. Keine Frage, dass der einen Ehrenplatz im Flur bekommen würde. Immerhin handelte es sich um das Haus, das mit dem Geld der verstorbenen Patentante finanziert wurde. Klaus freute sich aufrichtig: Nicht nur, dass er seine Wohltäterin auf diese Weise ehren konnte. Das gute Stück schien ihm außerdem, auch wenn es schon teilweise blind geworden war, recht gut in das ebenfalls nicht mehr ganz neue Haus zu passen.

Wahrscheinlich sind wir ungefähr gleich alt, der Spiegel und ich, dachte Klaus. Mal sehen, wer ab jetzt schneller altern wird.

Gereimtes

In den folgenden Juni-Wochen vollzog sich das Altern bei Klaus in normalem Tempo. Ausgesprochen langsam hingegen ging die Umzugsplanung voran. Die geballten Behäbigkeiten von Nachlassgericht, Darlehensbank, Notariat und Grundbuchamt sorgten dafür, dass das Eigentum an der Tannbacher Immobilie alles andere als zügig auf den zunehmend ungeduldigen Erwerber überging.

Und die Liebe? Hier lagen die Dinge etwas anders, denn »behäbig« konnte man Carolin sicherlich nicht nennen. Sie schwankte zwischen zwei Ansprüchen, die – so eng sie auch miteinander verwoben waren – kaum unter einen Hut gebracht werden konnten: Da war auf der einen Seite der Wunsch, ihrer Ehe durch die gemeinsame Teneriffa-Reise eine faire Chance zu geben. Dies verlangte, bis dahin größtmöglichen Abstand zu dem potenziellen Ehebrecher zu halten. Um jedoch bei der Fairness Einseitigkeit zu vermeiden, erschien es ihr durchaus sinnvoll und sogar notwendig, Klaus in möglichst vielen Facetten kennenzulernen.

Carolin selbst zweifelte sehr wohl daran – und ganz vorsichtig tat dies bei den einschlägigen Telefonaten auch ihre Freundin Antje –, ob solche rationalen und gerechtigkeitsorientierten Vorgaben überhaupt umsetzbar waren. Zunächst aber hielt sie tapfer an dem Vorsatz fest, sich nicht von zufälligen Gelegenheiten und unterschiedlich starken Gefühlsschüben steuern zu lassen.

Große Lust hätte Carolin gehabt, Klaus zu fragen, ob sie mit ihm zu einem seiner Tango-Abende gehen könnte. Sie schreckte davor aber nicht nur deshalb zurück, weil sie vom Tango-Tanzen keine Ahnung hatte. Sie war zudem unsicher, welcher Art von Öffentlichkeit sie sich damit aussetzen würde. Die Vorstellung jedoch, mit Klaus in südamerikanisch leidenschaftlicher Umarmung übers Parkett zu wirbeln, zog sie mächtig an.

Wo sie diesen Mann unbedingt näher kennenlernen wollte, war in der Welt der Gedichte. Bei ihrem ersten Treffen hatte es zu diesem Thema nur Andeutungen gegeben. So sah Carolin wieder einmal einen Anlass, die für sie beide derzeit wichtigste Kommunikationsform zu nutzen. Sie schrieb über ihr Mailprogramm:

Mein lieber Verseschmied,

erinnerst du dich daran, wie du dich selbst so bezeichnet hast? Das war bei unserer Begegnung auf dem Krontaler Höhenweg. Wir sprachen über Lyrik, und du hast mir den Mund wässrig gemacht mit der Andeutung, dass du gelegentlich »nicht ganz ernst Gemeintes« dichten würdest. Meinen Wunsch nach einer kleinen Kostprobe hast du dann aber nicht etwa umgehend erfüllt, wie die schmachtende Dame es von einem feinfühligen Lyriker eigentlich erwar-

ten kann. Stattdessen murmelte der Herr Dichter et-
was von »anderer Gelegenheit«.

So, mein Herr. Die andere Gelegenheit ist ge-
kommen. Keinerlei Ausflüchte werden mehr akzep-
tiert. Ich sitze erwartungsvoll im virtuellen Zuhö-
rerraum, die elektronische Lesung ist eröffnet!

Und zur Belohnung bekommst du dann je nach
Begeisterungsgrad höflichen Applaus oder einen
Kuss – leider auch nur elektronisch ...

Die Antwort des Herrn Dichters ließ nicht lange auf
sich warten:

Liebe schmachtende Dame,

da habe ich ja etwas angerichtet! Und wollte sei-
nerzeit doch eher abwiegeln als anstacheln! Aber
nun lässt der in Aussicht gestellte Lohn mir gar
keine andere Wahl, als zu liefern. So lies mal das:

Er ist's

Frühling lässt sein blaues Band
Wieder flattern durch die Lüfte;
Süße, wohl bekannte Düfte
Streifen ahnungsvoll das Land.
Veilchen träumen schon,
Wollen balde kommen.
Horch, von fern ein leiser Harfenton!
Frühling, ja du bist's!
Dich hab' ich vernommen!

Auch wenn das jetzt so gerade noch zur Jahreszeit
passt, ist mir klar, dass die Leserin nun gewiss nicht

mehr schmachtet, sondern voller Empörung »Pla-
giat!« rufen wird. Ich gebe also ganz geschwind zu,
dass der Autor dieser Zeilen nicht K. G., sondern
Eduard Mörike war. Das nicht ganz ernst Gemeinte *aus meiner Feder kommt gleich, wofür Herr*
Mörike freundlicherweise die obige Vorlage verfasst
hat:

Er ist's

Frühling lässt die lauten Bands
Wieder lärmen durch die Lüfte;
Grillwursts wohlbekannte Düfte
Streifen ahnungsvoll das Land.
Fans, die träumen schon,
Wollen balde kommen.
Horch, von fern ein harter Schlagzeugton!
Open-Air, ja du bist's!
Dich hab' ich vernommen!

Ob es dafür wohl einen Kuss geben wird?
In Demut hoffend: der Verseschmied K. G.

Nein, es gab keinen Kuss, jedenfalls nicht per E-Mail.
Carolin war allein zu Hause, als sie Original und Pa-
rodie des Frühlingsgedichts las, da wollte sie die Gelegenheit nutzen, wenigstens übers Telefon mit dem
Dichter mündlich zu kommunizieren.

»Hallo Klaus, du Poet, ich bin wirklich beein-
druckt! Und zwar nicht nur von deinem dichterischen
Können, sondern auch davon, dass du dein großes
Thema auf so vielfältige Weise bearbeitest.«

»Du meinst das Thema Lärm? Na ja, ich denke, es ist besser, ab und zu mal zum Dichter zu werden als womöglich zum Terroristen.«

»Aber sicher! Zumal du vermutlich den Bombenbau längst nicht so gut beherrschst wie das Reimen. Hast du denn in deiner Versschublade noch mehr für mich?«

Klaus überlegte kurz. »Ich habe vor einiger Zeit mal versucht, den sogenannten Krokodilschluss in hundert Wörtern zu reimen.«

Carolin fragte ungläubig nach: »Einen Krokodilschluss? Was ist das denn? Und warum in hundert Wörtern?«

»Also, der Krokodilschluss ist ein logisches Paradoxon. Es handelt von einem Krokodil, das einer Mutter ihr Kind weggenommen hat und es ihr dann, aber auch nur dann zurückgeben will, wenn sie das Schicksal ihres Kindes – also gefressen oder zurückgegeben werden – richtig vorhersagt. Die Mutter prophezeit daraufhin, dass das Kind gefressen wird und meint, es damit gerettet zu haben: Entweder weil ihre Prophezeiung richtig ist oder weil das falsch vorhergesagte Schicksal des Kindes eben seine Rettung sein muss. Die gefräßige Echse sieht das aber ganz anders: Richtig geraten hat die Mutter nur dann, wenn das Kind tatsächlich gefressen wird. Ist das Schicksal aber Rettung, hat sie falsch geraten und verliert ihr Kind ebendeshalb. Beide argumentieren logisch und doch mit entgegengesetztem Ergebnis.«

»Tolle Geschichte«, meinte Carolin staunend. »Manchmal ist es eben doch besser, gar nicht erst Kinder in die Welt zu setzen! Aber was ist mit den hundert Wörtern und mit deinem Reim?«

»Ich bin auf den Krokodilschluss vor einiger Zeit in einer Zeitschrift gestoßen, dort natürlich anders formuliert als jetzt von mir. Die damalige Formulierung war Ergebnis eines Preisausschreibens, dessen Aufgabe es war, die Geschichte in nicht mehr als hundert Wörtern zu erzählen. Und mich hat es dann gereizt, einfach als Spielerei, das Gleiche ebenfalls in hundert Wörtern zu formulieren, aber eben in Versform.«

»Was für eine Idee!« Carolin war hell begeistert. »Du musst mich das unbedingt lesen lassen, bitte!«

Klaus, der auf dieses im Verborgenen schlummernde Werk einigermaßen stolz war, versprach, es ihr zu schicken. Gleich nach dem Telefongespräch schrieb er:

Liebe Brief- und Telefonfreundin,
  hier bekommst du von mir: weiterhin keine ernst
  zu nehmende Lyrik, aber mein grausames kleines
  Krokodilparadoxon:

Ein »Kroko« – in folgender Paradoxie –
entführte die winzig-kleine Marie.
Versprach der Mutter: Wenn sie errät,
was das Untier am End mit dem Kinde tät,
dann und nur dann bekäm sie's zurück.
Das Mutterherz daraufhin jubelt vor Glück:
Ich prophezei, du verspeisest Marie.

Wenn's richtig geraten, krieg deshalb ich sie.
Auch falsch wenn ich liege, darfst du sie nicht
braten,
denn tätest du's doch, wär's richtig geraten!
Das Biest erwidert: Fall eins, nicht schlecht,
da muss ich sie fressen, nur dann hast du recht.
Im zweiten Fall werd ich sie ebenfalls futtern,
denn falsch wär's geraten, wenn sie könnt zu
Muttern!

Viel Vergnügen wünscht dir
der Verfasser

Carolin blieb beim Lesen zuerst an der Anrede hängen. Dass Klaus sie als »Brief- und Telefonfreundin« titulierte, sollte wohl dezent daran erinnern, dass sie derzeit eben nicht mehr als eine Brieffreundin für ihn war. Die an diesen Befund geknüpfte Traurigkeit wollte sie jetzt allerdings nicht an sich heranlassen. Es ging doch vielmehr darum, sich an der (wie sie fand: vortrefflich gereimten) Krokodilgeschichte zu ergötzen.

Und sie zählte nach: Das Gedicht umfasste tatsächlich genau 100 Wörter!

Einzug

An einem grauen, aber trockenen Vormittag im August war es so weit: Der große gelbe Möbelwagen der Firma Ferdinand Holzbruch GmbH fuhr in der Tulpenstraße 8 vor. Für die Spedition Holzbruch hatte Klaus sich nicht zuletzt deshalb entschieden, weil er darauf spekulierte, dass dieses Transportunternehmen dem schlechten Omen seines Namens durch besonders sorgfältige Arbeit entgegenwirken müsste. Tatsächlich blieb auch, bis auf ein paar harmlose Kratzer am Kleiderschrank, das gesamte Umzugsgut von Holz- oder sonstigem Bruch verschont. Um ein Haar wäre allerdings der eben erst wiederentdeckte Spiegel von Tante Josefine unsanft zu Boden gegangen: Klaus hatte vergessen, die Kartonage, zwischen die er das gute Stück gesteckt hatte, auf allen Seiten zu sichern, und so war es der Geistesgegenwart eines der beiden Möbelpacker zu verdanken, dass ein Scherbenhaufen ausblieb.

Der bereits für den Vormittag angekündigte Nieselregen setzte zum Glück erst ein, als das gesamte Mobiliar nebst Kartons und diversen Einzelstücken im Hause Bachstraße 5 verstaut war. Die Möbel standen am vorgesehenen Platz, alles andere verteilte sich ziemlich planlos in den Räumen des kleinen Hauses. Nachdem die beiden Mitarbeiter der Holzbruch GmbH einen Kaffee getrunken hatten, verabschiedeten sie sich. Peter Hürpel, der sein Versprechen gehalten hatte und Klaus beim Umzug half, blieb noch eine gute Stunde, um gemeinsam mit dem Hausherrn das Chaos einigermaßen bewohnbar zu machen. Zuletzt setzten die beiden Musiker sich zusammen auf die Terrasse und tranken ein den Umständen entsprechend ungekühltes Bier.

Schließlich machte sich Peter auf den Heimweg, und mit einem Mal war es ganz still im neu bezogenen Eigenheim. Klaus hätte jetzt gern Musik aufgelegt, da die lang ersehnte Stille etwas unvermittelt über ihn hereinbrach. Aber die CD-Anlage war leider so sorgfältig verpackt, dass an ein festliches Trompetenkonzert oder eine zarte Cembalo-Sonate zur Begrüßung nicht zu denken war.

Schade, dass Tante Josefine mir nicht statt des Spiegels ihre alte Standuhr vermacht hat, dachte Klaus. Das nicht allzu laute, gleichmäßige Ticken hatte ihm damals, wenn er bei der Tante zu Besuch war, stets das Gefühl vermittelt, unter dem Schirm dieser verlässlichen Gleichmäßigkeit gut aufgehoben zu sein. So etwas fehlte ihm nun. – Aber wozu war er Musiker?

»Dickes Schwein, auch du sollst jetzt das neue Haus kennenlernen!« Mit diesen Worten holte er sein Instrument aus dem Koffer und spielte den langsamen Satz aus dem zweiten Kontrabasskonzert von Dittersdorf, jenem Komponisten, der dem Barock nicht mehr, der Klassik aber noch nicht angehörte. Noten brauchte Klaus keine, denn dieses Stück hatte er bereits für verschiedene Bewerbungsvorspiele einüben müssen. Als er zu spielen anfing, lächelte er still vor sich hin, denn es war ihm ein dazu passender Witz eingefallen:

Warum ging es Johann Sebastian Bach bei Hofe besser als nach ihm Karl Ditters von Dittersdorf? – Weil er sich mit seiner Fuge über B-A-C-H wesentlich leichter tat als dieser mit der seinen über D-I-T-T-E-R-S-D-O-R-F.

Klaus mochte diesen Musikerwitz, denn das war einer, der einmal nicht auf Kosten irgendeiner Instrumentalisten-Gruppe ging.

Bei der vorletzten Weihnachtsfeier im Bach-Orchester war als besonders unterhaltsamer Programmpunkt vereinbart worden, dass die besten Musikerwitze zusammengetragen und auf möglichst originelle Weise präsentiert werden sollten. Die beliebtesten »Opfer« dabei waren nach alter Tradition die Bratschen. Aber ausgerechnet ein Bratscher, der wegen seines ausgeprägten Humors gefürchtete Peter Hürpel, hatte die Reproduktion eines Degas-Gemäldes mitgebracht. Das Bild hieß »Tänzerinnen im grünen Zimmer«, und es zeigte eine Gruppe von Ballett-Tänzerinnen, die sich offenbar auf ihren Auftritt vorbereiteten.

Und der Musikerwitz? Den hatte es in diesem Fall gar nicht gegeben, dafür aber eine gegen Klaus Gronius gerichtete Boshaftigkeit: Auf der linken Seite des Bildes lag, wohl ebenfalls auf seinen Einsatz wartend, ein Kontrabass. Und den benutzte eine der Tänzerinnen als Schemel-Ersatz, um ihren linken Fuß etwas erhöht abzustützen. Klaus hatte lächelnd dazu bemerkt, es sei Edgar Degas natürlich nur darum gegangen, dieses königliche Musikinstrument in seinem Gemälde unterzubringen, und er habe dies so bewerkstelligt, dass jeder Betrachter sofort auf den Kontrabass blicken muss.

»Gut gekontert!«, meinte Peter damals, und als Klaus sagte, dass ihm das Bild gefalle, bekam er es gleich geschenkt. Hier, in der Bachstraße, sollte es einen Platz im Musikzimmer bekommen.

Jetzt aber gab es kein Ballett, sondern den Konzertsatz von Dittersdorf. Die Akustik im neu bezogenen Domizil war nicht schlecht, gerade weil es wegen der kahlen Wände etwas Nachhall gab. Als Klaus das kurze Stück beendet hatte, kamen ihm zwei Gedanken.

Zunächst: Wie schön wäre es jetzt, Carolin hier zu haben, mit ihr die ersten Stunden im eigenen Haus zu verbringen! Es war eine von jenen Situationen, in denen das *Ich* besonders schmerzlich realisiert, eben kein *Wir* zu sein.

Der zweite Gedanke war, als neuer Bewohner gleich einmal in den Briefkasten zu sehen. Hauserwerb und Umzug brachten ja einiges an bürokratischer Korrespondenz mit sich, und auch Handwerker-Rechnungen wären zu erwarten gewesen.

Nun, es war tatsächlich Post gekommen, aber weder von Behörden noch von Handwerksbetrieben, sondern von Carolin! Der Umschlag enthielt ein Tütchen Sonnenblumenkerne und – wie konnte es anders sein – einen Brief.

Klaus ging auf die Terrasse, ließ kurz seinen Blick über den Garten schweifen, und dann las er, jeden Satz und jedes Wort förmlich aufsaugend, was Carolin ihm geschrieben hatte.

Klaus, du Lieber,

jetzt bist du in deinem Haus eingezogen, und ich freue mich – das vor allem! – mit dir darüber.

Zugleich bin ich ein bisschen traurig, wenn ich daran denke, dass womöglich niemand da ist, der zur Feier des Tages ein Glas Sekt mit dir trinkt. Ich tröste mich allerdings mit der Überlegung, dass ein nachdenklicher Mensch wie du es vielleicht gar nicht schlecht findet, zuallererst einmal allein anzukommen. Den Sektumtrunk mag es ruhig zu einem späteren Zeitpunkt geben. Kann man sich eigentlich für die Teilnahme daran bewerben?

Ich weiß, dass für dich jetzt ein Traum in Erfüllung gegangen ist. Nun wünsche ich dir, dass du trotz unausgepackter Kisten ein wenig Zeit und Ruhe findest, dies auszukosten, es dir überhaupt bewusst zu machen.

Warum ich dir Sonnenblumenkerne schicke, wirst du vielleicht nicht (mehr) wissen – womöglich hast du sie gar nicht als solche erkannt, oder du hast sie als Vogelfutter eingestuft. Gedacht sind sie auch nicht zur Anreicherung des morgendlichen Müslis, sondern zur Verschönerung deines Gartens. Bei meinem ersten Besuch in Tannbach hattest du zu Recht festgestellt, dass in dem Garten Sonnenblumen fehlen. Voilà, hier sind sie, und falls du nicht

weißt, wie man sie sät, dann freue ich mich, wenn
ich es bin, die dir helfen darf ...
Sei umarmt von deiner
Carolin

Nachdem Klaus den Brief ein zweites Mal gelesen hatte, drückte er ihn kurz an seine Lippen – und war froh, dass ihn dabei niemand beobachten konnte, denn er gehörte nicht zu den Männern, die von Rollenklischees völlig frei sind. Und einen Brief zu küssen, galt weithin nicht unbedingt als Zeichen kerniger Männlichkeit. Auf den Umschlag schrieb er einen Satz aus einem alten Volkslied, das er in einem Stapel Notenblätter auf Trieses betagtem Klavier gefunden hatte:

Das Herz in mir kränkt sich nach dir!

Um dem sich kränkenden Herzen etwas Linderung zu verschaffen, machte er sich sogleich daran, die Sonnenblumenkerne einzusäen. Ganz genau wusste er nicht, wie man das fachgerecht zu tun hatte. Aber sein heftig empfundener Wunsch, die »Samenspenderin« möge noch am selben Tag zum Helfen kommen, lag weit entfernt von jeglicher Realität.

Dass es indes ebenso unrealistisch war, auf blühende Sonnenblumen zu hoffen, die im Spätsommer anstatt im Frühling gesät wurden, war Klaus allerdings nicht klar. Und das war gut so, denn diese Aktion hatte am Ankunftstag in Tannbach einen emotionalen Wert, der in der botanisch angemessenen Jahreszeit, also Monate später, gewiss nicht mehr zu erreichen gewesen wäre.

Tannbach

Nachdem Klaus die zum Übernachten nötigsten Utensilien ausgepackt und installiert hatte, trank er etwas Rotwein – den Begrüßungssekt wollte er demnächst mit Carolin genießen – und ging frühzeitig zu Bett. Der Umzugstag war aufregend und anstrengend gewesen.

Als er aufwachte, war er zunächst verwirrt. Er musste sich erst orientieren, weil er sich ja nicht im gewohnten Zimmer in Krontal wiederfand. Zudem erwachte er mit dem unguten Gedanken, nachts dumpf dröhnende Musik gehört zu haben. Aber das konnte er doch eigentlich nur geträumt haben: Schließlich war er nun an einem Ort, bei dem schon der Name das Versprechen enthielt, keine Geräusche außer dem Rauschen von Nadelbäumen und dem Plätschern eines kleinen Fließgewässers zuzulassen.

Klaus öffnete das Fenster und atmete genussvoll die frische spätsommerliche Morgenluft. Zu hören war außer dem gleichmäßigen fernen Brummen eines Flugzeugs nur das behäbige Gurren der Tauben, die vermutlich auf dem verwilderten Nachbargrundstück nisteten.

Das habe ich doch gut getroffen, dachte Klaus. Er zog sich an, um sogleich einen Rundgang durch seinen Garten zu unternehmen. Durch *seinen Garten!* Den Haus- und Gartenbesitzer Klaus Gronius betrachtete er im Moment noch aus einer gewissen Distanz, mit ungläubigem Staunen. Er fragte sich, wie lange es wohl dauern würde, bis dieser Status für ihn eine Selbstverständlichkeit wäre.

Als das Telefon mit seinem Klingeln die häusliche Stille zerschnitt, war sofort klar, wer da anrief.

»Guten Morgen, Herr Großgrundbesitzer«, erklang eine muntere Stimme. »Wie war denn die erste Nacht hinter den sieben Bergen?«

»Carolin! Wie lieb, dass du anrufst! Ich glaube aber, es sind acht oder neun Berge.«

»Wieso denn gar so viele?«

»Ach, ich hatte das Gefühl, dass du furchtbar weit weg bist. – Na ja, genau genommen bin eher *ich* derjenige, der so weit weg ist. Und zwar am Ende der Welt, oder sogar jenseits davon.«

»Hey, jetzt sei nicht undankbar mit deinem Schicksal! Du bist nur gerade *so* weit weg, dass du vom Krontaler Trubel nichts mitbekommst, aber nah genug, dass zum Beispiel ich eine Einladung auf deinen Landsitz ohne Weiteres annehmen könnte.«

»Bist du nicht längst schon eingeladen? Ach was, du brauchst gar nicht eingeladen zu werden! In Gedanken sehe ich dich sowieso dauernd hier im Haus oder im Garten herumspringen.«

»Nee, nee, Klaus, Gespenster springen nicht, die schweben nur.«

»Wie garstig von dir, meine romantischen Traumbilder als Gespenster zu bezeichnen!« Klaus versuchte, vorwurfsvoll zu klingen, musste aber doch über das Carolin-Gespenst lachen. »Ich habe jedenfalls hier in Tannbach noch mehr Sehnsucht nach dir, als ich im Städtchen hatte. Aber auch wenn du jetzt eher garstig sein willst: Es war eine so liebevolle Idee, dass du mich hier mit deinem Brief begrüßt hast. Die Sonnenblumenkerne habe ich gleich gestern eingesät. Das gibt bestimmt ganz prächtige Blumen!«

Carolin sah keine Notwendigkeit, ihm mit einem Hinweis auf seinen Irrtum eine Enttäuschung zu bereiten. Den botanischen Nachhilfeunterricht im Frühjahr zu erteilen, würde vollkommen ausreichen. Und dann würde sie eben neue Sonnenblumenkerne liefern – wenn sie bis dahin ... aber um diese Grundsatzfrage musste es ja jetzt nicht gehen.

Klaus erzählte ihr noch von seinen sonstigen Erlebnissen rund um den Umzug, und zuletzt verabredeten sie sich für den übernächsten Tag zum Einstandssekt.

Mit großem Elan stürzte sich Klaus danach auf die Umzugskartons, um die Voraussetzungen zu schaffen, Carolin in einem halbwegs wohnlichen Haus empfangen zu können. Bilder hängte er allerdings noch nicht auf. Zwar war ihm bewusst, wie viel sie für eine schöne Atmosphäre bewirken können. Aber er hoffte, dabei zwei Tage später weiblichen Rat in Anspruch nehmen zu können. Dies auch deshalb, weil eine solche Gemeinschaftsaktion das Haus in einem wichtigen Bereich zu einem *gemeinsamen* Haus werden lassen könnte.

Am Nachmittag war ein näheres Kennenlernen des neuen Wohnorts fällig. Klaus war bis dahin ausschließlich mit dem Auto durch Tannbach gefahren. Als er nun aus dem Haus trat, sah er gegenüber den

Nachbarn, der mit der Kamera in der Hand das Garagentor absuchte.

Ah, Herr von Kleemeyer ist auf Käferjagd, erkannte Klaus. Sie wechselten ein paar freundliche Begrüßungsworte, wobei der Neuankömmling nochmals um Mithilfe bei der Suche nach Rhizotrogus cicatricosus gebeten wurde.

Wenn das dramatische Insektensterben in unserem Land weitergeht wie bisher, dachte Klaus, dann wird es bald bei allen Käferarten eine Sensation sein, ein Exemplar zu entdecken. Er sagte aber nichts, denn er wollte seinem freundlichen Nachbarn nicht mit den bedrückenden Befunden der Wissenschaft die Laune verderben. Stattdessen machte er sich auf den Weg zu seiner Besichtigungstour.

Er ging zuerst ins Zentrum – oder vielmehr dorthin, wo einmal eine Art Zentrum gewesen sein musste. Das war wie üblich bei der Kirche, die man jedoch eher als Kapelle bezeichnen musste. Das Gotteshaus stammte aus der Barockzeit, ließ aber jegliche barocke Pracht vermissen. Hier hatte augenscheinlich schon seit Längerem niemand mehr etwas für sein Seelenheil getan. Und ebenso wenig für die Pflege der Bausubstanz! Der Putz bröckelte an vielen Stellen, und auf das schlichte Holzportal hatte – offenbar schon vor geraumer Zeit – jemand das Wort *FUCK* gesprüht.

Gegenüber dem Kirchlein und dem Denkmal für die Gefallenen der Weltkriege stand die zweite ehedem zentrale Einrichtung des Dorfs: ein schmuckloser Flachbau aus den 1960er-Jahren mit der inzwischen nicht mehr sehr leuchtend roten Aufschrift *Lebensmittel Römer*.

Das ist wohl wirklich aus den Zeiten der Alten Römer, überlegte Klaus, als er durch die trübe Schaufensterscheibe in den leergeräumten Laden blickte. Neben dem Schaufenster stieß er auf einen alten Bekannten: Dieser Flachbau-Albtraum war nämlich noch zu haben, und zwar über das Immobilienbüro Nick Langbecher (Motto: *Wir führen Sie zu Ihrem Wohntraum*)!

Na, zum Glück hat der Langbecher gelegentlich auch ansprechendere »Objekte« anzubieten, dachte sich Klaus und spazierte weiter durch das ziemlich ausgestorbene Dorfzentrum. Immerhin kam ihm eine junge Frau mit Kinderwagen entgegen. Ihr Redeschwall in russischer Sprache galt weder ihrem Kind noch dem Spaziergänger, sondern ihrem Mobiltelefon, das sie zwischendurch immer wieder heftig schüttelte, um es so wieder für kurze Zeit zum Funktionieren zu bringen.

Aber die Russisch sprechende Dame hätte sogar eine Ausweichmöglichkeit gehabt, denn an der nächsten Straßenecke stand ein originales gelbes Telefonhäuschen.

Bis hierher haben es also nicht mal die Kulturzerstörer von der Telekom geschafft, stellte Klaus fest.

Für die Ess- und Trinkkultur des Ortes versprach das übernächste Haus seinen Beitrag zu leisten: »Zum Elch« hieß die Gaststätte, bei der man nicht eindeutig erkennen konnte, ob sie noch (regelmäßig oder gelegentlich) geöffnet hatte oder längst dem Beispiel von *Lebensmittel Römer* gefolgt war.

Ob es hier wirklich einmal Elche gab, überlegte Klaus; das könnte sicherlich der zungenbärtige Herr von Kleemeyer beantworten – auch wenn es sich in diesem Fall nicht um eine Käferart handelte. Neben der Tür des Lokals hing eine Speisekarte, die von deprimierender Einfallslosigkeit zeugte, aber doch ein Indiz dafür war, dass die aufgeführten Wiener Schnitzel, Currywürste und Rumpsteaks tatsächlich noch in der Gegenwart angeboten wurden.

Kurz danach war bereits das Ortsende erreicht. Dort, an der Straße Richtung Neudorf, gab es eine Kiesgrube, an deren Rand das Gelände steil abfiel. An der Kiesgrube entlang führte ein unbefestigter Fahrweg zu einem offenbar ehemaligen Fabrikgebäude mit teilweise vernagelten Fenstern. Dessen Außenansicht ließ keine Rückschlüsse darüber zu, welcher Art die Produkte gewesen sein mögen, die hier einmal hergestellt worden waren.

Etwas enttäuscht ging Klaus zur Bachstraße zurück, begegnete dabei nochmals der telefonierenden Russin mit Kinderwagen, sah ansonsten aber lediglich eine am offenen Küchenfenster hantierende Hausfrau und einen in seinem Gemüsegarten beschäftigten alten Mann.

Pulsierendes Leben in einem malerischen Dorfkern hatte Klaus nicht erwartet – und auch nicht gesucht. Aber ganz so öde war ihm Tannbach bei seinen bisherigen Besuchen doch nicht vorgekommen. Man nimmt eben eine Umgebung, bei der feststeht, dass man dort auf absehbare Zeit leben will oder soll, anders wahr als in einer Situation, in der es um das (unbewusste) Sammeln von Argumenten für den Umzug in einen solchen Ort geht. Nun war Klaus es selbst, der sich sagte: Du wolltest doch in die Abgeschiedenheit – jetzt wird das Beste daraus gemacht!

Die Bachstraße führte zu dem Gewässer, das dem Dorf Tannbach seinen Namen gegeben hatte, und ging dabei in einen Waldweg über. Den zu erkunden, würde Klaus voraussichtlich mehr Freude bereiten als die Dorfbesichtigung. Diese Freude wollte er sich aber etwas aufsparen, deshalb kehrte er nun nach Hause zurück und widmete sich wieder dem Bewohnbarmachen seiner Zimmer.

Einstand

Am übernächsten Tag, es war endlich 17 Uhr geworden, lief Klaus sofort nach draußen, als er hörte, dass Carolins Wagen in die Bachstraße eingebogen war. Als er ihre strahlenden Augen sah, fragte er sich, woher sie denn an solch einem frühherbstlichen Nebeltag diese unglaubliche Fröhlichkeit nehmen konnte. Und er wurde gleich neugierig, was sich wohl in dem großen Picknickkorb verbergen würde, den sie aus dem Auto hievte.

»Nein, da sind keine Sektflaschen drin«, kam sie seiner Frage zuvor. »Dafür hast du doch schon längst gesorgt, oder? Aber wenn wir irgendwann Hunger kriegen, haben wir nun die Wahl: Entweder wir gehen in eines der Top-Restaurants hier am Ort, oder wir machen uns über dieses Körbchen her. Jedenfalls vermute ich, dass du heute weder Zeit noch Gelegenheit hattest, irgendwelche Einkäufe für ein standesgemäßes Diner zu tätigen.«

»Das beängstigt mich ja beinahe, wie umsichtig du bist!«, sagte Klaus staunend. »Es verhält sich tatsächlich alles so, wie du vermutet hast. Na ja, mit unseren hiesigen Gourmet-Tempeln ist es so eine Sache. Es käme letztlich nur das Spezialitätenlokal »Zum Elch« in Betracht.«

»Zum Elch?! Das klingt allerdings sehr speziell. Ich schlage vor, dass du jetzt erst mal so galant bist, mir den Elchersatzkorb abzunehmen, und dann so liebenswürdig, mich in deine Villa zu bitten.«

So charmant dieses Monitum auch vorgetragen war, machte es Klaus doch einigermaßen verlegen. Sie standen in der Tat immer noch am Gartentörchen, Carolin mit dem stattlichen Korb am Arm. Leicht errötend griff er schnell nach dem Henkel und führte seine so sehnlich erwartete Besucherin ins Haus.

Als die Haustür geschlossen war, kam die nächste Aufforderung: »Jetzt begrüß mich doch mal richtig!«

»Eher galant oder liebenswürdig?«

»Such es dir aus«, flüsterte sie ihm ins Ohr, denn da standen sie schon eng umschlungen. Und die gleich folgenden Küsse ließen auch kein Flüstern mehr zu.

Nachdem also die Begrüßung weder »galant« noch lediglich »liebenswürdig« verlaufen war, fasste Carolin Klaus' Schultern und ließ sich nach hinten in seine Arme fallen. »Weißt du eigentlich, wie viel ich an dich gedacht habe in den vergangenen Tagen?«, fragte sie.

»Klar weiß ich das, sonst hätte doch nicht alles so gut geklappt mit meinem Umzug!«

»Aber dass es hier schon so wohnlich aussieht, ist nicht mein Verdienst, oder? Komm, zeig mir mal die anderen Räume!«

Nach einem kleinen Rundgang stellte Carolin fest: »Erstaunlich, wie so ein Haus sein Gesicht verändert, sobald jemand seine Sachen hineinstellt. Und ich finde es schön, dass dieses Haus jetzt anfängt, ein Klaus-Gesicht zu bekommen.«

»Aber etwas ganz Wichtiges für die Gesichtsentwicklung fehlt ja noch«, wandte Klaus ein. »Schau doch mal, wie kahl die Wände sind.« Dabei sah er sie erwartungsvoll an.

»Willst du damit sagen, dass ich hier eine Aufgabe habe?« So, wie sie bei dieser Frage strahlte, erweckte sie den Eindruck, als hätte sie sich auf nichts so sehr gefreut wie auf das Bilder-Aufhängen in der Bachstraße.

Wenn das nicht genau die Frau ist, mit der ich glücklich werden könnte, dachte Klaus in diesem Augenblick. Er nahm sie wieder in den Arm.

»Also, in diesem Zimmer habe ich dich heute noch nicht begrüßt«, sagte er und küsste sie – wiederum ziemlich anders als lediglich galant. Erst jetzt wurde ihm bewusst, dass sie sich nun in seinem (künftigen) Schlafzimmer befanden. Dieser Umstand erregte ihn spürbar, was ihm jedoch eher merkwürdig als naheliegend vorkam. Denn was auch immer in Sachen Sex zwischen ihnen geschehen könnte – es würde gewiss nicht davon abhängen, dass sie sich im Schlafzimmer aufhielten.

»Schade, dass dein Haus nur so wenige Zimmer hat«, sagte Carolin seufzend. »An dieses Begrüßtwerden könnte ich mich glatt gewöhnen!«

»Ach, wir können von mir aus gern zwischen Wohn- und Schlafzimmer hin- und herpendeln – mit erneuter Begrüßung bei jedem Wechsel«, sagte Klaus lachend. »Aber jetzt sollte ich dir mal den versprochenen Sekt anbieten, sonst fang ich mir wieder eine Mahnung ein.«

»Los, los, die Mahnung ist schon in Vorbereitung«, scheuchte Carolin ihn. »Und ich kümmere mich um den Picknick-Korb.«

So tranken sie nun also den von Klaus aufgesparten Einstandssekt, dazu gab es diverses Käsegebäck und sonstige Leckereien, die Carolin in den Korb gepackt hatte.

Mit einer Dehnung, die jedes ihrer Worte wie ein kleines Liebeslied klingen ließ, sagte Carolin: »Ich glaube, ich mag Tannbach.« Sie hätte genauso gut sagen können *Ich möchte am liebsten für immer hier bei dir bleiben.*

»Dann bleib«, war denn auch die Antwort – allerdings kaum hörbar von Klaus geflüstert. Dass Carolin eigentlich ein anderes Leben führte, weitab von Tannbach und von ihm, konnte und durfte er nicht ganz verdrängen.

Draußen hatte der Nebel inzwischen unterschiedliche Schichten gebildet: Den Boden polsterte er mit dicken Kissen, in der Höhe formte er ein wolkenähnliches Dach. Und zwischen diesen beiden Nebelschichten schafften es ein paar Strahlen der untergehenden Sonne, die Rosen vor dem Wohnzimmerfenster zu berühren.

»Sieh mal, was für eine schöne Herbststimmung jetzt entstanden ist«, sagte Klaus. »Da kann man doch kaum anders, als Tannbach zu mögen!«

»Ja, der Nebel hat die Sonne verzaubert. Oder ist es umgekehrt?«

»Vielleicht beides zusammen. Aber für ein paar Minuten musst du den Zauber jetzt allein genießen.«

Klaus stand auf und ging zur Toilette. Kurz nach ihm erhob sich auch Carolin.

Als Klaus ins Wohnzimmer zurückkam, war das Sofa leer. Er setzte sich trotzdem. Carolin sollte sich in seinem Haus beliebig bewegen können, ohne dass er gleich hinter ihr her wieselte.

Als er gleich darauf aber ganz leise den Ruf »Klaus, mir ist kalt« vernahm, war ihm sofort klar, von wo die Frau, die er heute mehr denn je zuvor begehrte, gerufen hatte. Er stand auf und ging ins benachbarte Schlafzimmer, dessen Tür halb offen stand.

Wie hat sie es in der kurzen Zeit bloß geschafft, auch noch eine Kerze aufzutreiben und anzuzünden, fragte sich Klaus. Aber er befasste sich höchst halbherzig mit dieser Frage, denn dass Carolin sich in sein Bett gelegt hatte, war zweifellos das viel größere Ereignis. Warum ihr trotz Zudecke zunächst kalt war, erklärte sich durch einen Blick auf den Kleiderhaufen neben dem Bett.

Klaus beugte sich über sie und küsste ihren Mund – so vorsichtig, als müsste er beweisen, dass die nackte Schöne in seinem Bett ihn nicht gleich zu einem draufgängerischen Wüstling machte.

»Komm bitte, ich will dich jetzt.« Mehr brauchte sie nicht zu sagen.

Auch er zog sich aus und schlüpfte zu ihr unter die Decke. Sie schmiegten sich aneinander und verharrten so für einen innigen Augenblick. Dann drehten sie sich in enger Umarmung so weit, dass Carolin auf dem Rücken lag und er auf ihr. Fast wie von selbst vereinigten sie sich, was bei ihr einen beglückten

Seufzer auslöste. Klaus bewegte sich nur ganz sachte, aber nun nicht aus Vorsicht, sondern weil Carolin ihn fest umklammert hielt – und weil gar nicht viel Bewegung nötig war.

Sie kamen fast gleichzeitig, erlebten diesen ersten gemeinsamen Orgasmus in einer Mischung aus ungläubigem Erstaunen, überwältigender Gefühlstiefe und furchtsamer Erwartung eines plötzlichen Erwachens aus dem verbotenen Rausch.

»Carolin, ich liebe dich«, flüsterte Klaus.

Sie aber sagte nur »psst« und legte ihm einen Finger auf den Mund. Sie wollte und brauchte nicht zu erklären, dass sie nicht oder jedenfalls noch nicht ganz bei ihm sein konnte, auch wenn ihr selbst dies gegenwärtig als das allerhöchste Glück erscheinen mochte.

Klaus konnte nicht nur auf Erläuterungen gut verzichten, auch eine verbale Erwiderung seiner Liebeserklärung war für ihn jetzt nicht von Bedeutung. Was sie für ihn empfand, war mit hinreichender Deutlichkeit erkennbar. Das Aussprechen hätte womöglich dazu geführt, dass auch alle vorhandenen Beschränkungen und Einwände gleichsam aus dem Nebel aufgetaucht wären.

Draußen war es längst dunkel geworden, und das einzige Licht im Haus kam von der Kerze, die Carolin vor der Erkundung von Klaus' Bett angezündet hatte. Sie lagen eine Weile in zärtlicher Umarmung, ohne etwas zu sagen. Beide wollten sie dem inneren Aufruhr eine äußere Stille zur Seite stellen, aber sie wollten auch das harte Benennen bitterer Wahrheiten vermeiden.

Eine dieser Wahrheiten konkretisierte sich, als Carolin auf den Wecker neben dem Bett sah. Er signalisierte ihr, dass ein rascher Abschied angebracht war. Nur so ließe es sich vermeiden, mit unangenehmen Fragen des demnächst heimkehrenden Henning konfrontiert zu werden. War es das wert? Es schien ihr so. Denn nach diesem kurzen, aber intensiven Liebesrausch würde sie es unerträglich finden, mit ihrem Ehemann ein Katz-und-Maus-Spiel zu veranstalten.

»Jetzt musst du mich ziehen lassen, du wunderbarer Liebhaber«, sagte sie traurig. Und nach einer kurzen Pause: »... damit ich wieder zu dir kommen kann!«

Der Nachsatz klang schon etwas weniger betrübt, und Klaus hütete sich, mit ihr eine Diskussion darüber zu beginnen, ob es denn wirklich sein müsse.

Stattdessen bat er sie: »Komm bald und zünde wieder eine Kerze an!«

Bei diesen Worten zu strahlen, fiel ihm nicht schwer, denn für ihn stand jetzt nicht der Abschied im Vordergrund, sondern das beglückende Erlebnis dieses Nachmittags, von dem er inständig hoffte, es möge auch in die Zukunft weisen.

Post festum

Auf der Fahrt nach Lanzenheim gelang es Carolin zu ihrem Bedauern nicht, in den Glücksgedanken der vergangenen Stunden zu schwelgen. Es war das erste Mal, dass sie in ihrer Ehe fremdgegangen war. Dies schien ihr aber nicht der Grund für die Unruhe zu sein, die sie jetzt zunehmend erfasste. Mit Henning hatte sie schon frühzeitig vereinbart, dass ein sexueller Seitensprung nicht per se eine Katastrophe sein müsste. Entscheidend sollte sein, ob ihre Beziehung dadurch in Gefahr geraten würde, was beide nicht schon dadurch als gegeben ansahen, dass man mal in einem fremden Bett landen würde. Nun war es allerdings so, dass Carolin die Geschichte mit Klaus inzwischen sehr wohl als brandgefährlich für ihre Ehe betrachten musste – rückblickend bereits *bevor* sie nun zum ersten Mal Sex mit ihm hatte.

Als sie vor dem Grabeel'schen Bungalow vorfuhr, sah sie, dass Henning offenbar schon zu Hause war. Trotz aller vernünftiger Vereinbarungen und ungeachtet der Distanz, die zwischen ihnen beiden seit einiger Zeit bestand, war Carolin sich ziemlich sicher, dass es gleich zu einer unschönen Szene und zu unangenehmer Erklärungsnot bei ihr selbst kommen würde. Wie entsetzlich weit weg waren doch die Tannbacher Glücksmomente, als sie nun die Haustür aufschloss.

Wie befürchtet, kam Henning ihr gleich entgegen. Er war keineswegs völlig ahnungslos. Nicht, dass er etwa ihre E-Mails gelesen oder von ihren Treffen mit Klaus etwas erfahren hätte. Aber dass sie verliebt war, dass sich jedenfalls ihr Gemüt im Ausnahmezustand befand, hatte er durch die winzigen Veränderungen ihres Aussehens und ihres Verhaltens erahnen können.

»Carolin! Ich bin froh, dass du da bist«, begrüßte er sie. Das klang weder wütend noch vorwurfsvoll, nicht einmal sarkastisch, sondern eher ein wenig resigniert. »Es mag ja albern sein, trotzdem hab ich mir Sorgen um dich gemacht. Es geht dir aber gut, oder?«

»Henning, ich bin ...«, fing Carolin kleinlaut an, aber ihr Mann fiel ihr ins Wort.

»Erkläre mir bitte nichts« – weiterhin in einem etwas müden, aber nicht unfreundlichen Ton –, »du bist ein freier und erwachsener Mensch, und wir beide sind ja nun wahrlich nicht mehr in den Flitterwochen. Es ist gut, dass dir offenbar nichts zugestoßen ist.«

Er hätte jetzt gern noch gefragt, ob es bei ihrer geplanten gemeinsamen Teneriffa-Reise bleiben würde. Aber eine solche Frage würde dann doch wieder genau die Dramatik in die Situation bringen, die er ganz bewusst hatte vermeiden wollen – auch um Carolin eine gewisse Großzügigkeit zu signalisieren. So sagte er bloß: »In der Küche steht ein Rotwein, den ich vorhin geöffnet habe.« Damit ging er wieder in sein Arbeitszimmer, um sich weiter mit der Partitur des Requiems von Johannes Brahms zu beschäftigen.

»Danke, Henning«, rief Carolin ihm nach, und das bezog sich nicht nur, vielmehr am allerwenigsten auf den Rotwein.

Auch sie zog sich, mit einem Glas Cabernet Sauvignon in der Hand, in ihr Zimmer zurück. Eine Art Partitur hatte sie ebenfalls im Kopf, es waren aber nicht die Noten für Solisten, Chor und Orchester. Bei ihr war es gewissermaßen ein Trio – für zwei Männerstimmen und eine Geige –, dessen komplizierte Harmonik sie möglichst bald zu entwirren hatte.

Man sollte meinen, dass dagegen die Durchdringung der romantischen Chormusik, die der Kirchenmusikdirektor zu leisten hatte, vergleichsweise einfach zu bewerkstelligen gewesen wäre. Aber an diesem Abend kam Henning Grabeel nicht weiter. Bei der Textzeile »Denn alles Fleisch, es ist wie Gras« geriet er von der biblischen Metaphorik auf gedankliche Abwege. Er musste an das Wort »Fleischeslust« denken, und von dort war der mentale Weg zu dem, was er ganz zu Recht als Grund für Carolins nachmittägliche Abwesenheit vermutete, nicht weit.

Er spürte einen Anflug von Stolz in seiner Brust, dass ihm, wie er fand, ein recht souveräner Auftritt vor seiner offensichtlich untreuen Frau gelungen war. Er hatte ihr keine Szene gemacht – ein Verhalten, das er verabscheute –, sondern im Gegenteil sich so großzügig gezeigt, dass sie ihn doch allein schon deshalb einfach lieben musste!

Oder war diese Großzügigkeit womöglich kontraproduktiv gewesen? Machte er es ihr damit vielleicht allzu einfach, in fremden Betten *herumzuvögeln*? Dies war eine Wortwahl, die zu Henning eigentlich nicht passte, nun aber kam sie ihm in den Sinn. Dabei dämmerte es ihm, dass eine solche sexuelle Freizügigkeit seinen Gleichmut doch stärker erschütterte, als er es für möglich gehalten hätte.

Am Ende bin ich, wenn es ernst wird, doch nur ein kleiner Spießer, dachte er und nahm einen großen Schluck aus dem Rotweinglas.

Zwei Zimmer weiter schlug Carolin sich mit einem ähnlichen Zwiespalt herum – abgesehen davon, dass sie die Vorstellung beunruhigte, Henning könnte von ihrem Liebesabenteuer etwas wissen oder zumindest ahnen. Sie war ihm wirklich dankbar, dass er nicht nur auf ein »Verhör« verzichtet hatte, sondern sogar auf ihre freiwillige »Beichte«, zu der sie gleich nach der Begrüßung hatte ansetzen wollen. Aber musste sie daraus nicht den Schluss ziehen, dass es ihm egal war, mit wem sie ins Bett ging, dass er ihre Ehe vielleicht schon aufgegeben hatte?

Doch halt, das war nun ungerecht: Ihr Mann hatte sich ja offensichtlich Sorgen um sie gemacht und erkennbar erleichtert auf ihr Erscheinen reagiert. Da musste sie es ihm fairerweise schon abnehmen, dass er deshalb keine Selbstbezichtigung von ihr hatte hören wollen, weil er, gerade vor dem Hintergrund ihrer Ehekrise, die Autonomie seiner Frau respektierte.

Henning hat sich eigentlich genau so verhalten, wie ich mir meinen Partner – jedenfalls theoretisch – immer gewünscht habe, räumte sie sich selbst gegenüber ein. In der Praxis wäre allerdings dann doch ein wenig Eifersucht ein irgendwie beruhigendes Zeichen gewesen.

Nun aber unternahm Carolin endlich den immer noch aussichtslosen Versuch, das nachzuholen, was ihr auf der Heimfahrt nicht gelungen war: das Nachempfinden dieser so bedeutsamen Stunden mit Klaus – den sie zuletzt mit der Bezeichnung »Liebhaber« versehen hatte und den man jetzt wohl auch wirklich so nennen konnte.

Der Liebhaber seinerseits, im abgeschiedenen Tannbach, sollte mit einer anderen Art harter Realität konfrontiert werden. Nach Carolins etwas überstürztem Abschied legte Klaus sich nochmals ins Bett, sog den im Kopfkissen zurückgelassenen Duft seiner Geliebten ein und ließ das Geschehen des Nachmittags an seinem inneren Auge vorüberziehen. Durfte er denn jetzt glücklich sein? Egal, er war es einfach, schob die völlig ungeklärten Fragen nach einer möglichen Zukunft mit Carolin zur Seite und genoss den Augenblick.

Dann aber hörte er es, zunächst ganz von Ferne, aber nach und nach lauter werdend: die dumpf dröhnenden Beats einer bass- und schlagzeuglastigen Musik, den typischen Klang einer sogenannten rollenden Diskothek. Das waren Autos, meist von jungen oder sehr jungen Fahrern gesteuert, auf oder hinter deren Rücksitzen überdimensionale Lautsprecher mit enormer Bassleistung Techno- oder vergleichbare Musik wiedergaben – überwiegend bei heruntergelassenen

Fenstern. In Krontal gab es ein paar dieser geltungs-
süchtigen Zeitgenossen, die scheinbar ziellos, in
Wahrheit aber gezielt auf denjenigen Straßen unterwegs waren, in denen sich etwa Szenelokale, Schulen
oder sonstige Stätten mit geeignetem Publikum befanden. Für Klaus gab es kaum eine ärgere Form der
Belästigung, da er sich dem durchdringenden Dröhnen nicht entziehen konnte.

Nun also auch hier, in diesem verträumten Nest!
Sofort erinnerte sich Klaus an den ersten Morgen in
seinem Haus, als er mit dem ebenso unbehaglichen
wie unbestimmten Gefühl erwacht war, genau solche
Geräusche in der Nacht gehört zu haben. Es war ihm
zum Heulen zumute. Sollte er die Abgeschiedenheit
dieses Ortes mit all ihren bedrückenden Aspekten auf
sich genommen haben, um statt der erwarteten Ruhe
Disco-Gedröhne zu erleben?

Er fühlte sich mit einem Schlag entsetzlich einsam.
Denn es war ihm klar, dass wohl kaum jemand, vermutlich nicht einmal Carolin, seine grenzenlose Ver-
zagtheit verstehen würde. Er bekäme zu hören, dass
dieser Lärm doch jeweils nur wenige Augenblicke anhalten würde, dass er sich bestimmt daran gewöhnen
werde und dass ein gewisses Maß an Lärmbelästigung unvermeidlich sei, wenn man in Mitteleuropa
leben wolle. Nein, für Klaus hatte sein stiller Winkel
in diesem Moment seine Unschuld verloren. Voller
Zorn dachte er an den Makler Langbecher und sein
Gesäusel vom *kuscheligen Refugium*.

All das hatte dieser Abend doch nicht verdient! Klaus musste etwas tun, um aus der beinahe verzweifelten Stimmung herauszukommen. Er tat, was für einen musikalischen Menschen nahelag – zum Glück waren die CDs inzwischen ausgepackt – und hörte Musik. Musik von der Art, wie sie in der Lage war, das Gemüt zu berühren.

Von Robert Schumann gibt es ein kurzes Lied – vielleicht die schönsten vier Minuten, die dieser Komponist geschaffen hat –, bei dessen Erklingen Klaus es noch immer gelungen war, unerfreuliche Stimmungen zu überwinden, *Mondnacht*:

> *Es war, als hätt' der Himmel*
> *die Erde still geküsst,*
> *dass sie im Blütenschimmer*
> *von ihm nun träumen müsst ...*

Anschließend hörte Klaus sich den kompletten Liederkreis an, Schumann hatte ja nicht nur dieses eine Eichendorff-Gedicht vertont. Und tatsächlich gelangte er ziemlich rasch wieder in diejenige Gedankensphäre, die ihn gleichsam in Carolins Armen ruhen ließ.

Vor dem Schlafengehen bereitete sich Klaus noch auf die für den folgenden Tag geplante Unterrichtsstunde vor. Er hatte mit Erika Triese vereinbart, dass sie Max ausnahmsweise nach Tannbach bringen würde. Der Junge war neugierig auf das Haus seines Lehrers, und Erika – inzwischen duzte man sich –

würde bei der Gelegenheit eine Freundin im Nachbarort besuchen.

Furtner

Nachmittags war Pierre Furtner im Allgemeinen ganz gut drauf. Lästige Nachwirkungen vorabendlicher Exzesse waren meist abgeklungen, und um diese Tageszeit ergab sich häufig die Gelegenheit, etwas Geld zu verdienen. Sei es, dass er den Verkauf eines reimportierten Gebrauchtwagens perfekt machen konnte oder dass er den Auftrag zu einer – oft sogar legalen – Veredelung eines Fahrzeugs bekam. »Veredelung« hieß bei ihm so allerlei, meist handelte es sich um Veränderungen, die den akustischen Auftritt des betreffenden Wagens markanter werden ließen, etwa durch den Einbau großvolumiger Lautsprecher oder die Modifizierung der Auspuffanlage.

Solche Tätigkeiten liefen offiziell als Nebenjobs, denn formal war Pierre ordentlicher Student an der nächstgelegenen Elite-Universität. Als ihm nach langwierigen inneren und äußeren Verwerfungen doch noch das Abitur geglückt war, hatte er sich in Politikwissenschaft und Philosophie eingeschrieben, ohne sich allerdings auch nur im Entferntesten für »diesen abgehobenen Scheiß« zu interessieren. Wie er es nun schon seit Jahren schaffte, immatrikuliert zu bleiben, ohne jemals irgendeinen Leistungsnachweis vorzulegen, war ihm selbst völlig gleichgültig. In der Universitätsverwaltung bekümmerte sein akademisches Dahinsiechen ebenfalls niemanden, da aufgrund eines technischen Versehens sein Studentenstatus jedes Semester automatisch verlängert wurde.

Diesen sonnigen Nachmittag Ende August verbrachte Pierre Furtner ausgesprochen missmutig. Ein früherer Kunde hatte ihm gedroht, ihn wegen eines gefälschten Kfz-Briefs anzuzeigen. Nun war er mit seinem schwarzen Mazda unterwegs nach Hause, wo er seinen Ärger mit den vom letzten Kumpel-Abend übrig gebliebenen Bierbeständen hinunterspülen wollte. Sein Zuhause, das war die halbe Etage im alten Fabrikgebäude am Rande dieses elenden Kaffs Tannbach. Immerhin zahlte er dort kaum Miete, und sogar eine Art Werkstatt hatte er sich einrichten können.

Eilig hatte Pierre es nicht, er war schon oft genug von den Bullen angehalten worden. Wichtiger als das Tempo war ihm ein satter Sound, im Inneren des Autos sowieso – und gern auch draußen.

Da stand jetzt am Ortseingang dieser dämliche Kombi am Straßenrand, und der Junge mit dem unförmigen Musikinstrument, das offensichtlich viel zu groß für ihn war, stolperte hinter dem Kombi hervor.

»Verdammte Scheiße«, schrie Pierre und trat auf die Bremse, aber er erwischte das Instrument doch mit der Stoßstange, worauf auch der Junge zu Boden ging. Allzu stark konnte der Aufprall nicht gewesen sein, aber das Musikgerät in seiner Stoffhülle sah nun noch unförmiger aus als zuvor, und es hatte seinerseits den Besitzer am Kopf getroffen. Der Knabe lag wimmernd am Straßenrand und hielt beide Hände an den Hinterkopf, während er sich zugleich aber verzweifelt nach den Überresten seines Instruments umsah. Pierre stieg aus und wusste nicht recht, ob er lachen, heulen oder fluchen sollte.

Erika Triese hatte wegen einer am Vortag eingerichteten Baustelle nicht in die Bachstraße hineinfahren können und deshalb gegenüber der Einmündung am Straßenrand angehalten. Sie hatte sich etwas verspätet, sodass Max, der pünktlich bei seinem Lehrer erscheinen wollte, recht hektisch aus dem Wagen sprang, seinen Kontrabass vom Rücksitz zerrte und nicht darauf achtete, dass diese Landstraße doch nicht so unbefahren war, wie es bis dahin den Anschein gehabt hatte.

Nun lag er da, sein Kopf tat weh, und der schöne Bass hatte ihm nicht nur einen kräftigen Schlag mit dem Griffbrett versetzt, sondern sich im selben Moment in einen beängstigend verformten Haufen verwandelt.

Die Mutter hatte vor Schreck laut aufgeschrien, als sie im Auto sitzend den schwarzen Wagen bemerkte, dessen Reifen in diesem Augenblick auch schon gefährlich quietschten. Sie hatte sich nach links umgewandt, sodass sie die Kollision gar nicht wahrnahm. Wie gelähmt saß sie für ein paar Sekunden hinterm Steuer, das sie krampfhaft umklammerte.

»Mama, der Bass!«, tönte es nun kläglich vom Straßenrand.

Erika stürzte aus dem Auto und sah mit einer Mischung aus Angst und Erleichterung den inzwischen aufrecht sitzenden Jungen, der beide Hände an den Hinterkopf hielt.

»Max, was ist mit deinem Kopf?« Sie interessierte sich verständlicherweise entschieden mehr für das malträtierte Haupt ihres Sohnes als für dessen Musikinstrument.

»Lass mich sehen!« Sie bemerkte, dass der Hinterkopf leicht blutete. »Du musst jedenfalls gleich zum Arzt, um deinen Bass kümmern wir uns später.«

»Also, wenn es für Sie okay ist, kann ich ihn ins Krankenhaus bringen.«

Erst jetzt bemerkten die beiden den etwa dreißigjährigen Mazda-Fahrer, der vor ihnen stand. Er trug eine abgewetzte Jeans mit mehreren aufgenähten furchterregenden Fantasie-Bestien und eine schwarze Lederjacke mit silbrigen Nieten. Sein Gesicht zierten Stoppeln von ganz ähnlicher Art wie die, die seinen Kopf bedeckten.

»Nein, nein, vielen Dank«, wehrte Frau Triese erschrocken ab. »Ich mache das schon. Aber vielleicht können Sie mir sagen, wie ich von hier am schnellsten zu einer Arztpraxis oder Klinik komme?«

Pierre Furtner erklärte es auf eine etwas umständliche Weise. Als er zum dritten Mal ansetzte, eine Gebrauchsanweisung für den Kreisverkehr bei der übernächsten Kreuzung zu liefern, trat Klaus Gronius zu der kleinen Gruppe. Er hatte seinem Schüler entgegengehen wollen, sich dabei – auch er – allerdings etwas verspätet. »Max, um Himmels willen, was ist denn passiert?«, fragte er.

Erika kam ihrem Sohn mit der Antwort zuvor: »Gut, dass du da bist, Klaus! Max hatte es furchtbar eilig, zu dir zu kommen, und direkt am Straßenrand hat er sich irgendwie mit dem Kontrabass verheddert. In dem Moment kam dieser Herr hier vorbeigefahren – er fuhr aber eigentlich ziemlich langsam.«

Pierre nickte heftig mit dem Kopf.

»Und wenn ich es richtig mitbekommen habe, traf das Auto den Bass und der Bass traf den Max. Jetzt ist wohl der Bass ziemlich kaputt und mein Mäxchen hoffentlich nur ein wenig.«

Alle vier mussten bei dieser Schilderung lachen, Max sah aber sofort wieder sehr bekümmert zu seinem Instrument hinüber. »Herr Gronius, äh, Klaus, meinst du, man kann den reparieren?«

»Ich schau mir das Malheur später an. Jetzt müssen wir, glaube ich, erst mal dich verarzten.« Klaus blickte aber doch verstohlen zu dem Haupt-Unfallopfer und erschrak, als er dabei feststellte, dass offenbar das Griffbrett abgebrochen und der Korpus erheblich eingedrückt war.

Pierre Furtner, der Fahrer des Mazda, meldete sich nun beiläufig zu Wort: »Sie brauchen mich dann nicht mehr, oder?«

Erika sah hilfesuchend zu Klaus hinüber. Konnte man den Unglücksfahrer denn einfach ziehen lassen? Andererseits hatte sie keinen Zweifel, dass ihn an dem Unfall nicht die geringste Schuld traf. Und ohne es so recht begründen zu können, war ihr die Vorstellung ganz angenehm, dass dieser Mensch schnell aus der Szenerie verschwinden würde.

Klaus deutete mit leicht emporgezogenen Schultern an, dass er sich seiner Sache nicht ganz sicher war, stimmte der »Entlassung« aber doch zu. Dies fiel ihm umso leichter, als – nach dem ersten Schreck über den Unfall – seine Sinne inzwischen wieder auf Empfang gegangen waren. Nun also hörte er, was eigentlich gar nicht zu überhören war, und zwar aus dem fremden Auto, dessen Fahrertür weit offen stand: die mit wuchtigen Lautsprechern wiedergegebene elektronische »Bass Drum« einer Techno-Produktion – rhythmuslastig, basslastig, laut und durchdringend.

»Wir kommen schon zurecht«, sagte Erika Triese zu dem Fremden, der sich mit der Andeutung eines Kopfnickens verabschiedete, in sein Auto stieg und mit mäßigem Tempo, aber unter vernehmlicher Geräuschentwicklung in Richtung Kirchplatz davonfuhr. Eventuelle Kratzer oder Dellen an seinem Gefährt interessierten ihn offenbar nicht im Geringsten.

Die beiden verbliebenen Erwachsenen hatten sich keineswegs abgesprochen, aber beide blickten angestrengt auf das Nummernschild des wegfahrenden Wagens, um sich – für alle Fälle – das Kennzeichen einzuprägen. Erleichtert waren sie nicht nur über den doch einigermaßen glimpflichen Unfallverlauf, sondern nun auch über den Abgang des Techno-Freundes. Max allerdings verspürte keine Erleichterung. Er saß inzwischen im Auto seiner Mutter und blickte sehr leidend vor sich hin.

»Wir fahren gleich los«, kam prompt die erwünschte Ankündigung. Zu Klaus gewandt sagte Erika so leise, dass Max es nicht hören konnte: »Ich habe eine Instrumentenversicherung abgeschlossen!«

Beim Kauf des Kontrabasses war sie von der Verkäuferin im Musikhaus Schneider auf diese Möglichkeit hingewiesen worden, und da sie die Vorstellung schreckte, mit dem von Onkel Erwin bezahlten Instrument könnte etwas passieren, hatte sie sich zur eigenen Beruhigung für die Versicherung entschieden.

»Das wird sich wohl gelohnt haben, Erika«, meinte Klaus. Und zu seinem lädierten Schüler: »Max, lass dich gut verarzten, dass du bald wieder fit bist! Mit wem soll ich denn sonst Duo spielen?!«

Sie verabschiedeten sich voneinander, Mutter und Sohn fuhren zur Arztpraxis, während Klaus die jämmerlichen Überreste des Kinderbasses in sein Haus trug.

Trümmerbass

Zu Hause setzte Klaus sich auf das Sofa, um erst einmal tief durchzuatmen. In der vorangegangenen halben Stunde war er ja mit recht dramatischen Eindrücken konfrontiert worden: Sein Schüler ein paar Schritte von seinem Haus entfernt von einem Auto angefahren; der Kontrabass, noch in seiner Hülle verborgen, vermutlich weitgehend zerstört; und dann dieser Mann mit seiner Dröhnmusik im schwarzen Mazda!

Das musste doch derselbe sein, der ihn abends und nachts schon mehrmals gepeinigt hatte. Nun hatte der also ein Gesicht bekommen. Ob die Sache dadurch besser oder schlechter geworden war, konnte Klaus im Moment nicht überblicken. Und er hatte überhaupt keine Idee, ob sich daraus für ihn irgendeine Möglichkeit ergab, an der unerfreulichen Situation etwas zu verändern.

Jetzt aber galt es, eine Aufgabe zu erledigen, die ihn auf eine merkwürdige Weise beunruhigte: Er musste das ramponierte Musikinstrument aus seiner Tasche befreien und untersuchen. Klaus selbst war irritiert darüber, dass er dies mit zittrigen Fingern tat. Es war doch nur ein Gegenstand aus Holz, zudem sogar versichert! Nun ja, immerhin ein Kontrabass, aber doch kein sonderlich wertvoller und schon gar nicht sein eigener! Dennoch kam es ihm vor, als hätte er ein menschliches Unfallopfer mit Wunden und Knochenbrüchen aus der Kunstlederhülle zu schälen.

»Oh Bassmax, dein Freund ist nicht mehr zu retten«, murmelte Klaus, als er die Trümmer in den Händen hielt. In den Minuten nach dem Unfall war ersichtlich geworden, dass der junge Musikschüler tatsächlich inzwischen Freundschaft mit seinem hölzernen Begleiter geschlossen hatte. Dieser nun bot wirklich ein Bild des Jammers: Im Boden klaffte ein großes Loch, mit spitzen Splitter-Zacken an den Rändern. Die Zargen waren zum Teil zerbrochen, und das abgeschlagene Griffbrett schien sich verzweifelt an den vier Saiten festzuklammern.

Klaus schob die Leiche – ja, so kam es ihm vor – in die Hülle zurück. Er war ausschließlich praktizierender Musiker und kein Instrumentenbauer, aber dass hier nichts mehr zu reparieren war, stand für ihn eindeutig fest. Also nochmals zum Musikhaus Schneider! Die Versicherung würde ja sicherlich für die Finanzierung des Ersatzbasses aufkommen, sodass man die Großzügigkeit von Onkel Erwin nicht strapazieren musste.

Nur gut, dass es das Instrument war, das am meisten abbekommen hat, und nicht der Max, dachte sich Klaus. Eine Leiche aus Holz fand er dann doch längst nicht so entsetzlich wie eine aus Fleisch und Blut.

Jetzt mit Carolin telefonieren! In dieser bewegten Verfassung wäre es genau das, was Klaus am liebsten getan hätte. Aber seine Geliebte saß zu der Tageszeit entweder in ihrem Büro, in dem private Telefonate für sie nur in Notfällen infrage kamen. Oder sie war in irgendwelchen Gaststätten oder Lebensmittelgeschäften unterwegs, um gesundheitsgefährdenden Zeitgenossen das Handwerk zu legen. Und wenn sie zu Hause gewesen wäre, hätte Klaus sie erst recht nicht anrufen können.

Nein, eine Beziehung zu führen, bei der man sich wie ein Spion oder ein flüchtiger Gangster verhalten musste, war eigentlich nicht nach seinem Geschmack. Dass die betreffende Frau dafür aber umso mehr *nach seinem Geschmack* war, erzeugte für ihn ein Dilemma, das ihn immer inständiger hoffen ließ, Carolin würde sich in nicht allzu ferner Zukunft von ihrem Ehemann trennen.

Als Klaus sich dieser Hoffnung bewusst wurde, schämte er sich dafür. Denn bei einem solchen Szenario erhält der Begriff *Ehebruch* seinen ganz brutal unmittelbaren, wörtlichen Sinn. Außerehelicher Sex, ebenso wie eine intensive fremdgängerische Liebesbeziehung, muss per se nicht zum *Bruch*, zum *Zerbrechen* einer Ehe führen. Wenn aber eine Affäre tatsächlich die Trennung der Ehepartner zur Folge hat, kann als Entschuldigung oder wenigstens als Beschwichtigung allenfalls das Argument herhalten, dass diese Partnerschaft ohnehin zum Scheitern verurteilt gewesen wäre.

Sehr unbehaglich fühlten sich solche Gedankengänge im Kopf von Klaus Gronius an. Das war auch nicht unbedingt ein Gesprächsthema, das er, der (potenzielle) Ehebrecher, mit Carolin erörtern wollte.

Wie auch immer: Jetzt gab es ohnehin keine Möglichkeit, überhaupt irgendetwas mit ihr zu erörtern.

Es zog ihn hinaus. Bis zu diesem Zeitpunkt hatte er noch immer nicht das getan, was er an seiner Wohnlage im Grunde am spannendsten fand: die Bachstraße entlang zum Waldrand und in den Wald hinein zu gehen. Mit diesem Genuss zu warten, bis Carolin dabei sein konnte, schien ihm jetzt nicht mehr angebracht zu sein.

Als Klaus sich nun also auf der Straße vor seinem Haus nach rechts in Richtung Wald wandte, kam er sich vor wie auf einer Entdeckungstour in unerforschtem Gelände. Zuerst rückten ein paar uralte Holzschuppen ins Blickfeld, bei denen man sich vorstellen konnte, dass sie der Lagerung von landwirtschaftlichen Geräten dienten. Es folgten einige Wiesenstücke, dazwischen ein Kartoffelacker. Erst kurz vor dem Waldrand gesellte sich der Tannbach zu der nach ihm benannten Bachstraße. Diese war dort allerdings schon keine Straße mehr, sondern ein holpriger Feldweg.

Ein paar Weiden, vom Wind gebeugt, standen am Ufer des Bachs. Zwischen den Bäumen lagen leere Bierflaschen – Überbleibsel eines Gelages, das wohl vor längerer Zeit stattgefunden hatte. Klaus nahm sich vor, die Flaschen demnächst einzusammeln, um so diesem Weg, den er sicher noch häufig gehen würde, seine naturnah-beschauliche Atmosphäre zurückzugeben.

Klaus ging, wenige Meter vom Weg entfernt, unmittelbar am Bach entlang. Das Wasser gluckste und plätscherte, gurgelte und murmelte. Diese Geräusche variierten unentwegt, in keiner Sekunde glich das akustische Geschehen exakt dem des vorherigen oder irgendeines anderen Moments. Deshalb auch konnte es eigentlich nie langweilig werden, einem solchen Bach zuzuhören.

Klaus hoffte, einen Fisch zu erspähen, Schuberts »muntere Forelle« kam ihm in den Sinn. Aber das einzige Tier, das sich im Wasser zeigte, war eine Libelle, und die war tot. Ein Anflug von Traurigkeit: Dieses grazile Wesen trieb hier leblos dahin, statt in der Sonne seine Flügel glitzern zu lassen. Zugleich drängte sich aber die realistische Sichtweise auf, dass auch eine Libelle kein ewiges Leben haben konnte und also irgendwann sterben musste – zufällig eben heute und an diesem Bachlauf. Restlos verflogen war dann jegliche Sentimentalität, als Klaus sich an die Libellen-Larven erinnerte, die er im Gartenteich seines Bruders gesehen hatte: monströse und gefräßige Kreaturen, die – ohne auch nur im Entferntesten grazil zu erscheinen – über den Boden des Teichs gekrochen waren.

Er ging sinnierend weiter am Tannbach entlang.

Leere Bierflaschen, tote Bachbewohner – ist ja großartig, was mir die Natur hier so bietet, dachte er etwas bitter. Die Bitternis hielt sich jedoch in Grenzen, denn insgesamt fand er diesen Spaziergang so genussvoll wie schon lange keinen mehr – natürlich nur auf solche Spaziergänge bezogen, die er allein unternommen hatte.

Der Nachmittag war inzwischen weit fortgeschritten, und als Klaus nun in den Teil des Waldes kam, in dem der Wiesenstreifen zwischen Baumbewuchs und Bach sehr schmal wurde, fiel die Dämmerung ziemlich unvermittelt auf den Weg. Es war an der Zeit zurückzugehen.

Nicht, dass Klaus sich im dunklen Wald gefürchtet hätte. Aber gerade heute gefiel ihm die Vorstellung überhaupt nicht, dass Carolin womöglich bei ihm zu Hause anrufen könnte und er nicht anwesend wäre. Er besaß zwar ein Mobiltelefon, doch wenn ihm gelegentlich einfiel, dieses irgendwohin mitzunehmen, stellte er meistens fest, dass der Akku leer war, sodass er es ebenso gut in der häuslichen Schublade lassen konnte.

Beim Verlassen des Waldes fasste Klaus einen Entschluss: Er wollte sobald wie möglich herausbekommen, wo der Fahrer des schwarzen Mazda wohnte, und dann würde er versuchen, mit diesem Menschen ein Gespräch zu führen. Nicht, dass er große Lust dazu gehabt hätte. Es beschlich ihn jedoch die Befürchtung, dies könnte die einzige Chance sein, Tannbach als Wohnort so zu erleben, dass er den Hauskauf nicht bereuen musste.

Und da war es schon wieder, das Geräusch, das ihn so quälte: wummernde Bässe, gar nicht genau zu orten, aber unüberhörbar, obwohl das zugehörige Auto zu weit entfernt war, um seinerseits wahrgenommen werden zu können.

Konsequenzen

Carolin erlebte Tage voller Zweifel und Gefühls-
schwankungen. Für sie bedeutete das eine neue Erfahrung, denn bisher hatte sie in Liebesdingen immer
großen Wert auf Klarheit gelegt. Sie war vor vielen
Jahren in die Situation geraten, von zwei Männern zugleich umworben zu werden. Damals jedoch konnte
sie sich ziemlich rasch und sehr eindeutig entscheiden – für einen Dritten nämlich, und das war Henning. Der hatte überhaupt nicht erkennbar um sie ge-
worben, sondern ihr durch zurückhaltende Präsenz
imponiert.

Zurückhaltung war es, die ihm auch jetzt Sympa-
thie-Punkte einbrachte. In gewisser Weise wäre es
Carolin sogar lieber gewesen, ihr Mann hätte mittels
einer hässlichen Eifersuchtsszene die Schurkenrolle
übernommen, als sie aus dem Tannbacher Bett nach
Hause gestolpert war. Dass er ihr diesen zweifelhaf-
ten »Gefallen« nicht getan hatte, machte die Sache
nicht einfacher.

Doch, die Teneriffa-Reise musste unbedingt stattfinden, mit welchem Ergebnis auch immer. Außerdem wäre es wichtig, Klaus nun zunächst etwas auf
Distanz zu halten – sofern ihr das gelänge. Wie immer
in komplizierten Lebenslagen gab es ein entsprechendes Beratschlagungs-Telefonat mit Antje, der Münchener Freundin. Die hielt beide Entschlüsse für vernünftig.

Dem Krontaler Bach-Orchester, das jetzt nach der Sommerpause seine Proben wiederaufnahm, gehörte Carolin nicht mehr an. Klaus unter Hennings Beobachtung allwöchentlich in der Orchesterprobe sowie beim geplanten Klausur-Wochenende zu treffen, ohne sich etwas anmerken zu lassen, war ihr zunehmend unerträglich erschienen. Ihrem Ehemann und Orchesterleiter gegenüber hatte sie den Austritt damit begründet, dass das nun anstehende Brahms-Requiem sie allzu schmerzlich an den tragischen Tod ihrer Schwester erinnerte. Und das Orchester nur vorübergehend zu verlassen, wie ihr Henning dann vorgeschlagen hatte, wäre manchen womöglich wie »Rosinen-Pickerei« vorgekommen. Außerdem sei es ganz gut, sich einmal nach einer neuen musikalischen Herausforderung umzusehen, etwa in einem Streichquartett.

Klaus erschien selbstverständlich wie gewohnt wieder zu den Proben. So gut er Carolin in ihrem Entschluss verstehen konnte, empfand er es doch als herben Verlust, sie nicht mehr einige Reihen weiter vorn im Orchester sehen zu können. Immerhin war es ein Trost für ihn, in diesen Wochen Musik von Brahms zu spielen.

Sein Schüler Max erholte sich schnell von dem Unfall. Er hatte sich eine leichte Gehirnerschütterung zugezogen, ansonsten aber keine ernsthaften Blessuren davongetragen. Klaus hatte ihn gleich am Tag nach dem dramatischen Geschehen besucht und sich im

Stillen über die Reaktion gefreut, als er ihm vom hoffnungslosen Zustand des Kontrabasses berichtete. Max war sichtlich bestürzt und kämpfte tapfer gegen die Tränen – obwohl sein Lehrer ihm sofort erklärt hatte, dass es die Instrumentenversicherung gab und dass schnellstmöglich für Ersatz gesorgt würde.

»Max, erinnerst du dich daran, wie komisch du es am Anfang fandst, als ich meinte, der Kontrabass könnte dein Freund werden? Ich glaube, inzwischen weißt du es, dass solch eine Freundschaft möglich ist.«

Max nickte stumm, die Andeutung eines Lächelns blitzte über sein Gesicht. Nach kurzem Überlegen fragte er: »Schickt uns denn diese Versicherung einen neuen Bass?«

»Nein, den werden wir kaufen, am besten wieder im Musikhaus Schneider«, antwortete Klaus. »Die Versicherung wird dann hoffentlich die Rechnung bezahlen, mit denen werde ich verhandeln. Falls das nicht klappen sollte, wird vielleicht dein Onkel Erwin noch mal helfen. So schätze ich ihn jedenfalls ein.«

Erika Triese schaltete sich ein: »Max und ich sind dir wirklich dankbar, Klaus, dass du dich so umsichtig um all das kümmerst! Und Max, du solltest unbedingt so bald wie möglich Onkel Erwin ein kleines Ständchen spielen. Oder warten wir damit besser bis zum Frühjahr, wenn er Geburtstag hat? Dann wirst du sicher noch mehr können als jetzt.« An den Lehrer gewandt, fragte sie: »Was meinst du, Klaus?«

Der versuchte, sich seine Belustigung nicht anmerken zu lassen. Das »Geburtstagsständchen« für den

Mäzen Erwin Knab hatte in den vergangenen Jahren immer das Bach-Orchester dargeboten. Und nun musste Klaus an den Schabernack beim diesjährigen Geburtstagskonzert denken, als die Musikalität Knabs durch den verfremdeten Bach getestet worden war. Den Gedanken, im kommenden Jahr einfach den jungen Kontrabass-Anfänger im Orchester mitspielen zu lassen, verwarf er allerdings sofort wieder. Für Max wäre so etwas wohl eher verstörend als amüsant gewesen.

Laut sagte er: »Ich weiß nicht so recht, Erika, ob das zum Geburtstag so sinnvoll wäre. Denn da spielt doch traditionell immer schon das Bach-Orchester. Und dein Ständchen, Max, würde womöglich in dem ganzen Trubel untergehen. Vielleicht wäre die Weihnachtszeit eine gute Gelegenheit. Bis dahin ist es nicht mehr so lange hin, aber ein paar einfache Weihnachtslieder zu spielen, schaffen wir beide bestimmt.«

Dieser Vorschlag stieß auf Zustimmung, und es wurde gleich ein Termin im Musikhaus Schneider vereinbart, um für Max einen neuen viersaitigen Freund auszusuchen.

Ebenfalls ein Freund, und zwar des Hauses Triese, war Klaus schon längst geworden. Dabei war es ihm angesichts seiner Gefühle für Carolin inzwischen sehr recht, dass die geschiedene Erika offenbar keine explizit erotische Komponente dieser Freundschaft anstrebte – selbst wenn es oft heißt, dass Liebe durch den Magen gehe: Sie kochten beide gern, und je nachdem, wo der Unterricht für Max stattfand, waren gelegentlich Mutter und Sohn in Tannbach oder Klaus bei Trieses in Krontal zum Essen eingeladen.

Weniger angenehm als der Umgang im Hause Triese war es für Klaus, mit der Instrumentenversicherung zu verhandeln. Seinen Anruf bei der Abschreckungswaffe mit der Bezeichnung »Service-Hotline« erlebte er als Tortur.

So viele kaputte Musikinstrumente kann es doch gar nicht geben, dachte Klaus, als die Stimme vom Band ihm zum fünfzehnten Mal vorsäuselte, dass »im Moment leider alle verfügbaren Mitarbeiter im Gespräch« seien. Zwischen diesen Ansagen erklang eine grausam verstümmelte Melodie von Mozart, angereichert mit elektronischem Schlagwerk.

»Verdammt noch mal«, fauchte Klaus ins Telefon, »ihr habt es doch mit lauter Anrufern zu tun, die musikalisch sind!«

»Im Moment sind leider alle verfügbaren Mitarbeiter ...« antwortete ungerührt die Säuselstimme des Versicherungskonzerns.

Als dieser langwierige »Moment« vorüber war, meldete sich zu Klaus' Verwunderung ohne weiteren Umweg eine Sachbearbeiterin, die für sein Anliegen sogar zuständig war. Diese allerdings säuselte keineswegs, sondern versuchte auf eher direktive Art, dem Anrufer die Abwegigkeit seines Anliegens zu verdeutlichen: Der »Versicherungsnehmer«, wie Maximilian Triese nun hieß, habe doch zweifellos grob fahrlässig gehandelt. Außerdem habe die Mutter des

Versicherungsnehmers ihre Aufsichtspflicht verletzt, als sie jenen die Straße überqueren ließ. Auch hätte der Unfall von der Polizei aufgenommen werden müssen. Und im Hinblick auf den bezifferten Wert des Instruments liege wohl ein Fall von Unterversicherung vor. Schließlich müsse, bevor es zu einer Ersatzleistung kommen könne, sachverständig überprüft werden, ob das beschädigte Instrument wirklich unbrauchbar geworden sei.

Zuletzt deutete die Sachbearbeiterin immerhin an, dass eventuell eine Ersatzleistung aus Kulanz vorstellbar wäre.

Daraufhin sagte Klaus, dem es schwerfiel, höflich zu bleiben: »Ob Sie das Ding aus Kulanz ersetzen oder um Ihre vertragliche Pflicht zu erfüllen, ist mir egal. Und wenn Sie nach Tannbach kommen möchten, um sich die Kontrabass-Trümmer anzusehen, bitte sehr!«

Es wurde dann tatsächlich vereinbart, dass ein Sachverständiger der Versicherungsgesellschaft nach Tannbach reisen würde, um den »beschädigten« Gegenstand, aber darüber hinaus auch den Unfallort in Augenschein zu nehmen.

Nach diesem Telefonat war Klaus so überzeugt wie nie zuvor, dass er seinerzeit richtig entschieden hatte, sein eigenes, erheblich wertvolleres Instrument nicht der trügerischen Sicherheit einer Assekuranz anzuvertrauen.

Unterredung

Klaus saß auf der Terrasse und genoss den späten Nachmittag eines sonnigen Septembertags in seinem ersten Jahr als Terrassen-, Haus- und Gartenbesitzer. Die Rosen blühten in voller Pracht, es gab noch viele Himbeeren an den Sträuchern, und der Holunder, von dessen rascher Beseitigung der Makler Langbecher damals bei der Besichtigung gefaselt hatte, war dabei, seine üppigen Beerendolden langsam schwarz werden zu lassen. Bald auch würde der wilde Wein an der Hauswand beginnen, sich in seinen alljährlichen Farbrausch zu versetzen.

In solchen Momenten fragte Klaus sich oft: Gehört das wirklich alles mir? Bin tatsächlich ich derjenige, der von den Rosen einen Strauß fürs Wohnzimmer abschneiden darf, dem niemand das Pflücken der Himbeeren verbietet, der dem Holunder ein Bleiberecht zubilligen kann? Auf dieses Daseinsglück im sonnigen Winkel fiel jedoch sogleich ein Schatten, wenn die Frage auftauchte: Warum muss ich hier allein sitzen?

Es gab sie ja, jene Frau, mit der Klaus buchstäblich *liebend* gern sein kleines Paradies geteilt hätte, nein: mit der er seinen Besitz erst zu einem Paradies hätte machen wollen. Aber Carolin hatte sich, wie mit ihrer Freundin besprochen, rar gemacht. Auf Klaus' elektronische Nachrichten antwortete sie nach wie vor in liebevollem Ton, aber auf seine bewusst sehr vorsichtig angedeuteten Wünsche, sie zu sehen, ging sie gar nicht oder nur ausweichend ein. Diese Zurückhaltung – das war auch für Klaus erkennbar – hing mit der näher rückenden Reise des Ehepaars Grabeel nach Teneriffa zusammen.

Aber was heißt schon »Paradies«? Soeben fuhr sie auf der Landstraße wieder laut dröhnend vorbei, die »rollende Diskothek«, also der schwarze Mazda mit den – wie Klaus fand – extrem überdimensionierten, nach Pierre Furtners Meinung indes genau richtigen Lautsprechern. Eine exakte Ortung dieser tieffrequenten Techno-Schläge war kaum möglich, aber Klaus vermutete, dass der Wagen, dessen Motorgeräusch auf die Entfernung gar nicht zu hören war, dorfeinwärts fuhr.

Eigentlich hatte Klaus beabsichtigt, gleich ins Haus zu gehen, um mit dem dicken Schwein ein paar schwierige Stellen des Brahms-Requiems zu üben. Aber jetzt gab es Wichtigeres zu tun. Es war ihm zwar schon schwergefallen, die Verhandlung mit der Instrumentenversicherung zu führen. Und noch viel unbehaglicher war ihm nun bei dem Gedanken an eine Auseinandersetzung mit dem Tannbacher Straßen-Krachmacher. Aber er musste etwas unternehmen, musste sich dagegen wehren, dass jemand ihm seinen Himmel auf Erden kaputt machte, bevor dieser überhaupt die Chance seiner Vollendung erlangen konnte.

Klaus ging zur Landstraße, die in den Ort hineinführte. Von dem Lärm war nichts mehr zu hören, aber

Tannbachs Straßen waren wahrlich schnell abzulaufen, und Klaus wusste ja seit Max' Unfall mit ziemlicher Sicherheit, wie der fragliche Wagen aussah. Er hatte sogar dessen Kennzeichen, was ihm bei der Suche kaum von Nutzen sein konnte. Wenn er Pech hatte, wohnte dieser Mensch gar nicht hier, sondern war stets nur auf der Durchreise. Wahrscheinlich erschien diese Variante jedoch nicht, denn zwischen den beiden nächstliegenden Ortschaften gab es eine direkte Verbindungsstraße, sodass Tannbach eigentlich keinen Durchgangsverkehr hatte. Deshalb ja auch die Abgeschiedenheit.

Klaus ahnte, in welcher Ecke er zu suchen hatte, und ging zuerst zum entgegengesetzten Ende des Ortes, wo sich die Kiesgrube befand. Und tatsächlich stand neben dem alten Fabrikgebäude ein älteres schwarzes Auto. Klaus atmete tief durch und ging auf das Gebäude zu.

Wie ein Sheriff in einem zweitklassigen Western, dachte er, allerdings ohne Sheriffstern – und vor allem ohne geladenen Colt am Gürtel.

Beim Näherkommen bestätigte sich durch einen Blick auf das Nummernschild die Vermutung, dass es sich um den Wagen handelte, der den Kontrabass des kleinen Max zermalmt hatte. Jetzt war auch zu sehen, dass es auf dieser Seite des Hauses ein paar Fenster gab, die nicht vernagelt waren. An der Hausecke hing, etwas windschief und zerbeult, ein Briefkasten mit angeklebtem Zettel, auf dem in grellem Rot der Name *Furtner* stand. Zunächst nicht zu sehen war die Eingangstür, da direkt davor das Auto stand. Hören konnte man aber umso deutlicher, wo sich die offen stehende Tür befinden musste, denn sie spuckte den gleichen scharfkantigen Sound aus, der den schwarzen Mazda auf seinen Fahrten begleitete.

Während Klaus noch zu ergründen versuchte, ob irgendwo eine Türklingel zu finden wäre, trat der Bewohner des voluminösen Hauses vor die Tür, das Hemd komplett aufgeknöpft, eine Zigarette im Mundwinkel, die halb volle Bierflasche in der Hand.

Da passt ja jedes Klischee, dachte Klaus und trat unwillkürlich einen Schritt zurück.

»Hey, was willste?«, lautete der Willkommensgruß, im Tonfall nicht unbedingt aggressiv, eher genervt.

»Entschuldigen Sie bitte die Störung! Mein Name ist Klaus Gronius, wir sind uns kürzlich schon mal am Ortseingang begegnet.«

»Ortseingang? Ist doch hier! Ich hab keine Ahnung.«

»Sie erinnern sich vielleicht an den Unfall mit dem kleinen Jungen und seinem Kontrabass. Ich bin sein Musiklehrer und kam dann dazu.«

»Scheiße, ja! Was soll das jetzt noch? Die Alte hat doch selber gesagt, dass ich langsam gefahren bin!« Pierre Furtners Augenbrauen zogen sich zusammen.

Bei Klaus Gronius folgten die Gesäßmuskeln diesem Beispiel. Er gab sich aber alle Mühe, locker und selbstsicher zu wirken. »Ja klar, das war völlig okay, deswegen bin ich gar nicht hergekommen.«

»Also was willste?« Der Abstand zwischen Furtners Augenbrauen blieb reduziert.

»Wissen Sie, ich wohne auch hier in Tannbach, in der Bachstraße. Und ich höre immer die Musik aus Ihrem Auto, wenn Sie vorbeifahren.« Das Wort »Musik« hier zu gebrauchen, fiel Klaus nicht leicht.

»Geiler Sound, oder?« Furtner lachte laut auf, sein Blick bekam etwas Lauerndes.

»Ich wollte Sie bitten, etwas Rücksicht zu nehmen und Ihre Musik leiser zu stellen, wenn Sie durch den Ort fahren.«

»Warum?« Das klang nun eine Spur anders als nur genervt.

»Weil es mich extrem stört. Und sicherlich viele andere ebenso.« Klaus strengte sich an, Ruhe und Festigkeit in seiner Stimme zu bewahren.

»Scheiße, mich stören auch ein Haufen Typen in diesem Kaff ganz extrem! Verpiss dich, Mann!«

Dass Pierre Furtner nach diesen wütend herausgeschleuderten Worten im Haus verschwand und die Tür hinter sich zuwarf, registrierte Klaus nicht ohne Erleichterung. Er zog es gleichfalls vor, das Diskussionsforum zu verlassen. Sheriffstern und Colt gehörten ja noch immer nicht zu seinen Insignien.

Auf dem Heimweg grübelte er über die Frage nach, ob er bei anderem Vorgehen eher eine Chance gehabt hätte, etwas zu erreichen. Wäre es vielleicht geschickter gewesen, diesen Furtner ebenfalls zu duzen, ihn womöglich zum Bier einzuladen, vielmehr zu einigen Bieren, und dann auf ein Entgegenkommen auf Kumpel-Ebene zu hoffen? Aber dazu trennten die beiden zu viele Welten. Da hätte Klaus ein gewiefter Schauspieler sein müssen und obendrein frei von der inneren Erregung, die schon aufgrund des zu lösenden Problems bei ihm entstanden und dann durch die Begegnung mit seinem Kontrahenten weiter gesteigert worden war.

In deprimierter Stimmung kam er zu Hause an, begleitet von dem beklemmenden Gefühl, dass die Misere sich nun noch verschlimmern könnte. Bisher waren die Ohren des empfindlichen Musikers nur zufällige Adressaten des von den Mazda-Boxen ausgehenden Schalldrucks gewesen. Nach der erfolgten Provokation Furtners war eine zielgerichtete Extra-Beschallung nicht auszuschließen – von gravierenderen Racheakten ganz zu schweigen.

Was Klaus jetzt helfen konnte, war, sich in die Arbeit zu stürzen. Dies umso mehr, als seine Arbeit die Musik zum Gegenstand hatte, die ja schon immer zu den trefflichsten Seelentröstern gehört hat. So waren denn an diesem Abend Johannes Brahms und das dicke Schwein die beiden vereinten Helfer in der Seelennot, und nach einer Stunde intensiven und teilweise sogar genussvollen Übens beschloss Klaus den Abend mit – einer Flasche Bier.

Urlaubsreif

Am nächsten Morgen erwachte Klaus in einer erstaunlich zufriedenen Gemütsverfassung. Mit seiner gestrigen Aktion war er zwar offensichtlich gescheitert, und er selbst vermutete, dass seine Art der Gesprächsführung zu diesem Scheitern beigetragen haben könnte. Was ihn in diesem Moment aber befriedigte, war das Bewusstsein, nicht einfach in resignativer Passivität sein Schicksal zu erdulden, sondern immerhin einen Versuch unternommen zu haben, die Verhältnisse zu ändern.

Das faktische Scheitern indes sollte sehr schnell bestätigt werden. Klaus saß beim Frühstück, als er die dröhnenden Schläge vernahm. Diese durchdringenden kellertiefen Basstöne empfand er wirklich als Schläge. Sie waren zudem lauter noch als am Vortag und zogen sich deutlich länger hin. Der Mazda-Fahrer schien sich tatsächlich für die seinerseits erlittene Störung zu rächen, indem er seine Anlage stärker aufdrehte und besonders langsam durch den Ort fuhr.

Klaus merkte, dass die Kaffeetasse in seiner Hand zitterte. Das lag allerdings nicht an den tieffrequenten Schallwellen, sondern an dem Gemisch aus Wut und Angst, das ihn erfasste. Und zwar Angst davor, sein Widersacher könnte den Lärmterror »zu Strafzwecken« gleich unmittelbar in die Bachstraße verlegen. Da kannte er allerdings das Phlegma des Pierre Furtner schlecht. Herauszufinden, wo genau die Bachstraße abzweigt, hätte der viel zu mühsam gefunden.

Die direkte und eskalierende Konfrontation war auch nicht das, worauf er Bock hatte. Überdies hatte sich der von Klaus aus unbedachter Korrektheit erwähnte Straßenname im Laufe des Abends bereits im Bierdunst verflüchtigt.

Ich will hier weg, war Klaus' erster Gedanke, als der Spuk vorüber war. Paradies und Hölle liegen manchmal nicht nur nahe beieinander, sie können sogar zusammentreffen. Von Tannbach gleich wieder fortziehen, wo er gerade erst eingezogen war, wollte Klaus nun nicht. Aber etwas Abstand zu gewinnen, schien ihm angebracht, wenngleich selbst dies nach so kurzer Zeit merkwürdig anmuten könnte. Eine Urlaubsreise hatte er in diesem Jahr aus naheliegenden Gründen nicht unternommen. Er hatte sie auch nicht vermisst, denn der Umzug in das eigene Haus war bereits eine Art Reise gewesen.

Nun aber für eine Woche in die Berge fahren: Das könnte er sich zeitlich und finanziell ohne Weiteres leisten. Für die Platzierung dieser Urlaubswoche gab es eine klare Maßgabe. Und zwar sollte sie am Beginn des Zeitraums liegen, in dem Carolin sich mit ihrem Ehemann auf Teneriffa aufhalten würde. Dieser Aufenthalt in ehelicher Zweisamkeit könnte für Klaus dann vielleicht etwas besser zu ertragen sein.

Ein neues Projekt war also entstanden! Klaus machte sich sofort daran, im Internet eine passende Unterkunft zu suchen: ruhig gelegen, nicht allzu viele Fahrstunden entfernt, möglichst mit Bahn und Bus zu erreichen. Da das dicke Schwein nicht mit musste, wollte er lieber ohne Auto reisen. Keine ganz einfache Aufgabe, diese diversen Anforderungen unter einen Hut zu bringen!

Aber es fand sich dann doch die Pension »Römersteig«, am Waldrand gelegen, zwischen den Feriendörfern Unterbuchendorf und Oberbuchendorf. So wie das Feriendomizil beschrieben und von vormaligen Gästen bewertet war, schien es geeignet, einem etwaigen Bewegungsdrang des Urlaubers eine geeignete Kulisse zu bieten, aber auch für Faulheitsanwandlungen den nötigen Komfort bereitzuhalten.

Eine Woche kurzfristig angesetzter Urlaub? Klaus' Arbeitsalltag war zwar bei Weitem nicht so durchgetaktet wie bei einem Beamten oder sonst jemandem mit einem »ordentlichen« Beruf. Aber umstandslos für eine Woche verschwinden konnte er außerhalb der Sommerferien doch nicht.

Da war zunächst die wöchentliche Probe des Bach-Orchesters. Dort galt das ungeschriebene Gesetz, dass man ein- bis zweimal im Jahr auch ohne Krankheitsanlass fehlen durfte, wenn man ansonsten zuverlässig alle Proben besuchte und wenn nicht gerade ein Konzert unmittelbar bevorstand. Diese Voraussetzungen waren erfüllt, sodass die Bitte um Zustimmung nicht mehr als eine Formsache war.

Da der Chef sich für den fraglichen Zeitraum selbst abgemeldet hatte, konnte Klaus mit dessen Vertreterin Patrizia Kurmeier über seinen Beurlaubungswunsch sprechen, was ihm eindeutig lieber war. Denn als Orchestermusiker konnte er sich vor seinem

Dirigenten zwar nicht gut un*hörbar* machen, aber, so gut es ging, un*sichtbar* versuchte er für den Ehemann seiner Geliebten schon zu sein. Solche Probleme hatte er mit der Vertretungsdirigentin natürlich nicht.

Was seine Schüler an der Krontaler Musikschule betraf, war es Klaus zwar verwehrt, Unterrichtsstunden einfach ausfallen zu lassen. Aber es gab stets die Möglichkeit, einzelne Stunden in die eigentlich unterrichtsfreie Zeit der ausgedehnten Schulferien zu verlegen.

Noch einfacher war es mit Max, der außerhalb der Musikschule unterrichtet wurde und bei dem Klaus ohnehin nur die tatsächlich gehaltenen Stunden bezahlt bekam – allerdings mit einem Stundensatz, den er gegenüber seinen Musikschul-Kollegen besser verschwieg.

Eine wichtige Aufgabe war der anstehende Kauf des neuen Kontrabasses für Max, aber das ließ sich gut noch vor der Fahrt in die Berge erledigen. Der infolge des Unfalls instrumentlose Schüler konnte es ohnehin kaum erwarten, mit seinem Lehrer wieder das Musikhaus Schneider aufzusuchen.

Und Carolin? Die meldete sich nun telefonisch und versicherte Klaus, dass sie ihn unbedingt vor ihrer Abreise noch sehen wollte. Allerdings war es ihr lieber, nicht nach Tannbach zu kommen. Sie druckste nicht mit irgendwelchen Ausreden herum, sondern sagte Klaus ganz offen, dass sie es so kurz vor ihrer Reise auf die Kanaren-Insel vermeiden wollte, mit ihm zu schlafen. Und sie war sich ziemlich sicher, in seinem Bett zu landen, wenn sie erst bei ihm in der Bachstraße wäre. Letzteres sagte sie in einem Tonfall, der so spitzbübisch und zugleich lasziv klang, dass Klaus die dadurch ausgelöste Erregung stärker wahrnehmen konnte als seine Enttäuschung über das zugleich ausgesprochene Keuschheitsedikt.

Im Übrigen redete Carolin keineswegs auf zurückweisende Art mit ihm, sondern wie immer liebevoll. Sie verabredeten sich schließlich zu einem baldigen Treffen an einem Ort, der für sie gemeinsam bereits einige Bedeutung erlangt hatte, nämlich auf dem Höhenweg in Krontal.

Höhenweg

Während der acht Kilometer langen Fahrt nach Krontal dachte Klaus intensiv an das erste Treffen auf dem für ihn schon legendären Höhenweg. Jener erste gemeinsame Spaziergang lag nun etwa vier Monate zurück. Besonders eingeprägt hatte sich Klaus die Szene, in der Carolin mit geradezu kindlicher Begeisterung die blühenden Apfelbäume wahrnahm, die er ihr gezeigt hatte. Oder die beiläufige zarte Berührung ihrer Knie, als sie auf der Bank gesessen waren. Aber immer noch war nicht zu erkennen, ob es sich damals um den Beginn einer großen Liebesbeziehung oder doch nur einer Affäre gehandelt hatte.

Als Klaus am vereinbarten Treffpunkt ankam, beherrschte dieses »Immer noch nicht« seine Stimmung. Carolin wartete bereits auf ihn, und als er sie sah, wandelte sich sofort das betrübte »Immer noch nicht« zu einem inständigen »Hoffentlich bald«. Ihr Gesicht schenkte ihm wieder jenes Strahlen, das seinen Herzschlag sofort beschleunigte.

Sie hatte sich, während er aus dem Auto ausstieg, verstohlen nach eventuellen Beobachtern umgesehen und konnte ihm nun bedenkenlos um den Hals fallen. Bedenkenlos deshalb, weil »Gefahr« von außen nicht zu sehen war und weil ihr emotionaler Zwiespalt im Augenblick des Wiedersehens ebenso schnell in den Hintergrund trat wie bei Klaus die Stimmungseintrübung.

Wange an Wange verharrten sie kurze Zeit, um den Duft der Nähe zu inhalieren, dann nahm Carolin Klaus bei der Hand und zog ihn fort vom Parkplatz, fort vom städtischen Umfeld, in dem stets irgendwelche Augenpaare unterwegs sein konnten, von denen sich die Gattin des Orchesterdirigenten nicht in den Armen des Kontrabassisten erspähen lassen wollte.

Nach der ersten Wegbiegung stoppte Carolin, zog Klaus zu sich hin und ließ einem ausgedehnten, innigen Kuss freie Bahn.

Als ihre Lippen ihn losließen, sagte er lächelnd zu ihr: »Du wundervolle Frau, wenn du mich so umarmen und so küssen kannst, warum kannst du dann nicht mit *mir* auf die Insel fliegen?«

Er selbst reagierte auf diesen Satz schneller als sie: Er wurde rot, weil ihm sofort der Gedanke kam, dass dies die gänzlich falsche Frage gewesen sein könnte. Carolin sah ihn betrübt an, da es genau ihre schmerzende Wunde war, in die Klaus seinen Finger gelegt hatte.

»Weil du nicht der Mann bist, dem ich mal versprochen habe, mit ihm alt zu werden.« Die Härte dieser Antwort trieb ihr selbst die Tränen in die Augen.

Klaus streichelte ihren Handrücken. »Entschuldige bitte. Es war furchtbar dumm von mir, eine solche Frage zu stellen.«

»So dumm war das gar nicht.« Mit dem Taschentuch, das er bereithielt, wischte sie die Tränen weg. »So musste ich einmal die Realität aussprechen, die wir vielleicht beide allzu gern aus dem Blickfeld schieben.«

»Na ja, das kommt schon immer wieder ins Blickfeld zurück – bei mir zum Beispiel jeden Abend, wenn ich allein im Bett liege ...«

»Ach Klaus, mir geht es da nicht so viel anders als dir. Aber lass uns jetzt nicht völlig in den Bittersee abtauchen. Es wäre doch schade um diesen kleinen Abend.«

Klaus lächelte. »*Kleiner Abend*, das passt ganz gut. Komm, gehen wir zu der Bank, auf der wir schon mal saßen!«

»Du meinst die, auf der unsere Knie miteinander geflirtet haben?«

»Das weißt du also noch? Mir schien, diese Berührung hätte sich eher aus Versehen ergeben.«

»Merken Sie sich eines, mein Herr: Eine Frau berührt nicht aus Versehen!«, verkündete sie theatralisch.

Sie waren fast bei der Bank angelangt, als ihnen eine Gestalt entgegenkam.

Es muss sich doch heute nicht *alles* wiederholen, und nicht alles zugleich, schoss es Klaus durch den Kopf, als Erwin Knab seine Hand zur Begrüßung ausstreckte.

»Das ist aber nett! Herr ...« Knab stockte.

»Gronius. Guten Abend, Herr Knab.«

»Ja, Herr Gronius. Ich höre ja nur Allerbestes von meiner Nichte und meinem Großneffen über Sie. Und jetzt habe ich wohl das Vergnügen, Sie zusammen mit Ihrer Gattin zu treffen!«

»Äh – also, wir sind noch nicht verheiratet. Darf ich vor…« Im letzten Moment fiel Klaus ein, dass er, obwohl ihm dies entsetzlich ungehobelt vorkam, Carolins Namen *nicht* nennen durfte – jedenfalls nicht ihren richtigen. Denn dass *Grabeel* auch der Name des Dirigenten »seines« Bach-Orchesters war, könnte der vergessliche Mäzen womöglich doch behalten haben.

Carolin reagierte geistesgegenwärtig und stellte sich selbst vor: »Nele-Clara Borig. Ich freue mich, Sie kennenzulernen!«

Fast hätte Klaus laut losgeprustet. Da war sie also wieder, die Nele-Clara. Dieser Name taugte nicht nur bei »AmorNovus« bestens zur Tarnung!

Der Alte deutete einen Handkuss an. »Erwin Knab, angenehm! Fast hätte ich gedacht, wir kennen uns ebenfalls schon. Aber je hübscher die jungen Frauen sind, desto leichter kann man sie verwechseln.«

Nach diesem ungewöhnlichen Kompliment wandte er sich wieder an Klaus: »Also, junger Mann, machen Sie das mit der Bassgeige so weiter! Maximilian wird dann bestimmt noch berühmt, haha! Und wenn diese Versicherung das kaputte Gerät nicht reparieren will, dann melden Sie sich bei mir. Irgendwo findet sich gewiss eine Schatulle, aus der wir was Neues bezahlen können.«

»Das ist sehr großzügig, Herr Knab, vielen Dank«, schmeichelte Klaus. Dass es bei der Instrumentenversicherung gar nicht um die Reparatur ging, brauchte er jetzt nicht zu erläutern, darauf kam es hier nicht an.

»Dann will ich mal nicht länger stören«, meinte Knab, der die Situation zutreffend einschätzte. »Frohes Wandern noch!«

Man schüttelte einander die Hände, und nachdem der verhinderte Charmeur außer Hörweite war, meinte Klaus: »Jetzt fehlte nur, dass uns Peter Hürpel oder vielleicht Patrizia Kurmeier entgegenkommt.«

»Nee, ich glaube, wir sind die einzigen Orchesterleute, die hier herumlaufen.« Sie grinste von der Seite zu Klaus hinüber. »Und? Wie war ich als Nele-Clara – die mit dem Herrn Bassgeiger *noch nicht* verheiratet ist? Aber du müsstest bei der Trauung ja auch höllisch achtgeben, dass du mich nicht mit irgendeiner anderen jungen Hübschen verwechselst!«

Klaus wurde verlegen: »Carolin, es tut mir leid ...«

»Komm, ich will dich doch nur foppen. Dir braucht überhaupt nichts leid zu tun, du hast perfekt reagiert. Und dafür, dass der olle Knab so ausgeprägt schrullig ist – was wir ja eigentlich schon wussten –, kann ich dich nicht verantwortlich machen.« Sie gab ihm einen Kuss, diesmal von der »beiläufigen« Sorte, und dann ließen sie sich auf *ihrer* Bank nieder.

Carolin schaute erwartungsvoll. »Nun erzähl mir mal, was du zurzeit so treibst in deinem Tannbacher Idyll!«

»Tannbacher Idyll? Manchmal ist es eher eine Hölle!« Er berichtete ihr von seinen Erlebnissen mit dem Fahrer der rollenden Diskothek. Es bekümmerte Carolin, dass Klaus in dem abgelegenen Nest offenbar genau das nicht fand, was er dort am ehesten erhofft hatte und weswegen er letztlich dorthin gezogen war. Auch wenn sie selbst wohl weit weniger empfindlich auf solche Art Lärmbelästigung reagieren würde, war ihr klar, wie abgrundtief enttäuscht er sein musste.

»Hast du schon mal überlegt, zur Polizei zu gehen?«, fragte sie ihn.

»Aber ich weiß gar nicht, ob das, was der Kerl tut, überhaupt verboten ist. Und auf dem Polizeirevier ausgelacht oder als Querulant registriert zu werden, wäre mir unangenehm.«

Carolin überlegte kurz. »Ich könnte doch meine Freundin Antje mal fragen, Antje Eckenberg, Fachanwältin für Familienrecht. Ich weiß, du willst mit dem Mann im schwarzen Mazda keine Familie gründen. Aber als Juristin weiß Antje, wo sie was darüber findet, wie man seine Mitmenschen legal plagen darf und wie nicht.«

»Das ist eine gute Idee, Carolin. Und wenn ich mit anwaltlicher Hilfe weiterkommen kann, dann ist es mir das Geld auch wert, das man dafür hinlegen muss.«

»Das kann ich Antje sagen. Aber für eine solche Auskunft wird sie bestimmt nichts verlangen.«

Klaus fühlte sich erleichtert. Es bedeutete ihm viel, das Übel nicht einfach erdulden zu müssen, sondern etwas dagegen tun oder wenigstens veranlassen zu können.

Sie gingen noch ein Stück den Höhenweg entlang, und Klaus erzählte von seinem Vorhaben, in die Berge zu fahren. Hingegen war Carolins Reise nach

Teneriffa ein Thema, über das keiner von beiden sprechen wollte. Dass diese Reise unter Umständen einen Neuanfang in der Grabeel'schen Ehe einleiten könnte, wussten sie beide.

Auf dem Rückweg wurden sie immer schweigsamer. Schließlich meinte Klaus bitter: »Wenn ich Pech habe, ist das heute unser letztes Zusammensein, oder?«

Carolin blieb stehen, schmiegte sich an ihn und fuhr sanft mit der Hand über seinen Kopf.

Nach einem tiefen Seufzer sagte sie leise: »Ja, Klaus, das ist möglich. Ich will daran aber jetzt nicht denken. Im Moment fühle ich keine Trennung von dir, sondern spüre nur, dass du mir sehr viel bedeutest.«

Sie küsste ihn, wandte sich um und ging schnell zu ihrem Auto. Klaus blieb noch einige Minuten stehen. Die Tränen, die ihr übers Gesicht liefen, konnte er nicht sehen, wohl aber erahnen.

Dienstlichkeiten

In den folgenden Tagen erlebte Klaus, wie gut es ihm tat, in der Erwartung und Vorbereitung seiner kleinen Urlaubsreise zu stecken. Er beschäftigte sich dadurch viel weniger mit jener anderen Reise, die parallel zu seiner eigenen stattfinden sollte und die für ihn so viel mehr Bedeutung erlangen konnte als sein Ausflug in die Berge.

In der Bachstraße, in seinem Häuschen und Garten, genoss er das Tannbacher Idyll, wie Carolin es genannt hatte. Das weitere Tannbacher Umfeld empfand Klaus dagegen zunehmend als feindlichen Ort: Mindestens zweimal, oft aber viermal täglich tauchte aus dem Nichts das dröhnende, vibrierende Geräusch auf, das Klaus in einen Zustand versetzte, der zwischen ohnmächtiger Wut und verzweifelter Hilflosigkeit angesiedelt war.

Doch schon am zweiten Tag nach dem Treffen auf dem Höhenweg kam eine Mail von Carolin, in der sie – garniert mit liebevollen Aufmunterungen – Antjes juristische Auskunft weitergab: Jegliches Lärmen, soweit es als unnötig angesehen werden kann, sei im Straßenverkehr verboten. Klaus sollte sich, falls er eine Anzeige erstatten wolle, auf § 30 der Straßenverkehrsordnung berufen. Falls er anwaltliche Hilfe benötige, könne Antje ihm einen Anwaltskollegen vermitteln, der zwar sonst meist die verkehrsrechtlichen Übeltäter vertrete, aber sicher gern auch mal auf der Gegenseite kämpfen würde.

Das mit der Anzeige werde er versuchen, beschloss Klaus. Und einen Advokaten würde er dafür wohl nicht brauchen, das wollte er selbst in die Hand nehmen. In Tannbach gab es keine Polizeidienststelle, zuständig war das Revier Krontal. Die Fahrt dorthin sollte das Hauptprojekt für den nächsten Tag werden.

Für diesen Tag indes hatte sich Besuch in der Bachstraße 5 angemeldet: Die Instrumentenversicherung schickte eine Mitarbeiterin, die den gemeldeten Schaden am Kontrabass begutachten sollte.

Frau Ehlers, die Punkt 10 Uhr klingelte, wirkte mit ihren hochgesteckten Haaren und dem grauen Hosenanzug älter, als sie vermutlich war. Sie machte einen äußerst korrekten Eindruck, war dabei aber keineswegs unfreundlich.

Zuerst ließ sie sich von Klaus minutiös den Hergang des Unfalls schildern. Zu ihrer ausgeprägten Korrektheit stellte Klaus gewissermaßen einen Gegenpol her, indem er sein Hinzukommen zum Unfallgeschehen um einige Minuten vorverlegte. So konnte er sich als angeblichen Augenzeugen präsentieren. Er wusste ja genau, wie das Malheur passiert war, und wollte es Erika ersparen, ebenfalls ausgiebig befragt zu werden.

Frau Ehlers war mit der Darstellung des Hergangs offenbar zufrieden, denn sie verzichtete auf eine Ortsbesichtigung. Das zu ersetzende Instrument wollte sie aber selbstverständlich sehen, und als Klaus den Kontrabass-Salat aus der Hülle zog, hatte sie sichtlich

Mühe, ihr dienstlich gefordertes Nicht-Beeindruckt-sein glaubhaft darzustellen.

»Und der Junge hat das überlebt?«, entfuhr es ihr doch.

Jetzt konnte Klaus nicht widerstehen, pathetisch zu werden: »Sehen Sie, das Instrument hat für ihn gewissermaßen den Opfertod erlitten!«

»Na ja, das mit dem ›Opfertod‹ werde ich in meinen Schadensbericht eher nicht aufnehmen. Aber ich muss zugeben, dass man hier wohl durchaus einen Totalschaden annehmen kann.«

Als Klaus mit einem tiefen Atemzug seine Erleichterung zeigte, kam jedoch sogleich ein Dämpfer:

»Die Kollegin in der Zentrale hat Ihnen am Telefon sicher unsere rechtlichen Bedenken erläutert. Unsere Leistungsabteilung wird den Fall noch zu prüfen haben. Schicken Sie uns jedenfalls die Original-Rechnung, wenn für Ihren Schüler ein Ersatzinstrument beschafft wurde.«

»Ja sicher. Und vielen Dank, dass Sie sich die Mühe gemacht haben, hierherzukommen.«

»Bitte sehr! Sie wissen ja, Herr Gronius: Wenn etwas passiert, sind wir für unsere Kunden da.« Lächelnd fügte sie hinzu: »Oder eben auch für die Musiklehrer unserer Kunden« – und war schon draußen.

Nun wuchs Klaus Gronius geradezu über sich hinaus. Der Versicherungstermin war abgehakt, jetzt könnte man die Polizei-Aktion doch ebenso gleich erledigen.

Er drehte noch ein wenig an seiner Seriositätsschraube, indem er ein gebügeltes Hemd anzog und sogar seine Haare kämmte, dann fuhr er los.

Unterwegs legte sich Klaus seine Strategie zurecht. Er wollte es diesmal besser machen als bei der Unterredung mit Furtner, wo er offenkundig nicht den Ton getroffen hatte, mit dem er seinen Widersacher hätte erreichen können. Auf der Polizeiwache würde es gewiss darauf ankommen, möglichst klar und präzise die Vorkommnisse zu schildern, dabei keine Emotionen zu zeigen und, wenn irgend möglich, Sympathie für das eigene Anliegen zu wecken.

Die Krontaler Garanten für Sicherheit und Ordnung waren in einem gesichtslosen Betonbau im Zentrum der Stadt einquartiert. Nicht ganz in dieses nüchterne Ambiente passte Polizeiobermeister Siebert, der an diesem Tag diensttuende Beamte im Revier. Er stand kurz vor der Pensionierung, hatte sich im Laufe langer Dienstjahre nicht wie manche seiner Kollegen aufreiben lassen, sondern eine stressabweisende Behäbigkeitsaura entwickelt – parallel zu einem bestens damit harmonierenden Körperumfang. Klaus hätte es passend gefunden, ihn mit »Herr Wachtmeister« anzusprechen, was aber nicht die korrekte Dienstbezeichnung des Polizeiobermeisters – oder auch »POM« – Siebert gewesen wäre.

Klaus schilderte so sachlich wie nur irgend möglich das Verhalten des *Beschuldigten* (diesen strafrechtlichen Terminus hatte er in einem aktuellen Kriminalroman gefunden). Voller Stolz präsentierte er

Nachnamen, Adresse und Autokennzeichen, säuberlich auf einem Zettel notiert.

»Wissen Sie, Herr Siebert«, sagte er zu dem Polizisten, der zugunsten bürgerfreundlicher Transparenz ein Namensschild trug, »ich will ja niemandem seine Freude an der Musik nehmen – egal welche Musik einer hören mag.« Hier deutete der Gesichtsausdruck des Anzeigenerstatters allerdings an, dass er zur Frage der musikalischen Qualität eine dezidierte Meinung hatte. »Aber es kann doch nicht sein, dass ein Einzelner darüber entscheidet, was alle anderen hören müssen, wenn sie sich zum Beispiel abends im Garten aufhalten. Man zieht doch extra aufs Land, weil man die Ruhe sucht!«

Der Polizeibeamte deutete ein verständnisvolles Kopfnicken an.

Und nun kam der entscheidende Punkt des hilfesuchenden Bürgers Gronius: »Ich habe mir sagen lassen, dass es nach § 30 der Straßenverkehrsordnung strafbar ist, wenn man auf der Straße unnötigen Lärm macht. Deshalb möchte ich Sie darum bitten, gegen den Beschuldigten Herrn Furtner einzuschreiten.«

Siebert legte seine Stirn in autoritätsbetonende Falten. »Das, was Sie sagen, Herr Gronius, geht schon in die richtige Richtung. ›Strafbar‹ allerdings ist der Verstoß gegen § 30 nicht. Es handelt sich bloß um eine Ordnungswidrigkeit. Und da droht auch nicht etwa der Führerscheinentzug, den Sie sich für den Betroffenen vermutlich wünschen.« Er lehnte sich in seinem bedenklich ächzenden Bürostuhl zurück. »Was schätzen Sie, sieht der Bußgeldkatalog in solchen Fällen vor?«

Klaus hatte zu seinem Glück in diesen Dingen keine Erfahrung. Seine Vorstellung von Gerechtigkeit sagte ihm aber, dass ein solches Bußgeld schon wehtun müsste. »Vielleicht 200 Euro?«, meinte er vorsichtig.

Der Polizist lachte. »Da haben Sie sich aber gründlich verschätzt. Ganze zehn Euro sind in der StVO vorgesehen! Und jetzt will ich Ihnen mal was aus meiner Erfahrung hier bei der Polizei erzählen. Der frühere Dienststellenleiter hatte den Ehrgeiz, gegen die lärmenden Motorradfahrer vorzugehen. Vor allem auf der Ausfallstraße Richtung Lanzenheim zeigen die gern, was in ihren Maschinen steckt. Mein ehemaliger Chef hat also massenhaft Verwarnungen austeilen lassen. Und was ist passiert? Kaum einer hat gezahlt, die meisten sind wegen der zehn Euro zum Anwalt gelaufen – mit Rechtsschutzversicherung kostet das ja nichts. Und dann gab es ein paar Gerichtsverfahren, in denen die Leute von ihren Anwälten herausgepaukt wurden. Was meinen Sie, wie schnell der vorgesetzte Polizeipräsident uns da zurückgepfiffen hat!«

»Haben denn die Richter den Radau in Ordnung gefunden?«, fragte Klaus ungläubig.

»Das Problem ist, wir hätten in jedem Einzelfall beweisen müssen, dass der erzeugte Lärm unnötig war. Da wäre jedes Mal zumindest eine Schallpegelmessung nötig gewesen. Aber wenn wir damit anfangen würden, hätten wir bei unserer dünnen Personaldecke niemanden mehr, um gegen Gewaltkriminalität und Wohnungseinbrüche vorzugehen.«

Klaus war bitter enttäuscht. »Heißt das also, dass Sie mir nicht helfen können?«

»Leider!« Siebert blickte auf seinen Computerbildschirm. »Ich darf Ihnen über die Vorgeschichte des Pierre Furtner natürlich nichts sagen.« Er räusperte sich vielsagend. »Aber ganz allgemein gilt bei solchen Leuten oft, dass sie irgendwann wegen anderer Delikte dran sind. Ansonsten bleibt nur zu hoffen, dass der Mann eines Tages aus dem Alter raus ist, in dem das Krachmachen Spaß macht. Oder dass dann Frau und Kinder im Auto mitfahren wollen und deshalb für die Riesenlautsprecher kein Platz mehr bleibt.«

Immerhin musste Klaus sich keine Ratschläge der Sorte anhören, er solle sich einfach an den Lärm gewöhnen oder nicht hinhören. Ein freundlicher Händedruck des Polizeiobermeisters war, neben dem versteckten Hinweis auf ein vorhandenes Sündenregister Furtners, jedoch alles, was er letztendlich bekam, und damit war also auch dieser Versuch einer Problemlösung gescheitert.

Ersatzbass

Wie gut, dass die Fahrt in die Berge bevorstand! Klaus ließ sich durch diesen Kurzurlaub gern von den Dingen ablenken, die ihn bedrücken wollten: das Scheitern seiner Versuche, den Tannbacher Ruhestörer von seinem Tun abzubringen, und dann Carolins Reise mit Ehemann. Je näher dieser Teneriffa-Urlaub rückte, desto weniger behielt Klaus die Chance im Blick, dass eine solche Unternehmung auch eine Klärung zu seinen Gunsten herbeiführen könnte. Seine Befürchtung war vielmehr, dass das Ehepaar in der Entspanntheit des Urlaubs auf südlichem Eiland sich wieder auf seine Gemeinsamkeiten besinnen und mit wiederhergestelltem Liebesglück in den Alltag zurückkommen würde.

So weit das schlimmstmögliche Szenario – aus der Sicht des zurückgelassenen Liebhabers. Aber könnte es denn nicht womöglich dessen verdammte Pflicht sein, der Frau, für die er so starke Gefühle hegte, ganz selbstlos genau diese »Ideallösung« ihres inneren Konflikts zu wünschen? Nun, wenn Klaus auf eine solche, immerhin denkbare moralische Forderung angesprochen worden wäre, hätte ihn das sicherlich zum Grübeln gebracht. Wer aber hätte ihn darauf ansprechen sollen? Sein eigenes seelisches Gerüst verfügte zwar über ein solides Maß an Gewissensschärfe, aber die Idee, aus Liebe auf die Liebe zu verzichten, wäre ihm doch zu paradox erschienen, um einen solchen Gedanken von sich aus zu entwickeln.

Am Tag vor dem eigenen Start in den Urlaub hatte Klaus einen wichtigen Termin, der mit den anstehenden Reisen in keinem Zusammenhang stand: Er traf sich mit den beiden Trieses im Musikhaus Schneider. Als die Fachverkäuferin das Trio begrüßte und von Klaus erfuhr, um was es auch diesmal wieder ging, meinte sie lachend: »Donnerwetter, Maximilian, du hast ja einen ganz schönen Verschleiß! Aber das ist schon recht – mein Chef freut sich.«

Wer sich trotz Neukauf jedoch weniger freute, war der junge Musikant. Hier wurde ihm jetzt nochmals richtig bewusst, dass es mit seinem »alten« viersaitigen Freund endgültig vorbei war. Dass die Aussicht auf ein völlig gleichwertiges und gleichartiges Instrument ihn darüber nur zum Teil hinwegtrösten konnte, wies ihn immerhin ansatzweise schon als »richtigen« Musiker aus.

Zuletzt verließ Max dann allerdings doch recht zufrieden den Laden. Immerhin hatte er nun wieder einen Kontrabass, und dieser neue sah tatsächlich ziemlich genau so aus wie der alte. Der Jungmusiker bekam sogleich eine Aufgabe gestellt, nämlich bis zur nächsten Unterrichtsstunde herauszufinden, ob sich ihm irgendwelche Unterschiede zwischen den beiden Instrumenten zeigten, vor allem im Klang, aber auch in anderer Weise.

»Hör ganz genau hin, Max! So wirst du dann gleich zum Streichinstrumentensachverständigen«, stellte Klaus ihm in Aussicht.

Das Wort *Streichinstrumentensachverständiger* war dem Elfjährigen zwar zu kompliziert, der genannten Aufgabe aber würde er sich mit großem Eifer stellen. Von seinem Lehrer wollte er noch wissen, ob dessen Kontrabass auf der Fahrt in die Berge dabei sein würde. Max hatte wohl die vage Vorstellung, dass so ein Berufsmusiker sein Instrument überall dabei haben müsste – zumal Klaus beim ersten Kennenlernen im Scherz eine entsprechende Bemerkung hatte fallen lassen.

»Nein, Max«, erklärte der jetzt, »ich müsste dann entweder in der Pension spielen – nur würden mir da wahrscheinlich die anderen Feriengäste und die Wirtin zusammen aufs Dach steigen. Oder ich spiele im Wald, aber dann gibt's Ärger mit dem Förster, weil die Rehe und Hasen nicht schlafen könnten oder womöglich von meiner Musik Durchfall bekämen.«

So waren also die wirklich wichtigen Dinge geklärt, sodass sich Max und seine Mutter von Klaus verabschieden konnten. Beide taten dies zum ersten Mal mit einer immerhin angedeuteten Umarmung, die bei Klaus das angenehme Gefühl verstärkte, von beiden gemocht zu werden.

Gleichwohl wurde er auf der Heimfahrt zunehmend missmutig. Die Sympathie und Freundschaft der beiden Trieses war zwar wohltuend, aber weitaus größeres Gewicht hatte die jetzt so quälend offene Frage, wie es mit Carolin weitergehen würde.

Zu Hause angekommen, unternahm Klaus erst einmal den obligatorischen Gartenrundgang. Das Haus war jedoch kaum zur Hälfte umrundet, als Klaus wie angewurzelt stehen blieb – von einer neuerlichen akustischen Attacke getroffen. Nein, das war jetzt nicht Pierre Furtners rollende Diskothek, von der die nachmittägliche Ruhe ebenso zerrissen wurde wie die durch den Gartengenuss gerade erst wiedererstandene Daseinsfreude des Tannbacher Neubürgers.

Der Krach hatte diesmal eine andere Quelle: Es war Herbst und also die Zeit der unsäglichen Laubbläser, die mit Lärm, Energieaufwand und – je nach Bauart – auch Gestank den gleichen Nutzen erzeugen wie ein in kontemplativer Bewegung geführter Besen oder Rechen. Wobei Besen und Rechen bekanntermaßen überdies den Vorteil haben, dass bei ihrem Einsatz allerlei kleines und winziges Getier seine Überlebenschance behalten darf.

Klaus hatte schon in Krontal gelegentlich vom Fenster aus beobachtet, wie ein Bediensteter des städtischen Gartenamtes das Laub auf dem Gehweg von einer Seite auf die andere pustete, nach zehn Minuten gefolgt von einem Kollegen, der dieselben Laubanhäufungen wieder retour von der anderen auf die eine Seite blies. Der dritte Akteur schließlich, weitere zehn Minuten später, war ein kräftiger Windstoß, der die herbstlich gefärbten Blätter einigermaßen gleichmäßig wieder auf dem Gehweg verteilte.

Nicht ganz abwegig erschien Klaus der Verdacht, die lärmenden Geräte könnten für manche so leidenschaftlich laubblasende Männer letztlich ein Phallussymbol darstellen.

In Tannbach hatte nun Karl von Kleemeyer, einer der wenigen anderen Bewohner der Bachstraße, in dieser Saison endlich auch den imponierenden Sprung in die laubbewegungstechnische Moderne vollzogen. Voller Stolz führte der Nachbar mit dem sonderbaren Bart sein kreischendes Gerät am Straßenrand spazieren – offenbar ohne an die von ihm doch so eifrig gesammelten Insekten zu denken. Unterdessen fragte unser bemitleidenswerter Musiker sich, ob man nicht vielleicht in einer einigermaßen bevorzugt gelegenen Stadtwohnung mehr Stille finden könne als in einem solchen ländlichen Höllenidyll.

Der Gartenrundgang wurde also abgebrochen, genau genommen trat an seine Stelle ein gedanklicher Rundgang durch die CD-Sammlung im Wohnzimmer des Hauses Bachstraße 5. Klaus legte das legendäre »Köln Concert« von Keith Jarrett auf, jenem außergewöhnlichen Pianisten, der als Jazz-Musiker ebenso Furore gemacht hat wie durch seine Bach-Einspielungen. Die Aufnahme dieser freien Improvisation in der Kölner Oper war schnell zu einer Lieblingsplatte avanciert, als Klaus mit vierzehn anfing, sich für Jazz zu interessieren. Jetzt half sie ihm, von seinem Zorn auf die ihn umgebenden Krachmacher Abstand zu gewinnen – und von dem kurzzeitig aufkeimenden Verdacht, man habe sich in Tannbach gegen ihn als Eindringling verschworen.

Jedenfalls hatte am Ende von Keith Jarretts Konzert auch der laubblasende Nachbar Kleemeyer sein Werk beendet, und es kehrte friedliche Stille ein.

Nun, am Vorabend von Klaus' Abreise in die Berge, wurde es Zeit, sich von der Geliebten zu verabschieden, die ihrerseits einen Tag später abfliegen wollte. Er schrieb ihr eine längere E-Mail, in der er zunächst von seinen Exkursionen auf das Polizeirevier und ins Musikhaus Schneider erzählte. Er wusste ja, dass Carolin sich für seine Alltagserlebnisse ehrlich interessierte, außerdem verspürte er selbst wenig Lust, ausführlich seinen Abschiedsschmerz auszubreiten.

Am Ende der Mail schrieb Klaus:

Es war ein großes Geschenk, Carolin, dass du beim Abschied am Höhenweg sagtest, ich würde dir viel bedeuten. Denn ich weiß, dass du so etwas nur sagst, wenn du es wirklich empfindest. Ich weiß aber auch, dass alles, was zwischen uns bisher entstanden ist, wie eine Sandburg von einer Atlantikwelle weggespült werden kann. Darüber zu jammern, steht mir nicht zu – es steht vielmehr uns beiden nicht zu. Schließlich haben wir unsere Sandburg auf gefährlichem Terrain erbaut.

Ich will mir deshalb vornehmen, für das, was ich mit dir erleben durfte, dankbar zu bleiben – egal was nach deiner Rückkehr sein wird. Von meiner Sehnsucht nach einer gemeinsamen Zukunft mit dir sollst du trotzdem wissen.

Viele liebe Grüße aus dem Tannbacher Idyll sendet dir

dein Klaus.

Nachdem er die Mail abgeschickt hatte, war Klaus von beruhigender Zufriedenheit erfüllt. Er hoffte und glaubte, dass es ihm geglückt war, weder fordernd noch jammernd zu schreiben. Gleichwohl hatte er Carolin einen Eindruck dessen mit auf den Weg gegeben, was ihn bewegte. Damit war alles getan, was er tun konnte, und nun hieß es nur noch: abwarten.

Römersteig

Die Fahrt zur Pension »Römersteig« dauerte knapp vier Stunden. Klaus hatte sein Auto am Bahnhof Krontal abgestellt und dann nach zweimaligem Umsteigen den Zielbahnhof erreicht. Bei dem Bus, der von dort nach Oberbuchendorf fuhr, handelte es sich um ein älteres Modell mit abgewetzten Kunstledersitzen. Außer unserem Touristen saßen ein paar Schulkinder darin, die aber schon bei der nächsten Haltestelle ausstiegen.

»Da fahren Sie ja jetzt nur wegen mir weiter!«, sagte Klaus scherzhaft zu dem gemächlich seinen Dienst verrichtenden Busfahrer.

»Ist schon in Ordnung«, meinte der. »Was meinen Sie, wie oft ich ganz allein in meinem Bus sitze! Spätestens mit sechzehn sind doch hier alle irgendwie motorisiert.«

»Dann ist es also etwas Besonderes, dass heute mal ein Erwachsener bei Ihnen mitfährt?«

»Ganz so ist es nicht. Es gibt zum Glück noch die syrischen Flüchtlingsfamilien, die in Oberbuchendorf einquartiert wurden. Die haben ja im Allgemeinen keine Autos und nehmen öfter mal den Bus.«

»Das finde ich gut, wenn sich jemand über die Einquartierung von Flüchtlingen freut!«

Der Fahrer blickte nachdenklich auf die Straße. »Ach wissen Sie, man soll niemandem wünschen, dass er aus seiner Heimat fliehen muss. Aber für mich hat das schon sein Gutes, dass die Syrer gerade bei uns gelandet sind. Sonst würden wirklich fast nur Schulkinder im Bus fahren.«

»Und die Touristen?«, fragte Klaus.

»Na ja, ab und zu steigen mal welche ein – das sind dann eher die Ökos. Ist jetzt nicht böse gemeint. Ich bin ja froh, wenn mal ein paar Fahrgäste mehr auftauchen. Wenn die Buslinie eingestellt wird, bin ich meinen Job los.«

Nach dieser Unterhaltung quittierte es Klaus mit ungewohntem Wohlwollen, dass an der nächsten Haltestelle eine Gruppe erkennbar frohgestimmter Seniorinnen und Senioren einstieg.

Vor einiger Zeit hatte er in einem sehr spontan geschriebenen Leserbrief an die örtliche Zeitung gefordert, größere Ansammlungen von Menschen zwischen 60 und 80 Jahren von der Benutzung öffentlicher Verkehrsmittel auszuschließen. Klaus selbst war dann erleichtert gewesen, dass dieser Zornesausbruch nicht veröffentlicht worden war.

Aber er fand doch, dass es weniger lästig war, einen Omnibus oder Eisenbahnwaggon mit einer pubertierenden Schulklasse zu teilen als mit einer Gruppe derjenigen, die aufgrund welcher »Lebensleistungen« auch immer mit größter Selbstverständlichkeit ihre akustischen Hoheitsrechte in Anspruch nahmen. Wenn dann noch eine oder mehrere Sektflaschen nebst Plastikbechern mit von der Partie waren und die »Prösterchen«-Rufe mit einem Gelächter untermalt wurden, das nach letztem Heiterkeitsaufgebot klang, dann konnte selbst ein überzeugter »Öko« wie Klaus Gronius Sehnsucht nach der auditiven

Selbstbestimmung im Individual-Verkehrsmittel entwickeln.

Nun aber, im Bus nach Oberbuchendorf, geschah ein kleines Wunder, und bei unserem Alleinreisenden steigerte sich das verkehrspolitische Wohlwollen zu einem emotional-ästhetischen Wohlgefallen: Die Gruppe der Grauhaarigen verfügte über einen Sprecher, und der wandte sich gleich nach Abschluss der Einsteige-Prozedur an die beiden Gruppenfremden, Klaus und den Busfahrer, mit der Frage: »Geht es für Sie, wenn wir etwas singen?«

Ohne weiter über die ungewöhnliche Formulierung dieser Frage nachzudenken, schloss Klaus sich dem zustimmenden Votum des Chauffeurs an – wie konnte man sich denn verweigern, wenn so höflich angefragt wurde? Und dann erklang mit einer Melodie, die Klaus nicht kannte, in einer Sprache, die ihm ebenfalls völlig fremd war, ein vierstimmiger Chorsatz von schlichter Anmut. Die Stimmen waren teils schon etwas zittrig, teils stark tremolierend, aber offensichtlich geübt und sehr sicher in der Intonation.

Wenige Minuten später hielt der Bus an, und der Fahrer, sichtlich bemüht, die Verwandlung seines rollenden Arbeitsplatzes in einen mobilen Konzertsaal zu würdigen, flüsterte in Richtung seines einzigen nicht singenden Fahrgastes: »Zum Römersteig müssen Sie hier aussteigen.«

Klaus dankte ihm stumm, grüßte freundlich in die Runde des touristischen Gesangvereins und bugsierte seinen Koffer aus dem Bus. Als der schließlich abfuhr, blickte Klaus ihm einen Moment lang nach.

Das wäre mir im Auto auf jeden Fall entgangen, dachte er vergnügt lächelnd. Dann überquerte er die Landstraße und bog in die schmale Zufahrt ein, die in einigen Kurven zur nahe gelegenen Pension »Römersteig« führte.

Das unspektakuläre Haus war schon so oft umgebaut worden, dass man ihm sein Alter nicht mehr ansah. Aus der Römerzeit jedoch stammte es eindeutig nicht. Das Interessanteste an dem Gebäude war, jedenfalls für die Urlauber, seine Lage in der bergigen Landschaft, abseits der Straße.

Frau Schmitt, die Wirtin, erwartete ihren Gast bereits in der offenen Haustür. »Sie sind bestimmt der Herr Gronius«, begrüßte sie ihn. »Wissen Sie, wenn jemand ankündigt, dass er mit dem Bus kommt, gibt es nicht so viele Möglichkeiten am Tag.« Sie lachte schallend – und mit einer Herzlichkeit, die Klaus von der Überlegung ablenkte, was denn an ihrer Äußerung eigentlich so komisch gewesen sein mochte.

»Schön haben Sie es hier, Frau Schmitt«, erwiderte der Gast. »Ich lasse mein Auto gern zu Hause, wenn man gut mit Bus und Bahn ans Ziel kommt. Und zu Ihnen wird man ja von dem netten Busfahrer fast vor die Haustür gebracht.«

»Ja, das ist der Herr Nowark. Hat er Ihnen von seiner Bienenzucht erzählt? Manchen Fahrgästen verkauft er während der Fahrt gleich einen Eimer Honig.« Wieder schüttelte die Wirtin sich vor Lachen.

Bei Klaus reichte es immerhin zu einem Grinsen. Er dachte bei sich, dass das Erlebnis mit den singenden Mitreisenden doch lohnender gewesen war als der Kauf eines Eimers Honig, den er dann auch noch hätte mitschleppen müssen.

»Aber jetzt bringe ich Sie erst mal auf Ihr Zimmer, Herr Gronius, sonst meinen Sie am Ende, Sie müssten draußen schlafen!« – Erneut schallendes Gelächter aufseiten von Frau Schmitt.

Klaus folgte ihr ins zweite Obergeschoss, wo sie die Tür zu einem sonnengetränkten Zimmer mit Dachschräge und knarzendem Dielenboden aufschloss. Die Einrichtung war schlicht-funktional und immerhin ohne die sonst in Ferienunterkünften verbreiteten Kitschbilder an den Wänden. Als die Wirtin den freudigen Gesichtsausdruck ihres Gastes sah, ging sie zufrieden hinaus. Daraufhin stellte Klaus seinen Koffer ab und sah sich eingehend um.

Von dem kleinen West-Balkon, der zu dem Zimmer gehörte, ergab sich ein herrlicher Panoramablick zum gegenüberliegenden locker bewaldeten Bergrücken. Von Süden nach Norden verlief die schräge Linie einer auf dem Grat stehenden Fichtenreihe. Jeder einzelne Baum schien seinen gezackten Wipfel etwas höher recken zu wollen als seine Nachbarn. Und jeder war etwas anders gezeichnet, einige mit Büscheln von länglichen hellbraunen Zapfen, andere in mehr oder weniger gleichmäßigem Dunkelgrün.

Der Mischwald im Vordergrund leuchtete in verschiedenen grün-braun-rötlichen Farben. Mittendurch ging ein unbefestigter Wirtschaftsweg, zu beiden Seiten von eleganten großen Linden gesäumt. Geradezu verschwenderisch erschien Klaus diese Allee an einem solchen Ort, an dem sie kaum wahrgenommen wurde. Auf dem flachen Land, wo man Alleen noch viel nötiger bräuchte – als Schattenspender, als Lebensraum für Vögel und anderes Getier, als ästhetische Wiedergutmachung für die landschaftszerschneidenden Straßen –, dort waren sie vor Jahren systematisch beseitigt worden. Das absurde Hauptargument hierfür hatte sich als äußerst durchsetzungsstark erwiesen: Diejenigen, die als *Täter* agierten, indem sie durch überhöhtes Tempo im Straßenverkehr ihr Leben und das anderer Menschen aufs Spiel setzten, wurden zu *Opfern* der »todbringenden« Bäume stilisiert, die ihnen bei ihrem Tun im Weg standen.

Hier jedoch hatten die Linden dieser versteckten Allee das Glück gehabt, niemandem im Weg zu stehen.

Wenn Klaus an einem Urlaubsort eingetroffen war, liebte er den ausgedehnten »Begrüßungs«-Spaziergang, den er nach Möglichkeit noch am Ankunftstag unternahm. Meist war es dann später Nachmittag oder früher Abend, und die Natur konnte in viel festlicherer Beleuchtung erstrahlen als zu irgendeiner anderen Tageszeit. Für den Ankömmling war es der entscheidende Schritt aus dem Alltag in den Urlaub (oder das Wochenende), er konnte den Zauber des Kennenlernens oder Wiederfindens einer Örtlichkeit genießen, die er sich gezielt als besonderen Ort jenseits der alltäglichen Umgebung ausgesucht hatte. Zudem lag die gesamte Zeitspanne, die für Erholung oder Urlaubserleben zur Verfügung stand, noch unangetastet vor ihm ausgebreitet.

So packte Klaus also schnell seinen Koffer aus und machte sich dann auf den Weg, um die »Römersteig«-Umgebung zu begrüßen.

Angela

Als Klaus von seinem Spaziergang, den er eher als kleine Wanderung erlebte, zurückkam, war er hochzufrieden. Die vielen Steigungen hatten ihn als sportlich völlig Ungeübten zwar angestrengt, aber das war eine Anstrengung, die sich sehr gesund anfühlte und die es ihm als legitim erscheinen ließ, sich nun uneingeschränkt auf die Abendmahlzeit zu freuen. Zudem schien sich seine Hoffnung zu erfüllen, dass der Aufenthalt in den Bergen ihn von allzu quälenden Gedanken an Carolins Reise mit Henning ablenken würde.

Nun also das Abendessen. Die Pension »Römersteig« bot ihren Gästen ein kleines Büfett mit Salat, einem schlichten vegetarischen und einem ebenso einfachen Fleischgericht, Brot und Käse, Obst und selbst gemachtem Schokoladenpudding. Dazu gab es eine begrenzte Auswahl an Getränken, unter anderem einen anspruchslosen süffigen Rotwein, von dem zum freien Genuss eine Karaffe auf jedem Tisch stand. Der »All-inclusive«-Effekt betrunkener Urlauber schien in diesem Haus kein relevantes Problem zu sein.

Klaus erschien als erster Gast im Speisesaal. Er suchte sich einen schönen Platz an einem der großen Fenster, wartete mit dem Essen aber, um nicht von den später eintreffenden Gästen für einen Gierhals gehalten zu werden.

Wenige Minuten nach ihm betrat eine mit unauffälliger Eleganz gekleidete Frau den Raum. Sie mochte ein paar Jahre jünger als Klaus sein, hatte kurzes dunkelbraunes Haar und benutzte offenbar erlesenes, jedoch eine Spur zu üppig aufgetragenes Parfum.

»Guten Abend, ist an Ihrem Tisch noch ein Platz frei?«

Das waren ein üblicher Gruß und eine eigentlich harmlos-unverfängliche Frage. Dennoch ging Klaus in diesem Moment der Gedanke durch den Kopf: Ich glaube, die will was von mir!

Zugleich schämte er sich für diese unausgesprochene »Verdächtigung« und antwortete in ebenso freundlichem Ton: »Ja, sicher. Ich freue mich, nicht allein hier zu sitzen.«

»Ich bin Angela«, stellte sie sich vor, wobei sie das »g« auf italienische Art, also als weiches »dsch« aussprach.

»Und ich heiße Klaus. Sind Sie ebenfalls heute angekommen?« Es amüsierte Klaus, das für ihn ungewohnte sogenannte Hamburger Sie zu benutzen.

»Nein, ich bin schon seit zwei Tagen hier – und finde es auch dieses Jahr wieder ganz wunderbar!«

»Ah, ein Stammgast. Dann können Sie mich sicher beim Büfett beraten.«

»Oh ja!« Angela mit dem italienischen »g« und dem Hamburger »Sie« strahlte. »So was macht mir Vergnügen. Ich fange gleich an: Eigentlich ist hier alles schlicht, aber schmackhaft. Besonders schlicht, mit Tendenz zur Langweiligkeit ist der Salat. Aber Sie sind ja neu hier, da werden Sie ihn am Anfang vielleicht mögen.«

»Ach, der große Salatesser bin ich sowieso nicht. Zu viele Vitamine sind auch nicht gesund.«

»So, so.« Angela schaute ihn an, als hätte er laut gesagt, was ihm gerade durch den Kopf ging – nämlich, dass seine Gesprächs- und Büfettpartnerin verführerische Kusslippen hatte. Sie fuhr mit der Zunge über ihre Oberlippe und sagte: »Dann brauchen Sie sich vor dem Nachtisch jedenfalls nicht zu fürchten. Der ist immer gleich, aber es soll Gäste geben, die vor allem wegen dieses Schokoladenpuddings immer wieder hierherkommen. Keine Ahnung, welches Geheimnis Frau Schmitt da in ihrer Küche hütet.«

»So ein Wiedergänger könnte ich auch werden, ich liebe Schokoladenpudding! Wollen wir mal hinübergehen?«

Beide bedienten sich ausgiebig am Büfett und ließen sich auch den bereitgestellten Rotwein schmecken. Klaus fühlte sich gelöst und unbeschwert. Dies lag weniger am genossenen Wein als vielmehr an der Haltung, die er gegenüber seiner Tischgenossin einnehmen konnte: Er vermochte den in jeder Hinsicht reizvollen Kontakt zu ihr aufzubauen, ohne von den Gedanken eines Suchenden belastet zu sein. Die beiden Fragen, ob diese Frau denn diejenige sei, um die es sich zu werben lohnte, und ob er denn wohl eine hinreichend gute Figur bei seiner Balz machte, spielten hier und jetzt nicht die geringste Rolle.

Nach dem ausgedehnten und im Wortsinne unterhaltsamen Abendessen ging Klaus auf dem Weg zu seinem Zimmer an der Küche vorbei. Deren Tür stand offen, und als der gut gesättigte Gast stehen blieb, um einen anerkennenden Blick hineinzuwerfen, kam Frau Schmitt gleich auf ihn zu und fragte, ob es denn geschmeckt hätte.

»Sehr gut, vielen Dank!«, war die aus voller Überzeugung gegebene Antwort. »Vor allem Ihr Schokoladenpudding ist wirklich wunderbar.«

Von lautem Gelächter mehrfach unterbrochen, entgegnete die Wirtin: »Na, das dachte ich mir doch schon, als ich Sie vorhin begrüßt habe, Herr Gronius, dass Sie eher ein Puddingfreund sind als ein Salatesser.«

Klaus verkniff sich die Frage, ob man diese Vorliebe denn seiner Figur ansehen könne – er fürchtete durchaus, dass die ehrliche Antwort nur »ja« lauten konnte –, und wünschte stattdessen lediglich eine gute Nacht. Beim voraussichtlich puddinglosen Frühstück, so nahm er sich vor, würde er vielleicht ein wenig Gewichtspflege betreiben.

Nach einem kurzen Blick vor die Haustür und einer noch kürzeren Überlegung, ob ein Verdauungsspaziergang angebracht wäre, zog sich Klaus auf seinen Balkon zurück. Es war der passende Zeitpunkt, um in der milden Abendsonne mit einem der vier mitgenommenen Kriminalromane zu beginnen.

Frank hatte seinen Bruder einmal gefragt, ob das Lesen von Krimis denn zum Beruf des Musikers passte. Wer sensibel auf die Feinheiten musikalischen Wohlklangs zu achten habe, könne sich doch unmöglich für die blutrünstigen Grobheiten des literarisch aufbereiteten Verbrechens begeistern. Klaus sah dies natürlich anders: Gerade weil es in der Musik auf so viel nicht Greifbares ankam, tauchte er in seiner Freizeit gern in eine Gegenwelt ein. Außerdem ging es in der Welt der Krimis ja nicht so sehr um die dort begangenen Grausamkeiten als vielmehr um präzise Logik und Kombinationsfähigkeit.

So endete also der erste Abend in der Pension »Römersteig« mit der Aufklärung eines Mordes.

Waldeslust

Die folgenden Tage verliefen für Klaus beschaulich und ereignisarm. Das durchwachsene Wetter war freundlich genug, um ausgedehnte Stubenhockerei zu verbieten, aber dank der herbstlichen Kühle blieb es dem Kurzurlauber erspart, seine Spaziergänge und Kurzwanderungen als sportliche Verausgabung zu erleben.

Mit der Büfett-Bekanntschaft Angela gab es bei den Tagesaktivitäten keine Berührungspunkte. Sie war leidenschaftliche – nach Ansicht von Klaus: fanatische – Radlerin und quälte ihren wohl nicht zuletzt deshalb so ansehnlichen Körper mit stundenlangen Touren auf dem Mountainbike. In den täglichen Abendessensgesprächen der beiden versuchte sie, Sympathiewerbung für ihre Fahrradausflüge zu betreiben, indem sie diese etwas harmloser darstellte, als sie waren.

Klaus hingegen gab sich Mühe, seine recht gemächlichen Bewegungsrunden hinsichtlich Steigungen und Streckenlängen verbal ein wenig zu versportlichen. Beide Vorgehensweisen dienten gegenseitigem Verständnis oder ebneten zumindest den bestehenden Interessensgraben etwas ein. Eine Brücke über diesen Graben bildete die Musik. Da hatten beide einen ähnlichen Geschmack, zudem faszinierte es Angela, einmal einen Berufsmusiker kennenzulernen. Klaus seinerseits genoss es, als Experte glänzen zu können, wenngleich er doch darauf bedacht war, nicht wie ein Angeber zu wirken.

Recht unterschiedliche Schwerpunkte waren beim Essen zu verzeichnen: Angela legte Wert auf einigermaßen gesunde Ernährung, hatte aber schon am ersten Abend ihrem Tischgenossen die passende Rechtfertigung für dessen Kontrastprogramm geliefert. So entwickelte Klaus ziemlich schnell das – von beiden einverständlich belächelte – Ritual, sich beim Salat unter ausdrücklichem Hinweis auf dessen gleichförmige Langweiligkeit auf ein Anstandsblättchen zu beschränken, zum »Ausgleich« dann aber dem Schokoladenpudding umso reichlicher die verdiente Ehre zu erweisen.

Der rote Tischwein in der stets bereitstehenden Karaffe indes war beiden Gästen gleichermaßen ein geschätzter Essensbegleiter. Daraus erwuchsen zwar keine Exzesse, aber die Stimmung lockerte zusehends auf. So war es nicht verwunderlich, dass bereits am zweiten Abend das »Hamburger Sie« zum landläufigen Du mutierte.

Am vierten Tag war es abends immer noch recht warm, und nach dem Essen unternahmen Klaus und Angela einen gemeinsamen Spaziergang. Sie gingen den leicht ansteigenden Weg zum nahe gelegenen Fichtenwald, dessen dunkles Grün im milden Abendlicht freundlich leuchtete. Der Weg fühlte sich deutlich steiler an, als er tatsächlich war. Dies lag wohl daran, dass die beiden Spaziergänger sowohl dem Büfett reichlich zugesprochen als auch den Wein dabei nicht vernachlässigt hatten.

Klaus dachte an seinen ersten Spaziergang mit Carolin und bemerkte mit einer gewissen Erleichterung den markanten Unterschied in seinem eigenen Empfinden. Damals war er so aufgeregt wie selten in seinem Leben gewesen und hatte das Flanieren auf dem Krontaler Höhenweg als bewegendes Ereignis erlebt.

Jetzt hingegen war es für ihn einfach unterhaltsam, Angela an seiner Seite zu haben. Außerdem, das durchaus, fand er sie attraktiv und hatte den schmeichelhaften Eindruck, dass dies auf Gegenseitigkeit beruhte.

Nach wenigen Hundert Metern hielten sie kurz an, um sich ihrer Jacken zu entledigen. Klaus erbot sich, auch Angelas Jacke über seine Schulter zu werfen, wofür er einen Kuss auf die Wange bekam. In gemächlichem Tempo und mit munterem Geplauder gingen sie weiter.

Wie es sich für eine Urlaubsgegend gehört, wartete am Waldrand eine Bank auf die beiden Spaziergänger, und ganz selbstverständlich ließen sie sich darauf nieder.

Sie schauten hinauf zum zartblauen, mit weiß-rosa Wölkchen betupften Abendhimmel zwischen den Baumkronen. Wind und Wald ließen ein leises Rauschen vernehmen, gelegentlich überlagert vom nadelspitzen Schrei eines hoch oben kreisenden Bussards, der seine potenziellen Opfer mit seinen Rufen vor sich selbst zu warnen schien.

Klaus kam der Gedanke, dass vielleicht auch er vor irgendeiner Gefahr gewarnt werden sollte – wenn auch sicherlich nicht vor den Krallen eines Raubvogels.

»Gehen wir noch ein Stück?«, fragte Angela und deutete in Richtung des Wegs, der sich in dem lichten Hochwald verlor. Als sie aufstehen wollten, war ein Motorengeräusch zu hören.

Zum Glück einigermaßen weit weg, dachte Klaus. Aber tatsächlich *dachte* er das nur. Denn ziemlich rasch kam das unruhig auf- und abschwellende Geknatter näher.

»Aber das gibt's doch gar nicht«, meinte Angela, »so was kann doch nicht mitten aus dem Wald kommen!«

Es kam mitten aus dem Wald. Eine Gruppe von vier Jugendlichen mit geländegängigen Kleinmotorrädern war entschieden der Ansicht, dass sich benzingetriebene Männlichkeit in baumbestandener Wildnis besser beweisen ließ als auf langweiligen Straßen. Dass sie dabei einiges Geschick zeigten, ließ sich nicht leugnen. Die beiden Spaziergänger waren von der Geschicklichkeit der vier allerdings nicht sonderlich beeindruckt.

»Wird man denn überall von den Krachmachern verfolgt?«, stöhnte Klaus resigniert.

Diese Resignation beeindruckte nun die motorisierte Dorfjugend von Unterbuchendorf nicht im Geringsten. Immerhin freundlich grüßend fuhren die vier Motocross-Fahrer an den (aus ihrer Sicht) älteren Herrschaften vorbei und waren nach wenigen Minuten nicht mehr zu hören.

Zumindest Klaus war die Lust an weiterer Erkundung des »stillen« Buchendorfer Waldes vergangen, also gingen die beiden zurück zur Pension.

Abreise

Bei ihrer Rückkehr musste Angela dringend auf die Toilette, sodass keine Gelegenheit blieb, die eventuelle gemeinsame Gestaltung des restlichen Abends zu erörtern. Klaus, dem dies ganz recht war, verzog sich gleich auf den Balkon seines Zimmers.

Durch zwei Türen und eine Treppe von Angela getrennt, bilanzierte er den kleinen Ausflug mit ihr. Sie war ihm als Gesprächs- und Spaziergangspartnerin willkommen, aber mehr wollte er daraus nicht werden lassen. Und mit jeder Minute, die er allein auf dem Balkon saß, wanderten seine Gedanken ein Stück näher hin zu der Frau, mit der er ganz zweifellos mehr wollte.

Diese Gedanken waren allerdings in dieser Situation nicht ausschließlich sehnsüchtiger Art. Ein klein wenig Trotz mischte sich darunter. Carolin befand sich nicht lediglich weit weg, sie war auch und vor allem zusammen mit ihrem Mann weit weg – womöglich sogar in einem Zustand der emotionalen und/oder körperlichen Wiederannäherung. Insofern sah Klaus keine moralische Notwendigkeit, auf eigene sexuelle Freuden zu verzichten. Ja, er fand sogar, dass er Carolin in einem übergeordneten Sinne selbst dann treu bliebe, wenn er sich auf ein erotisches Abenteuer etwa mit Angela einließe.

Klaus erschien es engstirnig, den Treuebegriff auf die Frage einer erotischen Alleinvertretung zu fokussieren. Entscheidend war für ihn zum einen, dass er loyal und verlässlich zur Frau seines Herzens stand. Und zum anderen kam es für ihn darauf an, auch bei einem anderweitigen sexuellen Erlebnis die Priorität seiner Gefühle, um nicht zu sagen seiner Liebe, unangefochten zu lassen.

Rigider als der moralische Imperativ war jedoch das, was Klaus von seinen mit eben jener Priorität versehenen Gefühlen diktiert bekam. Denn die wollten sich nicht ablenken oder irritieren lassen, wollten also kein intimes Abenteuer mit der Urlaubsbekanntschaft vom Römersteig.

Kurz unterbrochen – und zugleich auf die Probe gestellt – wurden diese Überlegungen durch ein zartes Klopfen an der Zimmertür.

»Klaus, bist du da?« Angela flüsterte gerade so laut, dass er ihre Stimme hinter der Tür vernehmen konnte.

Nein, Klaus war »nicht da«. Sein sofort einsetzendes Herzklopfen rührte zu einem Teil daher, dass er fürchtete, Angela könnte die unverschlossene Tür nun einfach öffnen. Der andere Teil der Pulsbeschleunigung war aber sehr wohl einer gewissen Erregung geschuldet, in die ihn die Aussicht versetzte, durch ein schlichtes »Ja« dem gemeinsamen Abendspaziergang nun einen erotischen Ausflug mit dieser begehrenswerten Frau folgen zu lassen. Denn es stand nicht zu erwarten, dass der Abend in Klaus' Zimmer mit dem gemeinschaftlichen Lesen von Kriminalromanen geendet hätte.

Gleichwohl blieb er beim Nicht-Antworten auf die geflüsterte und durchaus verlockende Anfrage.

Es entsprach nicht Angelas Stil, eine Zimmertür nach unbeantwortetem Klopfen zu öffnen – ungeachtet dessen, dass sie keinen Zweifel an Klaus' tatsächlicher Anwesenheit hatte. Allerdings hätte es ihrem Stilempfinden ebenfalls widersprochen, einem Mann, der sie, und sei es nur durch sein Schweigen, von Tür und Bett abgewiesen hatte, am nächsten Morgen beim Frühstück zu begegnen. Also tat sie am folgenden Morgen das Einzige, was für sie nun infrage kam: Sie reiste unter einem Vorwand vorzeitig ab – noch vor Eröffnung des Frühstücksbüfetts.

Etwas mitgenommen von einem wüsten Traum, in dem außer Carolin und Angela auch Herr Nowark mit seinem Bus und eine Horde martialisch hergerichteter Rocker vorgekommen waren, stolperte Klaus in den Speisesaal. Angelas Abwesenheit fiel ihm sofort auf, hatte sie sich doch bisher stets vor ihm am Frühstücksbüfett eingefunden. Er konnte den Grund ihrer Abwesenheit erahnen, und der Gedanke, dass er sie wahrscheinlich niemals wiedersehen würde, löste eine Mischung aus Bedauern und Erleichterung bei ihm aus. Er verzog sich an einen Einzeltisch, denn mit anderen Pensionsgästen zu plaudern, hatte er an diesem Morgen keine Lust.

Den Rest seines Aufenthalts verbrachte Klaus, soweit das Wetter es zuließ, überwiegend auf dem Balkon seines Pensionszimmers. Auch zu einigen kleineren

Waldspaziergängen raffte er sich auf. Er dachte immer häufiger an Carolin, wenngleich der Zielort solcher Gedanken eigentümlich diffus blieb. War es Teneriffa? Oder Tannbach? Krontal? Lanzenheim? In Klaus' Kopf waren all diese Orte gerade sehr weit entfernt. Und hierher, an den Römersteig, passte Carolin nun mal überhaupt nicht. Klaus konnte sich auch nicht eindeutig auf das Wiedersehen freuen. Zu ungewiss war es, ob sich an dieses Wiedersehen eine gemeinsame Zukunft anschließen würde.

Am letzten Tag hatte sich der Himmel frühmorgens eingetrübt, und nach dem Frühstück setzte ein leichter Nieselregen ein. So erwies sich das Abreisedatum als gut gewählt, und Klaus konnte ohne Wehmut die Bushaltestelle aufsuchen, um in dem klapprigen Gefährt des netten Herrn Nowark seine Heimreise anzutreten. Insgesamt empfand er Zufriedenheit mit seinem Kurzurlaub, der ihm nicht nur interessante Begegnungen ermöglicht, sondern auch einen gewissen Abstand von Tannbach und dem aus seiner Sicht verwaisten Lanzenheim verschafft hatte.

Iltis

Zurück in seinem immer noch neuen Wohnort, merkte Klaus deutlich, dass der Herbst nun nicht mehr bereit war, sich durch besonders späte Spätsommertage sein Regiment streitig machen zu lassen. Gelbe, rote und braune Blätter flogen durch die Luft, und vereinzelt waren schon Bäume mit leergefegten Zweigen zu sehen. Auch die ersten Gedanken an Handschuhe für empfindliche Instrumentalistenhände tauchten auf.

Nachdem der Instrumentalist unserer Geschichte – noch ohne Handschuhe – sein Gepäck abgelegt hatte, stellte er sich vor seinen daheim gebliebenen Kontrabass und sagte liebevoll: »Du wirst es nicht glauben, dickes Schwein, aber ich habe dich wirklich ein bisschen vermisst!«

Ob das Musikinstrument dieses Bekenntnis nun glaubte oder nicht, ist nicht überliefert. Jedenfalls klang es nicht anders als sonst, als Klaus, wie um sich zu vergewissern, dass er nichts verlernt hatte, ein paar kurze Melodien strich und zupfte.

Danach unternahm er einen Rundgang durch den Garten – durch *seinen* Garten, was doch noch nicht ganz zur Gewohnheit geworden war. Mit Freuden stellte er fest, dass nicht nur – passend zum beginnenden Herbst – reife Walnüsse unter dem Nussbaum lagen, sondern als späte Sommerboten auch einige Himbeeren knallrot an ihren Zweigen leuchteten. Die pflückte Klaus direkt vom Strauch in den Mund, dann holte er für die Nussernte einen Korb aus der Küche.

Himbeeren im Mund, Walnüsse in der Hand, beides aus dem eigenen Garten, dazu ein sanft streichelnder Herbstwind und das gemütliche Gurren der Tauben – wie schon ein paar Tage zuvor, aber nun mit anderem Anstrich, mutete die Szenerie paradiesisch an. Doch auch jetzt und hier war das Paradies nicht zu haben, ohne dass man alsbald daraus vertrieben wurde: Die rhythmischen Schläge im tiefen Frequenzbereich, da waren sie wieder.

Klaus hatte die leise und – wie sich nun zeigte – unrealistische Hoffnung gehabt, dass während seiner Abwesenheit irgendetwas Erlösendes geschehen sein möge: ein Sinneswandel des Pierre Furtner, dessen Wegzug von Tannbach, aber auch Krankheit oder Tod. Selbst solche Ereignisse hatte er sich ausgemalt, ohne dabei zu erschrecken. Es durfte doch nicht sein, dass er, kaum in sein neues Zuhause zurückgekehrt, von diesem Menschen zu der Überlegung gezwungen wurde, möglichst schnell wieder zu flüchten! Und er wurde ja nicht nur draußen im Garten von den dröhnenden Lautsprechern gequält. Der Lärm drang durch die Fenster und wahrscheinlich auch durch die Wände. Vor allem aber drang er Klaus ins Bewusstsein und tief in sein Gemüt.

Als er am späten Nachmittag aus dem Küchenfenster blickte, bemerkte er eine Bewegung auf dem Rasen. Er dachte im ersten Moment, eine der zahlreichen Katzen aus der Nachbarschaft wäre wieder einmal zu

Besuch. Aber dies hier war keine Katze. Er schaute genau hin: Es war, wie ihm gleich darauf ein Blick in das Handbuch »Tiere unserer Heimat« bestätigte, ein Iltis. »Europäische Iltisse sind nachtaktiv«, war dort zu lesen. Jetzt aber war es noch taghell! Klaus schaute wieder in den Garten und sah, dass der Iltis nur auf drei Beinen lief, das rechte Hinterbein zog er hinter sich her.

Vielleicht erwischt er deshalb keine Beutetiere, überlegte Klaus, und um nicht zu verhungern, geht er auch tagsüber auf Nahrungssuche, wenn ordentliche Iltisse schlafen. Klaus öffnete das Fenster, um den seltenen Besucher näher zu betrachten, worauf dieser, so schnell es eben ging, in ein Gebüsch humpelte. In den Garten ging Klaus an diesem Tag dann nicht mehr, denn es fing an zu regnen. Er trat nur bei Einbruch der Dunkelheit kurz vor die Tür, um die Krähen zu verscheuchen, die lärmend ums Haus flogen.

Nachts träumte Klaus von einem völlig abgemagerten Tier auf seiner Bettdecke, das mit heftig blutendem Bein fauchend und knurrend seine Kreise zog, wobei der Bettbezug sich zunehmend rot verfärbte. Klaus überlegte verzweifelt, was er diesem undefinierbaren Tier zu fressen geben könnte, um es vom Bett herunter zu bekommen. Der Eindringling gebärdete sich immer lauter, bis Klaus aufwachte. Er merkte, dass die Geräusche aus seinem Traum real waren, allerdings kamen sie von draußen, vermutlich von den Katzen, die ihre nächtlichen Revierkämpfe ausfochten. Klaus war jedenfalls froh über seine traumresistent saubere Bettdecke, die er sich über die Ohren zog, um schnell wieder einzuschlafen.

Erst am übernächsten Tag ging er wieder in den Garten, als am frühen Abend die für Anfang Oktober ungewöhnliche Schwüle etwas nachgelassen hatte. Am östlichen Gartenzaun stand der Himbeerstrauch, der seinen Besitzer auch heute nicht enttäuschte. Störend allerdings war ein unangenehmer Geruch, dessen Herkunft zunächst unklar war. Der Gestank erinnerte an den, der manchmal volle Mülltonnen umgibt. Klaus kam die Idee, dass nahe bei den Beerensträuchern vielleicht ein toter Vogel liegen könnte, dessen Verwesungsgeruch zu bestatterischem Handeln aufrief.

Er sah sich im Garten um, fand zunächst aber nichts. Als er weiter zur Südseite des Hauses ging, ließ der Gestank zu seinem Erschrecken nicht nach, sondern wurde noch intensiver, schließlich geradezu unerträglich.

Und jetzt war es auch zu sehen: Zwischen dem Brombeergestrüpp an der Grundstücksgrenze und dem Nussbaum lag der Körper eines Tieres, etwa von der Größe einer sehr dicken Katze. Nun war das, was da lag, keineswegs leblos. Es handelte sich zwar ganz eindeutig um einen Kadaver, der aber übersäht war von Tausenden umherwuselnden gelblichen Maden. Klaus fand den Anblick ähnlich entsetzlich wie den Gestank und blieb in gehörigem Abstand stehen. Soweit das Madengewimmel den Blick auf den toten Körper freigab, war zu erkennen, dass das Tier wohl ein dunkles Fell hatte. Nicht erkennbar war jedoch, wo oben und unten, vorn und hinten war. Was konnte das sein? Klaus dachte an den Iltis. Ob der vielleicht eine Katze gerissen hatte?

Nun – der Gedanke an den Iltis war nicht verkehrt, aber in diesem Drama war dem Tier aus der Marderfamilie nicht die Rolle des Täters zugefallen, sondern die des Opfers. Dies dämmerte Klaus, als er einige Meter entfernt den Kopf des unbekannten Wesens entdeckte. Hier waren keine Maden (mehr) zugange: Der Kopf war im Gegensatz zum Rumpf seltsamerweise vollständig abgenagt, es war sozusagen ein Totenschädel. Und an dem konnte man die Reißzähne erkennen, die mit Sicherheit keiner Katze gehört hatten. Eine weitere Entdeckung machte Klaus, als er sich in diesem hinteren Teil des Gartens umsah: Im Umkreis von zwei bis zehn Metern waren kleine graue Fellstücke verstreut, teilweise wiederum mit Maden besetzt.

Mit zugehaltener Nase ging Klaus umher, um möglichst alle grausigen Einzelheiten dieses Tableaus zu erfassen. Dabei dachte er angestrengt nach. Was mochte geschehen sein? Und was hatte als Nächstes zu geschehen? Das tote Tier musste wohl der Iltis sein – ziemlich aufgequollen, aber dafür konnte es verwesungsbiologische Gründe geben. Nun fielen Klaus die Krähen wieder ein. Konnten sie den Iltis getötet haben? Oder hatte es etwa eine Katze getan? Er dachte an das Kampfgeschrei in der vorletzten Nacht. Oder war der Iltis verhungert oder an den Verletzungen gestorben, die auch zum Hinkebein geführt hatten? Aber was mochte es gewesen sein, das ihn den

Kopf gekostet hatte? Und wer hatte die Fellstücke im Garten verteilt? Vielleicht war zumindest dies das Werk der Krähen? Egal, dem Gartenbesitzer war ja nicht die Aufgabe der Verbrechensaufklärung zugewiesen.

Aber er musste die grässlichen Spuren des Geschehens beseitigen, und zwar so schnell wie möglich! Er dachte an einen Begriff, den er einmal auf einem Hinweisschild gelesen hatte: »Tierkörperbeseitigungsanstalt«. So etwas schien es also zu geben, aber wer weiß: Da musste womöglich zuerst ein Tierarzt kostenpflichtig bemüht oder ein längeres Antragsverfahren durchgeführt werden, von irgendwelchen Verpackungsanforderungen ganz zu schweigen. Nein, dies hier war *sein Garten*, und das wie auch immer zu Tode gekommene Tier war offensichtlich »herrenlos«, also würde er selbst zur Tat schreiten, und zwar sofort.

Zunächst ging er ins Haus, kramte aus der Reste-Schublade ein altes Stofftaschentuch hervor und schnitt zwei Löcher hinein, durch die er eine Schnur zog. Nun noch ein paar Tropfen Minzöl darauf, und fertig war der Geruchsfilter, den er sich vor die Nase band. Als er dann wieder in den Garten kam, fühlte er sich mit seiner seltsamen Gesichtsverkleidung schon halb wie ein Profi, jedenfalls nicht mehr so hilflos und ungeschützt wie eine Viertelstunde zuvor. Er belud die Schubkarre mit trockener Erde, die er erst einmal auf den Kadaver schaufelte – zur optischen und olfaktorischen Abmilderung für ihn, wenngleich zum offensichtlichen Missvergnügen einer größeren Schar Fliegen, die von ihrem Abendessen aufgeschreckt wurden.

Dann begann er, in zwei Metern Entfernung eine Grube auszuheben. Das war recht schweißtreibend, denn er wollte den Iltis tief genug legen, um ihm nicht bei irgendeiner späteren Pflanzaktion wieder zu begegnen. Lästig war auch, dass von dem Minzöl die Augen tränten und die Nase lief. Aber immerhin war unter dem Tuch vom Gestank nichts zu bemerken. Bis auf einen Meter wühlte sich der Amateur-Totengräber in die Tiefe, stieß dabei auf eine rostige Eisenkette und auf mehrere dicke Wurzeln des in der Nähe stehenden Nussbaums. Schweren Herzens durchtrennte er diese Lebensadern des hochgeschätzten Baumes. Schließlich betrachtete er zufrieden die geräumige Grube.

Damit war der anstrengendste Teil der Arbeit erledigt, aber noch nicht deren unangenehmster. Der kam nun: Zunächst sammelte Klaus mit einer langstieligen Schaufel Kopf und Fellstücke ein, die er zuunterst in die Grube warf. Etwas ängstlich näherte er sich daraufhin dem im Wortsinne dicksten Brocken, inständig hoffend, dass der auf der Schaufel nicht abrutschen oder gar auseinanderbrechen werde. Dann aber rückte er seinen Nasenschutz zurecht und schob die Schaufel beherzt unter den Tierkörper. Der war schwerer als erwartet, hielt sich aber gut auf dem Schaufelblatt. Vorsichtig trug Klaus seine grausige Fracht zur Grube und kippte sie hinein. Das dumpfe Geräusch des Aufpralls klang erlösend. Als Nächstes

landete das Erde-Maden-Gemisch vom Leichenfund-
ort in der Grube, darüber die ausgegrabene Eisenkette, einige Ziegelstücke, die in einer Ecke des Gartens herumgelegen hatten, und schließlich der Erd-
aushub. Zuletzt legte Klaus einige größere Steine auf
das Grab, um etwaige Ausgrabungsversuche – von
wem auch immer – zu unterbinden.

Bedächtig nahm er den Geruchsfilter vom Gesicht
und stellte mit Erleichterung fest, dass zumindest für
seine Nase kein Verwesungsgeruch mehr wahrnehmbar war. Er räumte das Werkzeug auf und ging zufrieden ins Haus.

Am nächsten Tag allerdings suchte Klaus mit einer
gewissen Unruhe den hinteren Teil des Gartens auf,
um nach dem Rechten zu sehen. Nicht, dass er etwa
mit einem Male an so etwas wie eine Auferstehung
geglaubt hätte. Auch mit einer Wiederholung des
grausigen Geschehens rechnete er nicht ernsthaft.
Aber es lag ihm doch daran, mit eigenen Augen zu
sehen und mit eigener Nase zu riechen, dass im Garten nun alles in Ordnung war.

Teneriffa

Carolin war allein zum Meer gegangen. Henning, dem das schwüle Klima auf Teneriffa zu schaffen machte, hatte sich nach einem gemeinsamen Ausflug hingelegt, da ihn heftige Kopfschmerzen plagten. Seine Frau war weniger wetterfühlig. Sie liebte die ziemlich konstante Wärme dieser Insel, und nun, am späten Nachmittag, tauchte die Sonne die südwestliche Steilküste in ein besonders schönes Licht. Nicht weit von der Finca, die den beiden als Feriendomizil diente, erhob sich ein kleines Felsplateau, auf dessen höchsten Punkt Carolin sich setzte.

Unterhalb ihres Sitzplatzes schlug der Atlantik mit tosender Wucht gegen die zerklüftete Steilküste. Ein vorgelagerter Felsbrocken, dessen verwitterte Oberfläche die Jahrtausende seines Daseins erahnen ließ, hielt in unerschütterlicher Ruhe der wild schäumenden Gewalt des Wassers stand. An seinen Seiten ergoss sich in augenscheinlicher Nutzlosigkeit eine Vielzahl kleiner Sturzbäche und Wasserfälle in die See, die mit wütender Beharrlichkeit für ständigen Nachschub von oben sorgte.

Wasserdunst zog über den Küstenstreifen, akustisch begleitet vom unregelmäßigen Rauschen der über dem Gestein verendenden Wellen und vom gelegentlichen dumpfen Krachen der Brecher, denen ein spektakuläreres Ende an den Steilwänden der Küste beschieden war. Vor einem etwas weiter entfernt liegenden Küstenabschnitt zogen die heranrollenden Wellen auf breiter Front Gischtfahnen hinter sich her – eine Art wässrige Föhnfrisur, aber doch von natürlicher Eleganz.

Stundenlang hätte Carolin zuschauen können. Henning dagegen hatte für ein solches Schauspiel wenig übrig. Er badete zwar gern im Meer, aber die Geräusche der Brandung waren ihm nicht strukturiert genug, es fehlte seiner Meinung nach jeglicher musikalische Ausdruck. Außerdem war das Spektakel ja immer gleich – vermutlich schon seit Jahrtausenden. Auch hier war Carolin gänzlich anderer Meinung: Aus einiger Entfernung betrachtet, konnte man wohl eine gewisse Gleichförmigkeit des Brandungsgeschehens konstatieren. Aber bei genauem Hinsehen gab es nicht einen Augenblick, der einem vorherigen genau glich.

»Es gibt so viele unterschiedliche Bilder beim Zusammentreffen von Meer und Fels, wie das anbrandende Wasser Tropfen enthält«, hatte sie am Vortag bei einer Diskussion mit ihrem Mann kühn behauptet.

Dessen Antwort hätte sie indes vorhersehen können: »Na, dann fang am besten gleich mal an, die Tropfen zu zählen!«

Darauf allerdings verzichtete Carolin gern. Stattdessen hing sie im Angesicht des Naturschauspiels ihren Gedanken nach.

Zu Beginn des Aufenthalts auf der Insel war ihr bewusst geworden, dass diese gemeinsame Reise noch

stärker im Zeichen einer möglichen Ehe-Restaurie-
rung stand, als sie sich dies zu Hause – im Dunstkreis
von Klaus – hatte eingestehen wollen. Und alles begann in diesem Urlaub recht harmonisch. Während
des Hinflugs hatte das Ehepaar in unerwarteter Übereinstimmung sein nicht allzu ausuferndes Besichti-
gungsprogramm besprochen, sich dann gemeinsam
über die gut gelegene und geschmackvoll eingerich-
tete Finca gefreut und am ersten Abend ein köstliches
kanarisches Essen mit vollmundigem spanischem
Rotwein genossen.

Am zweiten Tag hatten sie auf ausgedehnten Spa-
ziergängen die nähere Umgebung ihrer Finca erkun-
det. Carolin empfand die vielen hohen Betonmauern,
von denen die riesigen Bananenplantagen umfasst
waren, als bedrückend. Diese Mauern waren zwar
immer wieder durchbrochen und ließen Blicke auf
die üppig tragenden Bananenstauden zu. Aber die
auf weiten Strecken graue Eintönigkeit, von der die
Landwirtschaft Teneriffas geprägt ist, ließ in Carolin
schnell den Wunsch entstehen, möglichst viel Zeit am
Meer zu verbringen. Dies wiederum empfand Henning als Eintönigkeitsprogramm, sodass sich die gemeinsamen Interessen auf dieser Insel rasch reduzier-
ten.

Immerhin waren beide daran interessiert, es nach
längerer Zeit einmal wieder mit gemeinsamem Sex zu
versuchen. Wie könnte denn bei einem Paar um die
vierzig die angeknackste Ehe wieder ins Lot geraten,
wenn nicht auch im Bett eine Wiederbelebung gelänge? Henning war glücklich, seiner attraktiven Frau

endlich wieder nahekommen zu können. Er gab sich alle Mühe, ein zärtlicher und einfühlsamer Sexpartner zu sein. Carolin bemerkte dies natürlich und freute sich darüber, aber sie fing kein Feuer. Sie gönnte Henning seinen Orgasmus, hätte selbst aber allenfalls einen vorgetäuschten inszenieren können, und das war für sie noch nie eine Option gewesen.

Auch darüber dachte Carolin nach, während sie das ganz und gar nicht eintönige Spiel von Wasser, Wind, Licht und Gestein beobachtete. Und immer stärker drängte sich der dritte Spieler im menschlichen Geschehen an die Oberfläche ihrer Gedanken. Sie hatte sich für die Tage auf der Insel vorgenommen, ihrer Ehe eine wahrhaftige Chance zu geben, und dazu gehörte eine möglichst weitgehende gedankliche Abwendung von Klaus. Dass Carolin um das Internet-Café am Ort bisher stets einen Bogen gemacht hatte, war ebenfalls Teil dieses Vorsatzes.

Aber nun wollte es nicht mehr so recht gelingen, die Erinnerung an den leidenschaftlichen Liebesnachmittag in Tannbach zu verscheuchen. Und als würde er aus den Atlantik-Wellen emportauchen, nahm in ihrer Vorstellung derjenige neben ihr auf dem Felsplateau Platz, der sie schon auf dem Krontaler Höhenweg mit seiner Begeisterung für Naturschönheit beeindruckt hatte.

Für diesen Tag jedoch musste Carolin dem Spuk ein Ende bereiten. Sie spürte, dass die Rückkehr in die Finca an diesem Nachmittag und noch mehr die

Heimreise nach Lanzenheim in einigen Tagen ihr entsetzlich schwerfallen würde, wenn sie sich der emotional anbrandenden Erinnerung in Kombination mit der realen Meeresbrandung jetzt länger aussetzte. Hastig stand sie auf und lief auf einigen Umwegen zum Ferienhaus zurück, in dem Henning auf sie wartete.

Am nächsten Tag allerdings würde sie wieder hierherkommen, und vielleicht war all das, was gerade an diesem Ort auf sie einstürmte, zur langersehnten Klärung ihrer Gefühle letztlich auch notwendig.

Kiesgrube

In der Nacht vom 8. auf den 9. Oktober wird Klaus durch ungewohnten Lärm geweckt. Da ist zum einen das fast schon vertraute Dröhnen der Furtner'schen Bassboxen. Hinzu kommen jedoch aufheulende Motoren und quietschende Reifen.

Pierre Furtner war mit einem motorradfahrenden Kumpel unterwegs, um einen Geschwindigkeitsvergleich der beiden Fahrzeuge vorzunehmen. Vernünftigerweise taten sie dies zu nächtlicher Stunde, »wenn keine bescheuerten Spießer unterwegs sind«.

Von diesen Details wusste Klaus Gronius natürlich nichts. Er konnte auch nicht wissen, dass es unnütz war, nach Abklingen des Lärms erneut den Schlaf zu suchen. Unnütz deshalb, weil die beiden Testfahrer nur kurz in Pierres Domizil verweilten, um sich ein Bierchen zu gönnen. Danach ging es mit gleicher Zielsetzung dieselbe Strecke zurück, zwangsläufig wieder an der Bachstraße vorbei.

Unmittelbar zuvor erst wieder eingeschlafen, schreckte Klaus hoch und sprang in verzweifelter Wut aus seinem Bett. Um sich abzureagieren, lief er eine Weile im Haus umher – an Schlaf war zunächst ohnehin nicht mehr zu denken. Als ihm bewusst wurde, wie unsinnig dieses Hin-und-her-Laufen war, schaltete er das Radiogerät an und versuchte, einer Expertendiskussion über Neuerscheinungen auf dem Buchmarkt zu folgen. Die Sendung interessierte ihn überhaupt nicht, aber wie erhofft stellte sich die ersehnte Schläfrigkeit ein, und nach Verzehr eines größeren Stücks Nussschokolade konnte Klaus dann endlich wieder ins Bett sinken und einschlafen.

Missmutig begann er den folgenden Tag, übte ohne jegliche Freude auf seinem Kontrabass und erledigte lustlos einige Hausarbeiten. Während er den Müll hinausbrachte, wurde ihm eine lautstarke Kostprobe der neuen CD dargeboten, die Pierre Furtner für die Anlage in seinem Auto erstanden hatte. Dass die Scheibe neu war, bemerkte Klaus nicht, für ihn war es das gleiche Gedröhne wie sonst auch. Immerhin war er inzwischen in der Lage, die Fahrtrichtung seines akustischen Peinigers zu erkennen, der diesmal aus dem Ort hinausfuhr.

Am frühen Nachmittag spazierte Klaus durch das Dorf. Bei der Einfahrt zu dem von Furtner bewohnten Fabrikgebäude stand ein Feuerwehrwagen mit eingeschaltetem Blaulicht. Klaus ging näher heran und sah, dass zwei Feuerwehrleute ein rot-weiß gestreiftes Absperrband zwischen den Bäumen befestigten, die rechts und links der Einfahrt standen.

Was war passiert? Ohne erkennbaren Anlass war der Rand der Kiesgrube abgebrochen, an der die Grundstückszufahrt entlangführte. Während zuvor zwischen Zufahrtsweg und Grubenwand mehrere Meter Wiese samt Zaun gelegen hatten, hatte sich die Abbruchkante nun in die Mitte des Weges verlagert, und der Zaun lag unten auf dem Kiesgrubengrund.

»Lass uns noch eine Warnlampe anbringen«, sagte einer der beiden Feuerwehrmänner. »Hier wohnt zwar bestimmt keiner, aber wenn irgendein Trottel da mit Schmackes reinfährt, landet er zwanzig Meter tiefer.«

»Na, hoffentlich kriegen wir die Lampe vom Tiefbauamt wieder, wenn die morgen ihre feste Absperrung installieren«, brummte sein Kollege. »Aber du hast schon recht. Wir sind es ja, die sonst die Brocken in der Kiesgrube einsammeln müssen!«

Klaus ging nach Hause, erledigte einige Gartenarbeit und aß dann zu Abend. Wenn er allein war, trank er gern ein Bier zum Abendessen, und im Allgemeinen auch nicht mehr als dieses eine. An diesem Abend griff er, ohne darüber nachzudenken, sofort zur nächsten Flasche, sobald er eine geleert hatte.

Hätte Klaus sich über den Grund dieses Bier-Exzesses Gedanken gemacht, wäre er schnell auf die beiden Ereignisse gestoßen, die seit mehreren Monaten sein Leben prägten und von denen er gehofft hatte, dass sie ihm Glück und Zufriedenheit bringen würden.

Carolin, die das eine »Ereignis« verkörperte, hatte seit ihrer Abreise kein Lebenszeichen von sich gegeben. Dies deutete Klaus zunehmend dahingehend, dass sie und Henning im Urlaub ihre vertrocknete Liebe wiederbelebt hatten. Er hätte sich wohl beizeiten dagegen wehren müssen, sich in diese Frau zu verlieben.

Und das Haus, der »Wohntraum« im Grünen – oder eher der Albtraum in der Lärmzone des Pierre

Furtner –, war offenbar ein kostspieliger Fehlkauf gewesen.

Wie viele Flaschen Bier Klaus im Verlauf des Abends wirklich getrunken hatte, überblickte er selbst nicht. Jedenfalls geriet sein Vorhaben in Vergessenheit, später noch den Computer hochzufahren, um eine E-Mail seines Bruders Frank endlich zu beantworten. So konnte er auch nicht registrieren, dass am Nachmittag dieses 9. Oktober in einem Internet-Café auf einer kanarischen Insel eine Mail an ihn abgeschickt worden war.

Als Klaus gegen 22 Uhr nochmals das Haus verließ, schwankte er unübersehbar – lässt man einmal außer Acht, dass er von keiner Menschenseele gesehen wurde. Es gab nichts, über das er zu dem Zeitpunkt noch nachgedacht hätte, also gab es auch kein Nachdenken darüber, wohin er gehen würde. Als könnte es gar kein anderes Ziel geben, machte er sich auf den Weg zur Kiesgrube, zur Abbruchkante, zum Absperrband, zur Warnleuchte: zu dem Ort, der ohne die provisorische Absperrung eigentlich die Zufahrt zum alten Fabrikgebäude gewesen wäre. Und der, wenn es die Absperrung nicht gäbe, eine tödliche Falle für jeden wäre, der unbedacht dort hineinfahren würde.

Wenig später kehrte Klaus nach Hause zurück, nach wie vor außerstande, einen klaren Gedanken zu fassen. Sein Verstand irrlichterte hinter einer dichten Nebelwand, einzelne unzusammenhängende Bilder schossen als beängstigende grelle Blitze immer wieder in sein Bewusstsein. Wie selten zuvor in seinem

Leben sehnte sich Klaus nach sofortigem tiefem und befreiendem Schlaf. Vergönnt war ihm in dieser Nacht jedoch nicht mehr als ein flaches, unruhiges Wegdämmern, bei dem die kurzen Traumsequenzen kaum von den wirren Wachbildern zu unterscheiden waren.

Am frühen Morgen, genauer: um 4.39 Uhr, schreckte Klaus hoch und war plötzlich hellwach. Dabei hatte ihn lediglich das geweckt, was ihm fast schon zu einer – wenngleich gefürchteten und verfluchten – Normalität geworden war: das vibrierende Dröhnen der Bassboxen im Wagen des heimkehrenden Pierre Furtner. Wie sonst auch, wurde das Geräusch langsam schwächer, nachdem das Auto an der Bachstraße vorbeigefahren war. Einige Sekunden später verstummte es jedoch abrupt. Im Haus in der Bachstraße war nur noch das gleichmäßige Plop-Plop der Wassertropfen zu hören, die von dem undichten Toilettenspülkasten in den daruntergestellten Eimer fielen.

Für den Rest der Nacht lag Klaus wach und versuchte angestrengt, sich des vergangenen Abends zu entsinnen. Sein Erinnerungsfilm brach jedoch wie mit einer Schere zerschnitten an der Stelle ab, wo er nach Verlassen seines Hauses bei der Einfahrt zum Fabrikgebäude angelangt war.

Schließlich sank er gegen 7 Uhr morgens nochmals für zwei Stunden in unruhigen Schlaf, nicht ahnend, dass er den vielleicht aufwühlendsten Stunden seines Lebens entgegenschlief.

Goldberg

Beim Aufwachen schien es Klaus, als hätte er viele Stunden geschlafen, ohne dabei irgendetwas geträumt zu haben. Heftige Kopfschmerzen quälten ihn, und nachdem er die Kaffeemaschine in Gang gesetzt hatte, entschloss er sich, im Internet zu surfen, um etwas Ablenkung zu finden.

Sofort sah er, dass eine E-Mail für ihn eingegangen war, und mit einem Schlag wurde er hellwach, als er die Absender-Adresse von Carolin las. Bevor er die Nachricht öffnete, legte er die CD mit Bachs Goldberg-Variationen auf. Er hatte das starke Bedürfnis, sich der Erinnerung auszusetzen, die sein Innerstes berührte wie kaum eine andere, nämlich an die ersten intimen Momente mit seiner derzeit so fernen Geliebten. Diese Erinnerung wollte er selbst für den Fall heraufbeschwören, dass er nach der Lektüre der Mail alle Hoffnung auf eine gemeinsame Zukunft würde begraben müssen.

Nachdem Glenn Gould zu spielen (und mitzusummen) begonnen hatte, setzte sich Klaus hin, um Carolins Text zu lesen.

Mein lieber Klaus,

soll ich meinen kleinen elektrischen Brief an dich mit dem Geständnis beginnen, dass du mir fehlst? Ja, gewiss! Denn du fehlst mir, seit ich hier im weiten Atlantischen Ozean gelandet bin – nein, eigentlich schon seit meiner Abreise –, ach was, seit unserem Abschied in Krontal.

Du weißt ja, dass ich hierhergereist bin, um Klarheit zu gewinnen, wenigstens in Ansätzen, vielleicht sogar einigermaßen restlos. Und, ja, das auch: Meiner Ehe wollte, nein, musste ich die Chance geben, die sie wegen der Liebe, auf der sie einst gegründet war, verdient hat.

Sicherlich bin ich es Henning schuldig, über all das Stillschweigen zu bewahren, was ich mit ihm besprochen habe und was wir in diesen Tagen zusammen erlebt haben.

Aber es gab hier nicht nur Gespräche und gemeinsames Erleben. Ich hatte auch viel Zeit allein und konnte über all das nachdenken, was mein Gemüt bewegt. Unbeeinflusst war ich dabei gewiss nicht: In physischer Nähe der langjährige Gefährte, mit dem zusammen grau zu werden ich vor Jahr und Tag beschlossen habe. Zugleich in gedanklicher Nähe der Wartende, der mir eine Ahnung davon gegeben hat, warum in den letzten Jahren sich manches in meinem Leben schon so grau angefühlt hat.

Bei derart wichtigen Beziehungsfragen, wie sie jetzt anstehen, lasse ich mir gern Zeit (und fliege dazu sogar auf eine Atlantik-Insel). Aber am Ende all der Grübelei muss eine Entscheidung stehen. Eine, mit der das Hin-und-her-Wenden definitiv endet – und die sich hoffentlich auf lange Sicht als richtig erweisen wird.

Eine solche Entscheidung, geliebter Klaus, habe ich nun hoch über den Klippen Teneriffas getroffen:

Ich werde mich von Henning trennen.
Sei zärtlich geküsst von deiner
Carolin

Es lag nicht in erster Linie an Glenn Goulds Klavierspiel, dass Klaus in diesen Minuten die Wahrnehmung der Außenwelt weitgehend ausblendete. Es war die Nachricht von *seiner* Carolin an *ihren* Klaus, die, während er sie wieder und wieder las, die Musik Johann Sebastian Bachs für ihn gegenstandslos werden ließ und dafür sorgte, dass er für kurze Zeit gleichsam über der Tannbacher Realität zu schweben schien.

So bemerkte er nicht, dass draußen ein Auto vorfuhr und dass dessen Motor abgestellt wurde. Er bemerkte auch nicht, dass zwei Männer ausstiegen, die Wagentüren schlossen und das Gartentörchen öffneten. Erst als die Türklingel schellte, plumpste Klaus in die Wirklichkeit der Bachstraße 5 an diesem 10. Oktober zurück.

Er ging zur Haustür und versuchte, seine Gedanken in rational geordnete Bahnen zu lenken. Weiterhin lag all das in einem undurchdringlichen Nebel, was im Einzelnen am Vorabend und in der Nacht mit ihm und durch ihn geschehen war. Dennoch überraschte es ihn nicht, dass er nach Öffnen der Tür zwei Polizisten in Uniform gegenüberstand.

»Polizeihauptmeister Franke«, stellte sich einer der beiden vor. »Sind Sie Herr Klaus Gronius?«

Der Angesprochene bejahte mit leiser Stimme.

»Wir möchten Ihnen gern ein paar Fragen stellen.«
Der Polizeibeamte deutete mit einer Kopfbewegung
den Wunsch an einzutreten.

»Bitte sehr.« Klaus führte die beiden in sein Wohnzimmer, wo er zunächst das Mail-Programm schloss,
um Carolins kostbaren Text nicht durch fremde Blicke entweihen zu lassen. Dann drehte er die Laut-
stärke seiner Stereoanlage auf null, denn die Goldberg-Variationen schienen ihm nicht der passende
akustische Hintergrund für ein Polizeiverhör zu sein.
Er schaltete den CD-Player aber nicht ab, denn er
hoffte – oder versuchte, sich diese Hoffnung einzure-
den –, dass sein unangemeldeter Besuch in wenigen
Minuten wieder verschwinden würde und er sich
dann wieder der musikalisch begleiteten Glücksnach-
richt widmen könnte.

Alleebaum

Als Klaus sich erneut den in seinem Wohnzimmer stehenden Polizeibeamten zuwandte, wurde er mit gänzlich anderem als mit Glücksnachrichten konfrontiert. Während der zweite Polizist weiterhin stumm blieb, kam Polizeihauptmeister Franke zur Sache: »Es geht um Herrn Pierre Furtner, der in der vergangenen Nacht tödlich verunglückt ist. Eine Streife hat ihn heute Morgen in seinem Wagen gefunden.«

Klaus, der gerade neben der Zimmertür stand, griff nach dem Türrahmen, um wenigstens äußerlich einen festen Halt zu bekommen. Wie piksende kleine Pfeile schossen Bilder und Gedankenfragmente durch seinen Kopf. Wenige Minuten zuvor hatte doch sein Lebensglück am Horizont aufgeleuchtet. Konnte es denn sein, dass man ihm das sofort wieder nehmen würde? Konnte es sein, dass er selbst sich um dieses Glück gebracht hatte, weil er, der friedliche und sanftmütige Klaus Gronius, in dieser Oktobernacht womöglich zu einem Täter geworden war?

»Sie sind ja ganz blass geworden, Herr Gronius«, sagte Franke verwundert. »Sie hatten doch ziemliche Probleme mit dem Verunglückten ...«

Jetzt schaltete sich der zweite Polizist ein: »Wenn wir richtig informiert sind, haben Sie kürzlich bei unserem Kollegen Siebert vorgesprochen, weil es wohl Ärger wegen häufiger Ruhestörungen gab.«

Das Einzige, was Klaus nun in den Sinn kam, war der Impuls, etwas Freundliches über den Krontaler

Polizeiobermeister Siebert zu sagen. Er brachte aber kein Wort heraus – was vielleicht auch besser so gewesen sein mag. Völlig unpassende und als Ablenkungsmanöver erscheinende Kommentare abzugeben, hätte die Situation im Zweifel eher belastet.

»Wie dem auch sei«, fuhr Franke fort, »unsere Kollegen von der Spurensicherung sind noch vorn an der Landstraße ...«

»Landstraße?«, unterbrach ihn Klaus, der das Bild eines in der Kiesgrube, also weitab von jeglicher Landstraße zerschellten Mazdas vor Augen hatte. »Darf ich Sie fragen, was denn eigentlich konkret passiert ist?«

»Ganz genau werden wir es wohl erst nach der Obduktion wissen. Aber wie es aussieht, muss Furtner mit Drogen vollgepumpt gewesen sein. Er wollte offenbar gar nicht zu seiner Wohnung, sondern ist mit vermutlich weit überhöhter Geschwindigkeit aus dem Ort heraus in Richtung Neudorf gefahren und dabei gegen einen Alleebaum geknallt.«

Klaus musste sich mühsam zusammenreißen, um scheinbar gleichmütig zuzuhören, als Frankes Kollege ergänzte: »Wir haben gehofft, dass Sie uns vielleicht einen Hinweis geben können, ob Furtner nahe Verwandte oder sonstige Angehörige hatte. Manchmal weiß man ja auch über solche Leute ein wenig Bescheid, die einem Ärger machen.«

Erneut war Klaus erst einmal sprachlos. Dann jedoch beeilte er sich mit unsicherem Lächeln zu versichern: »Nein, äh, tut mir leid, da kann ich Ihnen überhaupt nicht weiterhelfen. Ich habe zwar mit dem ...

also mit Herrn Furtner mal geredet, aber dabei kam nichts zur Sprache, was mit irgendwelchen Angehörigen zu tun hatte.«

»Kennen Sie vielleicht sonst jemanden in Tannbach, der Kontakt zu ihm hatte?«

»Nein. Aber ich wohne auch noch nicht lange hier.«

Damit war das »Verhör« beendet. Mit äußerer Gelassenheit, hinter der Fassade jedoch in Aufruhr wie nie zuvor, geleitete Klaus die beiden Polizisten zur Haustür.

Als sie draußen waren, ließ er sich in den Sessel fallen und schloss die Augen. Immer noch sandten die Wassertropfen des Toilettenspülkastens ihr vernehmliches Plop-Plop durch das Haus, aber in Klaus' Kopf ging dies unter im rauschenden Strom, der durch sein Hirn tobte. Das gerade erlebte Wechselbad überforderte ihn, da musste der Überblick einfach verloren gehen.

Er versuchte, das Wesentliche in den Vordergrund seines Bewusstseins zu rücken: Carolin hatte sich entschlossen, Henning zu verlassen. Das bedeutete, dass ihnen beiden der Weg in ein gemeinsames Glück eröffnet war. Und Pierre Furtner war ums Leben gekommen. Aber er hatte keinen Unfall in der Kiesgrube gehabt. Damit war klar, dass er, Klaus, mit dessen Tod nichts zu tun hatte.

Furtner hatte den Zusammenprall mit einem Alleebaum nicht überlebt. Klaus fiel nun die Lindenallee beim Römersteig ein. Deren Anblick hatte ihn ein paar Wochen zuvor darüber sinnieren lassen, dass solche Bäume schon oft der Motorsäge zum Opfer gefallen waren, um kein Menschenleben zu gefährden: also das Leben derjenigen, deren lebensgefährliche Fahrweise das eigentliche Risiko darstellt. *Der todbringende Baum!*

»Ich danke dir, lieber grausamer Alleebaum«, murmelte Klaus, »dass du mir die entsetzliche Last abgenommen hast, Täter zu sein.«

Die Anbetung eines Killerbaums, ging ihm durch den Kopf. Wie verrückt! Verglichen damit erschien ihm mit einem Mal der Gedanke weder abwegig noch gar unsympathisch, dass es vielleicht doch eine göttliche Kraft geben könnte, die ihn vor der Katastrophe bewahrt hatte. Darüber mit klarem Kopf nochmals nachzudenken, wäre wohl ein lohnendes neues Projekt für ruhigere Zeiten!

Klaus sprang aus dem Sessel auf und lief erst durchs Haus, dann durch den Garten, mehrmals um das Haus herum. Er brauchte jetzt diese eigentlich unsinnige Bewegung – vielleicht als Ersatz für einen lauten, befreienden Urschrei, der wohl zur Situation gepasst, aber seinem Wesen einfach nicht entsprochen hätte.

Bevor er sich an den Computer setzte, um der Frau seines Herzens zu antworten, entschloss er sich, nochmals Musik aufzulegen. Nein, nicht die feinsinnigen Goldberg-Variationen, die Bach eigentlich als Einschlafhilfe komponiert hatte. Etwas Dramatisches aus der Romantik sollte es sein, am besten mit Chor und großem Orchester! Ohne lange suchen zu müssen, wurde der Musiker fündig: »Freud', ew'ge Freude«, der Schlusschor aus Robert Schumanns Oratorium »Das Paradies und die Peri« war das Musikstück der Wahl.

Ging es denn nun darum, musikalisch das widerzuspiegeln, was Klaus in seinem Innersten gerade empfand? Und war diese Empfindung denn *ewige Freude*, war es *grenzenloses Glück*? Keineswegs. Er fühlte sich überhaupt nicht grenzenlos glücklich, sondern in erster Linie erschüttert, verwirrt und überfordert von der Dramatik und Gegensätzlichkeit der Ereignisse: Die Polizei war in seinem Haus gewesen; eine Person – gegen die er zwar tiefste Abneigung empfunden hatte, aber doch ein Mensch und immerhin ihm auch persönlich bekannt – war nicht weit von ihm entfernt tödlich verunglückt; schließlich war da diese düstere Undurchschaubarkeit des vorangegangenen Abends, die ihn quälte und ihm vielleicht für immer rätselhaft bleiben würde.

Neben all dem aber gab es die Nachricht von Carolin, dass sie sich für ihn entschieden hatte. Um die Glückseligkeit, die daraus doch zweifellos folgen musste, in den Vordergrund rücken zu können, um sein Liebesglück zu spüren und auszukosten, brauchte Klaus die Hilfe von Robert Schumanns Jubelchor.

Von der prächtigen romantischen Musik konnte er sich die Düsternis aus dem Kopf fegen lassen. Und so wie zuvor Glenn Gould bei den Goldberg-Variationen mitgesummt hatte, fiel Klaus jetzt ein in die von Schumann so mitreißend vertonten Worte »Wie selig, o Wonne, wie selig bin ich«.

Damit nun war er bereit, endlich der geliebten Frau die gewiss schon heiß ersehnte Antwort zu schreiben. Er konnte ihr mit leidenschaftlichen Worten versichern, dass sie im Tannbacher Idyll ebenso willkommen war wie das mythologische Fabelwesen aus Schumanns Oratorium zu guter Letzt im Paradies.

Nun stand Klaus also vor der Computer-Tastatur, die auch und gerade bei dieser so außergewöhnlichen Gelegenheit das nicht ganz stilechte Werkzeug für einen Liebesbrief sein musste. Da fiel ihm aber noch etwas ein. Er ging hinüber zu der Ecke des Wohnzimmers, in der sein Kontrabass stand, baute sich vor dem massigen Instrument auf und sprach mit feierlicher Stimme:

»Dickes Schwein, du bist jetzt gerade außer mir das einzige Lebewesen in diesem Haus. Deshalb gelobe ich vor dir, künftig nie wieder Bier zu trinken.« Er überlegte kurz: »Oder sagen wir, nicht mehr als eine Flasche auf einmal.«

Und dann fügte Klaus hinzu: »Schließlich will ich mich ja noch recht lange mit dir herumplagen!«

Mein herzlicher Dank gilt denen, die mich inspirierend, korrigierend, lektorierend, kritisierend und illustrierend unterstützt haben.

WT

Zeitfracht Medien GmbH
Ferdinand-Jühlke-Straße 7
99095 Erfurt, Deutschland
produktsicherheit@kolibri360.de